KB070075

고양이 말씀은
나무 아래에서

아오야마 미치코 장편소설 손지상 옮김

고양이 말씀은 나무 아래에서

猫のお告げは樹の下で

네오픽션

어머,
방울 소리인가 싶었는데 다라수 잎에서 나는 소리였네요.

이른 아침, 신사에서 울리는 그 소리가
따스하고 강하고 고상하여
나는 싸리비 쥔 손을 멈추고 귀를 기울였습니다.

슬슬 올 때가 됐는데…….

차례

첫 번째 잎사귀

|

서향

잠에서 깨어 처음 생각난 건 역시 사쿠마 씨였다.

몽롱한 정신으로 그의 부드러운 눈매를 떠올렸다. 그리고 다음 순간 곤란해하던 얼굴도 생각났다. 아하, 그 얼굴은 현실이었구나. 이제 사쿠마 씨랑은 만나지 못하는구나, 하고 깨달았다. 사쿠마 씨 모습으로 옴폭 파인 모양이 마음 깊은 곳에 남아 있다는 느낌을 받으며, 다시 한번 곱씹었다. 아직 전혀 괜찮지 않다는 사실을.

침대 옆 알람시계는 오전 5시를 가리키고 있었다.

출근 시간까지는 아직 한참 남아 있었다. 다시 자려고 눈을 감아도 자꾸만 사쿠마 씨 모습이 어른거렸다. 웃을 때면 천진난만해 보이는 살짝 처진 눈. 앞머리만 살짝 웨이브진 반곱슬

머리. 미하루 씨, 하고 나를 부르는 바리톤 보이스.

더 이상 견디지 못하고 자리에서 일어나 창문을 열었다. 이불 속에서 몸을 웅크린 채 끙끙거려봤자 날은 밝아온다. 늦여름 새벽, 새소리가 들려왔다.

─가볼까, 오늘도?

나는 심호흡한 뒤 기지개를 켰다.

뛰면 다 잊힌다.

중고등학교 내내 육상부였던 내가 깨달은 방법이다.

시험에서 낙제했다고 잔소리 퍼붓는 엄마, 뒤에서 호박씨 까는 같은 반 아이들. 동아리 시간에 한바탕 뛰고 나면 기분 전환이 됐다. 미용학교를 졸업하고 미용실에서 일하기 시작한 뒤로는 잘난 척하면서 잡일을 떠맡기는 선배나 예약 시간을 안 지킨 주제에 빨리빨리 하라고 적반하장인 손님으로 바뀌었다. 벌레를 쫓듯 생각을 떨쳐내려고 출근하기 전 새벽 시간이나 휴일 오전에 달리곤 했다.

땅을 박찬다. 바람을 가른다. 다리에 힘을 실을수록 풍경이 더 빠른 속도로 스쳐 지나간다. 눈앞에 있던 건물이나 가로수나 사람도 뒤로 밀려나듯 사라진다. 과거로. 과거로. 과거로.

강렬하게 밀려드는 후회나 짜증도 뛰고 나면 땀과 함께 흘려보낼 수 있어 웬만한 일에는 신경 쓰지 않을 수 있다. '신경이 쓰이지 않는다'와 같은 상태가 인생을 평온하게 보내기 위해 아주 중요하다는 생각이 든다.

신경 쓰지 않는 일들은 자연스레 잊힌다. 행복한 기분을 망치는 사건 따위는 굳이 마음에 둘 가치도 없으니까.

그런 식으로 지금까지 많은 일을 견뎌왔다.

그런데 이상했다. 이번만큼은 아무리 달리고 달려도 잊을 수가 없었다.

벌써 한 달이 넘었는데 신경이 계속 쓰였다. 달리고 있어도 사쿠마 씨와 함께한 여러 장면이 자꾸만 플래시백되었다.

스물두 살에 처음 한 실연.

열심히 달리는 내 두 발을 감싸고 있는 러닝슈즈가 흐릿하게 보였다. 그제야 겨우 정신을 차렸다. 아래를 보고 뛰면 안 된다, 위험하니까.

항상 보는 똑같은 풍경이 문제인가, 라는 생각이 들어 익숙한 하천 둔치 코스를 벗어나 국도변으로 방향을 옮겼다.

사쿠마 씨는 나보다 다섯 살 위로 내가 일하는 미용실의 부점장이었다. 미용실에서 일한 지 1년 반이 되어가는 동안 사쿠마 씨는 항상 따스하게 챙겨주었고, 열심히 일을 가르쳐주었다. 하나를 물어보면 그 이상으로 서너 개를 더 가르쳐주는 사람이었다. '믿고 따르는 상사'였던 사쿠마 씨를 어느새 나도 모르게 계속 지켜보게 되었고, 같이 있으면 가슴이 두근두근 뛰었고, 그게 사랑이라고 알아차리기까지 시간이 오래 걸리지도 않았다.

지난달 사쿠마 씨가 다른 지점에 점장으로 승진하면서 떠나게 되었다는 말을 듣고 나는 결심했다. 마음을 전하기로. 사쿠마 씨와 개인적으로 만난 적은 한 번도 없었다. 하지만 사쿠마 씨는 나와 눈이 마주칠 때마다 살짝 미소를 지어주었고, 일을 마치고 남아서 커트 연습을 할 때도 "미하루 씨는 가위 쓸 때 배려심이 담긴 것 같아 참 좋네요" 하고 칭찬해주었고, 감기로 쉬었다 출근한 내게 "미하루 씨가 출근하니까 가게 분위기가 훨씬 밝아지네요"라고 말해주었다. 나한테 마음이 있다고까지는 확신할 수 없지만 적어도 나를 싫어하지 않는 게 분명한 것 같다는 막연한 기대감을 품었다.

그래서 손님이 적은 어느 날, 마감 시간이 다가올 무렵 용기를 내서 "오늘 끝나고 한잔하러 가지 않으실래요?" 하고 물었다. 물론 둘이서 가자는 의미였다. 하지만 사쿠마 씨는 내 눈길을 피하며 거의 들리지 않는 목소리로 대답했다.

"아, 아니…… 응."

처음 보는 그의 표정에 깜짝 놀랐다. 사쿠마 씨는 누가 보아도 곤란해하고 있었다. 솔직히 말하자면 싫어하는 눈치였다. "응" 하고 대답은 했지만 마음속으로는 '아니'였다. 뭔가 잘못했다는 사실을 깨닫고, 사쿠마 씨보다 백배는 더 동요했다. 갑자기 심장이 꽉 조여들어 토마토처럼 터져버릴 것 같았다. 괜히 말을 꺼냈나, 하고 후회했지만 이미 때는 늦었다. 당장 도망치고 싶은 마음을 꾹 참고 뻣뻣하게 서 있자 사쿠마 씨가 갑자기 전구에 불이 켜진 것처럼 밝아진 표정으로 말했다.

"좋아, 다 함께 갈까?"

"아, 네."

겨우 대답했지만 아니에요, 죄송합니다, 라는 말이 목구멍까지 솟구쳐 올랐다.

사쿠마 씨가 나와 단둘이 만나기를 꺼려한 이유는 바로 알게 되었다. 그날 밤 직원 몇 명과 함께 간 선술집에서 그는 기름에 살짝 튀긴 두부를 먹으며 말했다.

"실은 나 내년 초에 결혼해."

심장에 쿵, 하고 커다란 충격이 전해졌지만 크게 당황하지는 않았다. 역시 그랬구나, 하는 생각이 든 동시에, 내가 사쿠마 씨를 부담스럽게 했다는 것에 훨씬 충격을 받았다. 여자친구와는 미용전문대에 다닐 때부터 사귀었다고 했다. 나를 향해 확실히 선을 그었다고 할까, 이것이 그의 대답이라는 사실을 둔하디둔한 나도 바로 알 수 있었다. 사쿠마 씨는 애초에 내 마음을 다 알아차렸고, 그동안 빙 둘러서 벽을 치고 있었던 것이다. 그가 그렇게 어른스럽게 배려해줬다는 사실이 나를 한

층 더 비참하게 했다. 부끄러워서 얼굴이 불타버릴 것 같았다.

며칠 뒤 사쿠마 씨는 옆 동네 지점으로 옮겨 갔다. 내가 끼어들 여지를 1밀리미터도 주지 않은 채.

발길 닿는 대로 달리다 보니 모르는 데까지 와버렸다. 주변을 둘러보니 국도변에 가정집이 늘어서 있고 오래된 꽃집과 철물점이 띄엄띄엄 보였다.

달리기를 멈추고 조금 걷기로 했다. 파우치에서 물통을 꺼내 물을 마셨다. 바람이 불어와 땀이 난 목덜미를 어루만졌다.

촌스러워 보이는 건물 1층에는 셔터가 내려져 있었고, 언제부터 붙어 있었는지 모를 종이에는 '입주자 구함'이라고 적혀 있었다. 그 옆에는 오래된 목조 연립주택이 들어서 있고, 그 사이로 좁은 골목길 하나가 이어졌다. 길 안쪽을 바라보니 덤불 안쪽에 기와지붕의 참배당(拜殿)이 보였다. 신사가 있는 모양이었다.

나는 파우치에 물통을 집어넣고 신사로 향했다. 그리 넓지 않은 신사에는 인기척이 거의 없었다. 하지만 돌로 만든 기둥문 도리이(鳥居)는 엄숙하면서도 박력 있어 보였고, 경내도 깨끗하게 청소되어 있었다. 손과 입을 씻는 곳인 데미즈야(手水舍)도 청결해 보였다.

나는 참배당 앞에 걸린 방울을 울리고 지갑에서 10엔짜리 동전을 꺼내 새전함에 던져 넣었다. 그리고 절을 두 번, 박수를 두 번, 다시 절을 한 번.

소원은 단 하나.

눈을 꼭 감고 빌었다.

'사쿠마 씨를 잊게 해주세요.'

눈을 떴을 때 누군가 쳐다보는 느낌이 들었다.

고양이.

참배당에서 조금 떨어진 곳에 커다란 나무가 하나 있었다. 나무줄기가 한 아름이 넘을 만큼 굵직하다. 나무 아래 놓인 빨간 벤치 위에 고양이 한 마리가 앉아 있었다.

앉아 있다는 표현은 좀 이상할지 모르겠다. 굳이 따지자면 팔짱 끼듯 앞다리를 가슴 안으로 접은 채 엎드려 있었다. 누가 봐도 고양이다운 포즈였다.

전체적으로 까만색인데, 하얀 털이 입가에서부터 콧잔등을 거쳐 이마를 향해 산처럼 솟아오른 모양이다. 여덟팔(八) 자를 그린 듯한 무늬를 하치와레라고 했던가.

살짝 다가가보았다.

"이 신사에서 보살펴주니?"

말을 걸자 고양이가 부둥한 머리를 가로저었다.

응? 대답한 건가?

"옆에 앉아도 돼?"

이번에는 끄덕, 하고 고개를 앞으로 떨구었다.

와, 역시!

두근두근한 마음으로 고양이 옆에 살짝 앉았다. 고양이는 도망가지 않고 제자리에 있었다.

"놀러 온 거니?"

고양이는 지긋이 나를 쳐다봤다. 눈동자는 맑고 투명한 황금빛이었다. 고양이는 계속 나를 바라보며 눈을 가늘게 떴다. 웃는 건가? 분명 웃고 있는 것 같은데?

나는 거듭 고양이에게 물었다.

"혹시 실연의 아픔을 잊어버리는 방법 알아?"

이 질문에는 흥미가 없는지 아니면 쓸데없는 질문이라고 생각했는지 고양이는 느긋하게 몸을 일으키더니 벤치에서 가볍게 뛰어내렸다. 뭐야, 벌써 가는 건가.

그건 그렇고 참 예쁜 고양이다. 털에는 윤기가 흐르고 배와 발은 눈처럼 하얗다. 고급 턱시도를 입은 것 같았다. 지팡이 손잡이처럼 구부러진 물음표 모양의 꼬리가 천천히 좌우로 흔들렸다. 왼쪽 엉덩이에 하얀 마크가 눈에 띄어 나도 모르게 집중해서 보았다.

'별 모양?'

고양이는 나무둥치로 가서 앞발로 긁어대기 시작했다. 그러다가 갑자기 움직임을 멈추고는 무슨 말이라도 하고픈 양 나를 향해 고개를 돌렸다. 나무에 문제라도 있는 것일까?

나무를 올려다보니 울창한 녹색 잎 뒷면에 군데군데 글자가 적혀 있었다. 나는 일어나서 나뭇잎을 만져보았다. 가장자리가 톱니 모양이었고, 손가락을 대보니 조금 아팠다.

자세히 살펴보니 펜으로 적은 게 아니라 긁힌 상처가 갈색으로 변색된 것이었다. 근처에 떨어진 잔가지나 머리핀 같은 걸로 긁은 모양이다. 앞면에는 이런 흔적이 남지 않은 것으로 봐서 죄다 뒷면만 긁힌 것 같았다.

'안녕'이나 'BB 없이는 못 살아' '돈벼락 맞고 싶다' 같은 말과 얼굴이나 똥 그림을 그린 낙서가 잔뜩 적혀 있었다. 신사 나무에 이런 짓을 하면 천벌받는 게 아닌가, 하는 생각도 들었지만 주위에는 울타리도 없고 '낙서하지 마시오'나 '나뭇잎을 뜯지 마시오' 같은 경고문도 없었다. 이 신사는 참배객에게 참 관대하다는 생각이 들었다.

나뭇잎을 무작위로 몇 장 주워서 살펴보는데 한가운데 잎맥을 끼고 '사쓰키♡' '다쓰히코♡' 하고 한 우산을 쓴 것처럼 이름을 나란히 써놓은 낙서를 발견했다. 하트 마크를 보자 마음이 아팠다. 정성 가득하게 이름 옆에는 날짜까지 새겨놓았다. 2년 전, 오늘쯤 되는 날이었다. 분명 커플이 사이좋게 참배하러 왔겠지. 시간이 오래 흘렀는데 아직도 멀쩡하게 달려 있는 것이 신기했다.

얼굴도 모르는 '사쓰키'와 '다쓰히코'의 사랑스러운 모습을 떠올리자 한숨이 나왔다. 보는 것만으로도 충분히 '행복해'라는 마음이 전해지는 글씨다.

누군가를 좋아한다는 마음이란 이렇게 즐겁고 행복한 거구나.

지금은 뭐 하고 지낼까, 두 사람. 아직 사귀고 있을까? 아니면 누군가가 짝사랑하는 마음을 담아 적은 걸까? 그렇다면 아직도 좋아하고 있을까?

멍하니 생각에 빠져 있는데 고양이가 갑자기 나무 주위를 빙글빙글 돌기 시작했다. 아무튼 예측이 불가능한 고양이다. 고양이는 쉬지 않고 계속 돌다가 문득 멈추더니 왼쪽 앞발로 나무를 통, 하고 쳤다.

팔랑팔랑 낙엽 하나가 나를 향해 떨어졌다.

"어?"

발밑에 떨어진 나뭇잎을 주워 보니 뒷면에 글씨가 적혀 있었다.

서향(西向)?

나는 나뭇잎과 고양이를 번갈아 보았다.

"저기, 이거……."

말을 걸려고 하는 찰나, 고양이가 민첩하게 참배당 너머로 달려가 순식간에 사라져버렸다.

당황한 표정으로 서 있는데, 파란색 사무에(作務衣)*를 입은 남성이 빗자루를 들고 다가왔다. 아마 이 신사의 궁사(宮司)**인 모양이다.

"무슨 일 있으신가요?"

넉넉한 풍채의 궁사가 친절하게 말을 걸어왔다. 포동포동한 두 볼 사이에 작은 입술이 파묻혔다. 복스럽다고 할까? 가만히 있어도 웃고 있는 듯한 인상이었다.

"저기, 이 나뭇잎……."

나뭇잎을 내밀자 궁사가 살짝 집어 들더니 "아, 다라수(多羅樹) 잎이요?" 하고 말했다.

"신기하죠? 다라수는 엽서나무라는 별명도 있어서 잎을 긁으면 글씨가 새겨져요. 몇십 년이 지나도 남아 있고, 우표를 붙이면 발송도 된다는군요. 두어 장 정도는 괜찮으니까 가져가세요."

* 선종(禪宗) 승려가 평상시 입는 옷.
** 신사의 제사를 맡은 최고위 신관(神官).

"아, 그게 아니라요."

고양이가 줬다고 말하면 분명 이상하게 생각하겠지? 내가 어물어물하자, 궁사가 눈썹을 치켜올렸다.

"혹시, 고양이였나요?"

생각지도 못한 정답에 나도 모르게 몸을 앞으로 기울였다.

"맞아요, 고양이. 턱시도 무늬에 엉덩이에는 별 모양 마크가 찍혀 있는."

"아하, 역시 미쿠지*가 나타났군요."

"미쿠지요?"

"네, 우리 신관 사이에서 그렇게 불리고 있습니다. 미쿠지는 다라수가 있는 신사에 불쑥 나타나서 제비뽑기 점처럼 말씀을 나뭇잎에 남기고 갑니다. 그래서 미쿠지라는 별명이 붙었어요."

"말씀…… 이요?"

"네. 그러니 이 나뭇잎을 소중하게 간직하세요. 말씀을 받다니, 참 운이 좋으세요. 이곳에서 태어나 50년을 살아온 저도 말만 들었지 직접 만난 일은 없습니다. 방황하는 참배객 앞에만 나타나니까요."

궁사가 나뭇잎을 돌려주었다. 내가 물었다.

* 신사나 절에서 길흉을 점치는 제비라는 뜻이다.

"서향이라는 말이 대체 무슨 뜻인가요?"

"서향이라고 적혀 있었나요?"

"네? 여기 그렇게 써 있잖아요."

이렇게 또렷이 적혀 있는데 왜 물어보는 걸까? 궁사는 팔짱을 낀 채 미소 지었다.

"글쎄요, 무슨 뜻일까요? 말씀이 정답 그 자체는 아닙니다. 답으로 향하는 길라잡이가 되어줄 뿐이지요."

나는 황당한 표정으로, 궁사가 빗자루를 꼭 쥐고 하늘을 올려다보는 모습을 지켜보았다.

"가만있어보자. 미쿠지가 왔으니 저도 한동안 바빠진다는 말이겠네요."

궁사는 기쁜 기색으로 혼잣말을 하더니 저벅저벅 멀어져갔다. 내 손안에 있는 잎에는 서향이라는 문자가 뚜렷하게 각인되어 있었다.

서향. 서쪽을 향하면 행복이 기다린다는 말인가? 서쪽이 어디더라?

스톱워치 기능이 있는 손목시계에 달린 나침반으로 방향을 확인해봤다. 온 방향과 반대쪽이 서쪽이었다. 나는 호흡을 가다듬고 행복을 향해 달리기 시작했다.

결론부터 말하자면 최악이었다.

우선 신사를 나온 지 2분도 되지 않아 땅에 떨어진 껌을 밟았다. 버석버석 소리가 나는 것으로 봐서 신발 밑창에 붙은 껌에 사탕 껍질이나 나뭇잎이 달라붙은 모양이었다. 껌은 딱 붙어서 아스팔트에 신발 밑창을 비벼대도 떨어질 생각을 하지 않았다. 신발을 벗고 길가에 떨어진 자갈을 주워 긁어내려고 하는데 산책하던 개가 마구 짖어댔다. 심지어 갑자기 비가 내려 온몸이 흠뻑 젖어버렸고, 중간에 길을 헤맸으며, 파우치 지퍼도 망가져버렸다.

아까 그 궁사님, 나더러 운이 좋다고 말했는데. 서향이 서쪽에서 행복이 기다린다는 뜻이 아니었나?

연립주택으로 돌아와 우편함을 들여다보니 엽서가 들어 있었다. 도키코 이모가 보낸 엽서였다. 도키코 이모는 엄마 동생으로 마흔다섯 살이다. 대형 광고제작 회사에서 그래픽 디자이너로 일하던 이모는 5년 전에 독립해서 프리랜서가 됐다. 내가 시골에서 고등학교를 졸업하고 미용학교를 다니려고 도쿄로 상경했을 때 10년 만에 도토루 커피숍에서 만났다. 하지만 그게 다였다. 딱히 즐겁게 이야기를 나누지도 않았고, 한 시간 정도 도키코 이모 혼자서 잔뜩 수다를 떨다가 헤어졌다. 그 뒤로는 연하장만 주고받는 정도다.

나는 도키코 이모가 조금 부담스러웠다. 우선 몸집도 목소리도 보통 사람보다 훨씬 크다. 그리고 뭐 하나 빠짐없이 쩨쩨

하다. "취미는 저축"이라고 말한 적도 있었다. 내가 초등학교에 막 들어갔을 때 엄마와 도키코 이모랑 셋이서 여름 마쓰리(祭り)*에 갔었다. 노점상에서 파는 빙수를 사달라고 한 내가 "이모는 안 먹어?" 하고 묻자 "나는 됐어. 영양가도 없는 시럽 뿌린 게 다인 얼음에 300엔이나 쓰기 싫어" 하고 말했다.

근검절약하는 사람이라고 표현할 수도 있겠지만 어린 나조차도 '뭘 그렇게 재미없이 살까?'라고 생각했던 기억이 있다. 머리 뒤에서 하나로 묶은 머리카락은 항상 부스스했고 화장한 모습을 본 적도 없었다. 옷차림에도 전혀 신경을 쓰지 않아 주류 도매상에서 받은 맥주 로고가 들어간 요란한 티셔츠를 아무렇지도 않게 입고 돌아다닐 정도였다.

이십대 때 결혼해서 1년 만에 이혼했다고 들었지만 내가 아는 한 그 뒤로 누구를 만난다거나 썸을 탄다는 말을 한 번도 듣지 못했다. 제멋대로인 성격인 데다 말도 아무렇게나 하는 스타일인데 디자이너 같은 섬세하고 고도의 감각이 요구되는 직업이라니. 덜렁대고 멋 부리는 데 관심도 없는 도키코 이모가 독립할 정도로 일을 잘한다는 사실이 나에게는 불가사의했다.

엽서에는 '이사했어요'라는 글자가 커다랗게 디자인되어 있었다. 주소를 보니 내가 사는 연립주택과 같은 구(區)에 사는

* 신사의 종교 행사에서 유래한 지역 축제.

것 같았다. 손으로 쓴 메시지가 덧붙여 있었다.

'이번에 투룸 중고 빌라 구입함. 근처니까 놀러 와.'

짠순이 이모가 혼자 빌라를 사다니. 이제 독신으로 살려고 아예 마음을 굳힌 모양이네, 하고 어깨를 움츠렸다. 그냥 인사치레로 하는 말일 테고, 딱히 놀러 갈 마음도 들지 않았다.

방으로 들어가 테이블 위에 엽서를 올려놓았는데, 일본 성을 그린 일러스트레이션에 그려 넣은 말풍선에 나도 모르게 눈길이 갔다.

'완전 내 스타일의 서향집!'

'서향······.'

한참 동안 말풍선과 다라수 잎을 번갈아 보았다. 그리고 온종일 고민한 끝에 밤이 되어서야 도키코 이모에게 전화를 걸었다.

새집에 가보고 싶다고 말하자 도키코 이모는 기뻐하며 "진짜? 놀러 와!" 하고 흔쾌히 승낙했다. 의외로 호의적이네, 라는 생각에 기분이 좋아졌는데 그때 이모가 말했다.

"마침 잘됐다. 이모 머리 좀 잘라주라. 앞머리가 거슬려서 못 참겠거든."

그럼 그렇지. 조카가 놀러 오는 게 기쁘다기보다 미용실값을 아낄 수 있어서 좋은 거겠지.

다음 주 미용실 정기 휴일에 놀러 가겠다고 하자, 도키코 이모가 2시쯤 오라고 했다.

　미용실 정기 휴일, 나는 집들이 선물로 줄 케이크 상자를 들고 도키코 이모의 성으로 향했다. 언덕 위에 위치해 있어 오르막길을 오르기가 힘들었다. 편의점조차 찾아보기 어려운 완전 주택가였다. 도착한 도키코 이모의 빌라는 중고라고는 해도 낡은 티가 나지 않는 5층짜리 건물이었고 꼭대기 층이었다. 인터폰을 누르자 도키코 이모는 대답도 하지 않고 문을 열었다.

　"오랜만이야. 오느라 고생했어."

　"실례하겠습니다."

　도키코 이모는 평소대로 '쌩얼'로 모습을 드러냈다. 목이 다 늘어난 핫핑크 폴로셔츠에 후줄근한 청바지를 입고 있었다.

　"들어와."

　도키코 이모는 나를 안으로 안내했다. 현관에 들어서자마자 좌우로 방이 있었고 양쪽 다 문이 반쯤 열려 있었다. 오른쪽 방에는 커다란 컴퓨터 두 대가 놓인 길쭉한 책상이, 왼쪽 방에는 침대가 보였다. 기대도 안 했지만 손님용 슬리퍼조차 내오지 않았다. 그래도 생각했던 것보다 깔끔했고, 복도 벽에는 귀여운 새 그림도 장식되어 있었다.

　하지만 도키코 이모가 거실로 들어가는 실내 문을 여는 순간, 나도 모르게 "윽!" 하고 소리를 내고 말았다. 거실은 기분

나쁠 정도로 밝았고, 말도 안 되게 더웠다. 아니, 그보다 뜨겁다는 표현이 정확했다.

에어컨이 작동되고 있었지만 전혀 효과가 없었다. 창문을 가리고 있는 커튼도 온통 노란색이라 오히려 밝은 느낌을 배가시켜 더 더워 보이는 효과를 주고 있다는 생각이 들었다.

"이모, 너무 덥지 않아?"

"더워? 이 집은 거실이 서향이라서 이 시간대에는 방법이 없어."

"커튼 색이라도 차가운 톤으로 바꾸던가 하지."

"뭐라고? 서쪽 방향에 노란색은 금전운을 올리는 풍수의 기본 중에 기본인 거 몰라? 커튼이 제일 넓은 면적을 차지하니까 더더욱 금색으로 해야지. 이건 양보 못 해."

완전 자기 스타일의 서향집을 골랐다더니 금전운을 올리려고 그랬구나. 왠지 힘이 빠졌지만 나는 집들이 선물로 사온 케이크를 건넸다.

"어머, 이 레몬타르트 안젤리카 거네? 이거 좋아하는데, 고마워."

2시로 시간을 정한 이모의 속셈이 드러났다. 점심때 초대하면 식사 대접을 해야 하기 때문이다. 음식을 만들기도 귀찮고, 어디 근처에서 외식을 한다면 조카인 나에게 더치페이 하자고 못 할 테니 말이다. 이 시간대라면 내가 간식을 가져올 것이고,

그러면 차만 내놓으면 된다고 생각했을 게 분명했다. 차도 대형 할인마트에서 사온 2리터짜리 녹차 페트병이겠지, 분명.

"일단 앉아."

나는 시키는 대로 식탁에 앉았다.

"차 내올게. 아이스로 줄까? 아니면 그냥?"

아일랜드 키친 너머에서 도키코 이모가 말했다.

"어? 음, 아이스."

도키코 이모가 주전자에 얼음을 넣었다. 페트병이 아니라 새삼스레 물을 끓여서 아이스티를 내주려는 모양이다. 그 정도가 아니라 "안 그래도 얼그레이 잎차를 괜찮은 걸로 구해 왔거든" 하고 말하는 게 아닌가. 전자레인지 옆에 각종 향신료가 든 병이 잔뜩 늘어서 있는 게 보였다. 손이 많이 가서 요리는 안 할 줄 알았는데, 의외로 요리도 제대로 하는구나, 생각하면서 방을 둘러봤다.

막 이사를 왔기 때문인지 거실에는 최소한의 가구밖에 없었다. 테이블과 의자, 소파, 텔레비전 그리고 서랍장 몇 개, 그게 다였다.

하지만 빈티가 나지는 않았다. 오히려 반대였다. 'L' 자 모양의 소파는 푹신하고 앉기 편해 보였고, 식탁도 4인용이라 혼자 쓰기에는 컸다. 가구들은 절대 싸구려가 아닌 제대로 만든 물건처럼 보였다.

그렇지만 너무 더웠다. 나는 일어나 창문 쪽으로 향했다. 노란색 커튼을 열자 얇은 레이스 커튼이 나왔다. 안쪽에 있는 레이스 커튼 하나로는 악마처럼 덮쳐오는 햇빛을 도저히 막을 수 없었다. 안 되겠네, 차라리 노란색 커튼이 낫지.

도키코 이모가 말했다.

"많이 더워? 온도 좀 낮출까?"

"이모는 괜찮아? 평소에 집에서 일하잖아."

"응, 나는 추위를 타니까 전혀 문제없어. 일할 때는 거실이 아니라 저쪽 방에서 하기도 하고. 하지만 다들 싫어하는 모양이야. 부동산 중개인이 그러는데 저녁에 햇살이 너무 세서 사람들이 피하는 탓에 잘 안 나가는 집이었대. 덕분에 값을 좀 깎았지."

도키코 이모가 땡잡았다는 듯이 미소 지었다. 결국 싸서 산 거네. 아무리 싸도 그렇지 어떻게 이런 집에서 사는지 도저히 이해가 가지 않았다. 실내 온도를 23도에서 18도까지 낮추고 식탁으로 돌아오니 홍차가 준비되어 있었다.

나는 길쭉한 잔에 담긴 아이스티, 이모는 머그컵에 담긴 따뜻한 홍차였다.

"이렇게 더운데 아이스로 안 마시고."

"어지간하면 따뜻한 걸 먹고 마시려고. 온종일 앉아서 일하다 보니까 손발뿐만 아니라 몸에도 금세 냉증이 오거든."

도키코 이모는 머그컵을 후우, 불고 차에 입을 댔다. 레몬타르트가 물방울무늬 접시에 담겨 있었다.

"접시 예쁘네."

"그치? 백엔숍은 진짜 좋은 것 같아. 천국이라니까. 이 머그컵도 거기서 샀어."

가구는 비싸 보였지만 취향이 변하지는 않은 모양이었다. 도키코 이모가 말했다.

"요새 일 바쁘니?"

"뭐, 그렇지. 아직 2년 차라서 바쁘기만 하고, 실력은 여전히 부족해. 중요한 일을 맡은 것도 아니고 매일 기운 빠진 채 집으로 돌아가는 거지, 뭐."

"그래. 무슨 일 있으면 편하게 말해."

부모 노릇을 대신하겠다는 대단한 각오로 이야기한다기보다는 그게 당연한 일이니까, 하는 투로 가볍게 말했다. 이모의 말에 기분이 좋아졌다는 사실을 깨닫고 나는 괜히 부끄러워서 퉁명스레 대꾸했다.

"고마워. 그래도 괜찮아. 한바탕 뛰면 다 잊어버려."

나는 레몬타르트를 베어 물었다. 그렇게 말하다니. 잊어버리지 못해 괴로워하는 주제에.

도키코 이모는 포크 든 손을 멈추고 나를 봤다.

"그래?"

"왜?"

"아니, 대단해서. 미하루 정말 다 컸네. 앞에서는 우물쭈물하고 뒤에서는 호박씨 까면서 원망하는 게 아니라 뛰면서 잊어버리다니. 이렇게 씩씩한 사람, 요즘 세상에 보기 드무니까."

놀리려는 말투나 그냥 둘러대는 말이 아니었다. 도키코 이모는 아주 진지한 표정으로 나를 칭찬해주었다. 나도 모르게 눈가가 젖어드는 느낌이 들어서 아이스티 잔에 입을 댔다. 은은한 시트러스 향이 기분을 편안하게 해주었다.

"실연이라도 했니?"

도키코 이모가 던진 직구에 나도 모르게 사레가 들렸다. 이런 점이 그녀다운 모습이기는 하다. 모르는 척 돌려 말하는 방법도 있을 텐데.

기침을 터뜨리는 나를 보고 도키코 이모는 타르트를 우물거리며 아무렇지 않은 목소리로 말했다.

"그런 건 아무리 달려봐도 쉽게 잊을 수 없는 것 같아."

기침을 진정시키던 나는 속마음을 들킨 듯 깜짝 놀랐다.

"왜 그렇게 생각해?"

"그렇잖아. 누군가를 좋아한다는 건 그 사람이 내 안에 녹아든다는 거니까."

"녹아든다? 무슨 말이야?"

도키코 이모는 대답 대신 툭 던지듯 말했다.

"뭐, 실연에는 세월 말고는 약이 없지."

세월이 약? 그런 흔해빠진 말에 반항심이 불쑥 들었다.

"괜히 마음에도 없는 말로 때우려고 하지 마. 그런 거 싫으니까. 언젠가 잊힌다는 둥, 전화위복이 될 거라는 둥. 지금 당장 힘들어서, 뭘 어떻게 해서라도 잊고 싶다고!"

화가 난 나를 향해 도키코 이모는 무표정한 얼굴로 말없이 마지막 남은 타르트 조각을 한입에 삼켰다.

나는 물방울무늬 접시로 시선을 떨어뜨리며 말했다.

"……빨리 잊고 싶어. 매일 아프고 괴로워. 어떻게 하면 지워질까?"

이번에는 도키코 이모가 곧바로 답했다.

"미안. 안 지워져. 안 지워도 괜찮아. 그 아픔은 사라지는 게 아니라 다른 것으로 변해가는 거니까."

"다른 거?"

내가 매달리듯 묻자 도키코 이모는 후훗, 하고 웃었다.

"그건 사람마다 달라. 누군가를 행복하게 해줄 만큼 훌륭한 무언가로 변화하는 경우도 있고, 자신을 벼랑 끝으로 몰아붙일 만큼 추한 무언가로 변화하는 경우도 있고, 다 자기 하기 나름이지."

머그컵 속 홍차를 다 마신 도키코 이모가 흐름을 바꾸듯 확 달라진 말투로 말했다.

"자, 슬슬 머리 좀 잘라줄래?"

도키코 이모는 동쪽 방에서 전신거울을 가지고 나와 거실 벽에 세웠다. 그 앞에 의자를 두고 내가 가져온 케이프를 둘렀다. 이동식 간이 미용실이 열렸다.

미용학교를 다닐 때부터 이런 식으로 가족이나 친구의 머리를 잘라달라고 부탁받는 일이 자주 있었다. 하지만 도키코 이모의 머리를 만지는 건 처음이다.

머리 끈을 풀고 분무기로 물을 뿌리며 빗질을 시작했다. 흰머리가 여기저기 보였다 사라졌다.

"이모, 염색 같은 건 안 해?"

일부러 흰머리 염색이라고 하지 않고, 컬러 염색인 것처럼 물어보았다. 하지만 도키코 이모는 내 속뜻을 알아차리고 대답했다.

"난 깨끗하고 깔끔한 느낌이 들어서 흰머리가 좋아. 검은색이 제멋대로 정반대인 흰색으로 변하는 거잖아. 게다가 이렇게 예쁘고 깨끗한 순백으로. 뭐랄까, 조금씩 마녀로 진화하는 느낌이 들어서 기대하는 중이야."

거울에 비친 도키코 이모가 호탕하게 웃었다. 그 웃는 얼굴을 나는 이상한 기분으로 바라봤다.

도키코 이모는 아름다운 사람이구나, 하고 처음으로 생각했기 때문이다.

이모의 머리카락은 어깨에 닿을 정도의 길이인데 내가 아주

어릴 때부터 쭉 똑같은 헤어스타일을 고수했다. 짧으면 머리를 묶지 못하고, 길면 머리를 말리는 데 오래 걸린다는 이유였다. 3개월에 한 번 저가 미용실에 가서 헐값으로 머리를 자른다고 했다.

항상 부스스하다고 생각했던 이모의 머리카락은 생각보다 건강하고 탄력이 있었다. 염색이나 펌을 한 번도 한 적이 없는, 그리고 자외선에도 거의 노출되지 않은 자연 그대로의 머리.

도키코 이모는 헤어드라이어도 쓰지 않겠지. 묶었을 때 무거워 보이지 않도록 살짝 안쪽 숱을 치자. 그러면 손질하지 않더라도 머리카락이 뜨거나 부스스하게 보이지 않을 것이다. 찰카당, 기분 좋은 가위 소리와 함께 머리카락이 바닥에 떨어졌다.

"미하루는 머리 만지는 손길이 참 부드럽네."

도키코 이모의 말에 나는 헉, 하고 놀랐다. 문득 사쿠마 씨를 떠올렸기 때문이다.

사쿠마 씨도 그렇게 칭찬했는데. 하지만 그건 내가 항상 사쿠마 씨를 지켜보고 있었기 때문인지도 모른다.

사쿠마 씨가 전에 이런 말을 한 적이 있다. 미용사가 손님과 접하는 순간은 짧은 시간이지만 우리가 진짜 이뤄야 할 목표는 머리를 만지는 게 다가 아니라고. 손님이 미용실을 나갈 때부터 다시 머리를 손질하러 올 때까지 얼마나 만족스러운 기분으로 지내는가, 그게 더 중요한 승부수라고.

한명 한명 세심하고 꼼꼼하게 손님을 대하고, 절대로 꼼수를 부리지도 대강대강 일하는 법도 없던 사쿠마 씨. 손님이 미용실에서 보내는 시간뿐 아니라 미래에 보낼 시간까지 생각하는 사람이었다. 일상생활을 고려한 스타일이나 행사에 참석할 때 스타일을 고민하는 것은 물론이고, 갑자기 헤어스타일을 바꾸고 싶어 하는 마음 상태까지 세심하게 살폈다.

나는 무의식중에 사쿠마 씨가 손님 머리를 만질 때의 손길을 흉내 내고 있었다. 매너가 좋으면서도, 깊은 곳에 자리한 당당한 자신감이 배어 나오는 그 표정을 모범으로 삼았다.

아, 그렇구나. 이모가 말한 게 이런 거구나. 내 안에 사쿠마 씨가 녹아들어 있어. 그 사실이 자랑스러웠다.

사쿠마 씨와 만나게 된 것은 행운이었다. 좋아하게 된 것도 행운이었다.

부담스러운 듯한 표정을 짓던 사쿠마 씨를 떠올리면 아직도 가슴이 아파오고, 그가 다른 사람과 결혼한다는 사실을 상상만 해도 눈물이 터져 나올 것 같지만, 그래도…….

해가 지기 시작하자 강렬했던 햇살도 부드러워졌다. 케이프를 두른 채 도키코 이모는 에어컨 온도를 높이고, 노란색 커튼을 걷어달라고 내게 부탁했다.

느긋하게 머리를 자르면서 우리는 온갖 이야기를 나눴다.

일 이야기와 어릴 적 엄마와의 추억 이야기. 동쪽을 향한 방 두 개는 각각 작업실과 침실로 쓰고 있고, 거실은 사무실 겸 회의실로 쓰고 있으며, 친구라도 놀러 오려면 적어도 투룸은 되어야 한다는 이야기도 했다.

도키코 이모는 이혼했을 때, 혹시라도 계속 독신으로 지내게 되든 아니면 언젠가 재혼하게 되든 자기 자신을 위해 빌라를 사기로 결심했다고 했다.

"이모, 큰맘 먹었네. 아무리 좀 깎았다고 해도 월세는 아닐 텐데. 대출 갚아나가기 힘들지 않아?"

"아니, 한 번에 전액 현찰로 샀는걸."

"뭐?"

도키코 이모는 의기양양하게 입술 끝을 올렸다.

"얼마나 고생해서 모았는데. 애초부터 독립할 때 대출 안 끼고 집을 살 생각이었어. 혼자 살아도 괜찮고, 둘 이상 살아도 괜찮을 수 있도록. 어디 한번 덤벼봐, 하고 각오를 다졌지. 항상 같은 상태가 계속 유지되지는 않으니까. 좋은 일이 일어날 수도 있고, 나쁜 일이 일어날 수도 있잖아. 나한테도 주변 사람들한테도."

흑백이 뒤섞인 머리카락을 가지런히 정리하며, 저항하지도 도망치지도 않고 이런저런 일들을 받아들여왔을 도키코 이모가 살아온 나날을 생각했다. 이 성을 손에 넣으려고 차곡차곡

절약하면서 온 힘을 다해 열심히 살아온 이모.

"돈이란 거 참 좋아. 날 자유롭게 하거든. 노동이 돈으로 바뀐다니 정말 고마운 일이야. 옛날에는 물물교환이었으니까. 물건 가치라는 게 사람에 따라 다르니까 말이야."

"그래서 취미가 저축이라고 그랬던 거야? 나는 이모가 구두쇠라고만 생각했는데."

농담조로 말하자 도키코 이모가 웃음을 터뜨렸다.

"뭐래니, 취미가 저축이라는 말은 그냥 웃자고 하는 소리지. 그래도 나 구두쇠라고 생각 안 해. 정말 필요한 것만 사고, 쓸데없는 데 돈을 안 쓰는 거지."

엉뚱하게 여름 마쓰리 때 빙수에 얽힌 추억이 떠올랐다. 추위를 잘 타고 냉증이 있는 도키코 이모 처지에서는 빙수를 사는 데 300엔이나 쓰고 싶지 않았을 것이다. 하지만 일에 필요한 컴퓨터나 소프트웨어는 물론 휴식을 취할 수 있는 이 빌라나 소파는 아무리 고가라 하더라도 이모에게는 충분히 받아들일 수 있는 합리적인 가격인 것이다. 정말 필요한 거니까.

"그런데 왜 서향을 고집한 거야?"

내가 묻자, 아 그거? 하고 도키코 이모가 온화한 표정을 지었다.

"전에 결혼했을 때 이런 느낌이 드는 빌라에 살았어. 전남편이 골랐지. 서향이 좋다면서. 이혼하고 본가에서 잠깐 살았는데, 본가가 남향집이잖아? 그래서 아하, 이래서 서향이 좋았던 거구나, 하고 깨달았어. 오후에 햇살이 듬뿍 들어와 겨울에 따뜻하거든. 그리고 서쪽에 거실이 있으면 방은 동쪽에 있잖아. 아침 햇살 덕분에 기분 좋게 일어날 수 있고, 일하기도 쾌적하고. 풍수적으로도 동쪽이 직업 운에 좋아."

주택 정보지를 보면 "남향집이라 볕이 잘 듭니다" 같은 말이 적혀 있곤 했다. 보통 거실을 기준으로 광고한 것이다. 만약 이 집이 남향이라면 작업실과 침실은 북쪽을 향하게 된다. 풍수는 잘 모르지만 어쨌든 이모한테는 현재 구조가 가장 최적이자 최고인 셈이다. 도키코 이모가 이렇게 온화한 표정을 짓다니. 그동안 힘든 일도 참 많았을 텐데. 예전 이모부의 존재가 이모에게 사랑스럽게 녹아들어 있다는 게 느껴졌다.

"그리고 말이야, 서향집은……."

말을 하는가 싶더니 갑자기 입을 꾹 다물어버렸다.

"뭐?"

"있다가 가르쳐줄게."

도키코 이모는 일부러 시간을 끌면서 평소 식사는 어떻게 하는지 화제를 바꾸었다. 된장국에는 말린 가다랑어 포를 넣어서 국물을 내고 매실주나 누카즈케(糠漬け)*도 직접 담가 먹는다고

---

* 쌀겨를 유산균으로 발효시켜 채소 등을 담가 만드는 일본의 대표 절임 요리. 보통 오이나 가지, 무 등 수분이 많은 채소를 재료로 쓴다.

했다. 그런 이야기는 엄마한테도 들은 적이 없었다. 어쩌면 내가 도키코 이모에게 관심이 없었던 건지도 모르지만.

"오늘은 미하루도 놀러 왔으니 밥을 해주고 싶었는데, 요새 계속 작업하느라 제대로 장을 보지 못했거든. 게다가 점심때까지 이어질 수도 있는 회의가 잡혀 있었어. 프리랜서가 바쁘다는 건 다행한 일이지만 말이야."

"그렇게 바쁘면 다른 날로 잡지."

"바쁘고 힘들어서 더 보고 싶었거든. 전에 커피숍에서 봤을 때 내 머리도 언젠가 잘라달라고 부탁했잖아. 조카가 꿈을 이뤄서 미용사가 됐다는 게 얼마나 기뻤는데."

머리 잘라줘, 라는 부탁을 했던가? 맞다, 그랬다.

일부러 잊어버린 게 아니었다. 도키코 이모가 이 정도로 나를 신경 써주리라고는 전혀 몰랐으니까. '도키코 이모는 이런 사람'이라고 한쪽 면만 보고 마음대로 단정해버렸으니까. 한낮의 뜨거운 햇살이 들어오는 서향 거실만 보고 도키코 이모의 성을 전부 부정해버렸던 것처럼.

커트를 마치자 벌써 오후 5시가 지났다.

"미하루, 저녁 먹고 갈 거지? 밥해줄 테니까, 장 보러 같이 갈래?"

"응, 나도 도울게."

도키코 이모는 활짝 웃으며 내 머리를 토닥토닥 두들겼다. 말 없는 그 몸짓에서 이모가 얼마나 기뻐하는지 전해졌다. 이모가 이런 표정을 지어주기만 한다면 앞으로도 얼마든지 커트하러 출장을 와야겠다고 생각했다. 사람을 좋아한다는 게 어디 사랑뿐인가…… 도키코 이모도 분명 내 안에 녹아들 것이다.

내가 뒷정리를 하는 사이 도키코 이모가 창가로 갔다.

"그 전에……"

이모는 말하면서 창문을 열었다.

"이리 와봐. 내가 가장 심혈을 기울여 골랐던 서향 포인트."

나는 케이프와 가위를 테이블에 두고 이모 쪽으로 걸어가 밖을 보았다.

"와……"

탄성이 절로 났다.

검은 실루엣으로 변한 거리의 윤곽이 오렌지색으로 물들고 그 위로 노란빛이 퍼져나갔다. 그 사이사이로 붉게 물든 구름 이 그러데이션 효과처럼 하늘로 끝없이 번지고 있었다. 하늘 로 이어져 올라갈수록 점점 색이 짙어져 군청색에서 짙은 보 라색으로 변해갔다.

"이런 경치를 보여준다니까, 서향집은."

도키코 이모가 말한 뒤 나를 돌아보고는 먼 곳을 향해 손을 뻗으며 웃었다.

"나는, 이 하늘을 산 거야."

나는 이모 옆에서 말 한마디 못 한 채 서 있었다. 홀딱 반한 듯이 말없이 쳐다보고 있는 사이에도 색의 배치가 시시각각 변하며 다채로운 모습을 보여줬다.

낮 동안의 찌는 듯한 더위를 견디면 서쪽 하늘이 때를 만나 이렇게 아름다운 저녁놀의 풍경으로 바뀐다니…….

억지로 잊어버리려고 하지 말고 기다리자, 하고 결심했다.

아직 남아 있는 가슴속 아픔이 언젠가 누군가를 행복하게 해줄 만큼 훌륭한 무언가로 변할 그때까지.

두 번째 잎사귀
|
티켓

냄새나, 라는 말을 들은 순간, 드디어 때가 왔구나 하고 생각했다.

사춘기 딸이란 으레 "아빠, 냄새나" 하고 말하는 법이다. 사쓰키가 태어난 날부터, 아니 아내 미에코가 임신했을 때 딸이라는 말을 들은 순간부터 각오를 다졌다. 지금까지.

오랜만에 일찍 퇴근해서 가족 세 명이 단란하게 저녁식사를 하려는데 사쓰키가 식탁에 먼저 앉아 있었다. 옆을 지나가는데 바로 그 순간 각오가 현실이 되었다. 움찔, 하고 긴장했지만 못 들은 척 의자에 앉았다.

양말은 이미 벗었다. 양복도 탈취제를 뿌려서 안방에 걸어놨으니 점심으로 먹은 튀김 냄새도 이미 날아갔을 것이다. 입

냄새 제거 사탕도 잊지 않았다. 인정하고 싶지는 않지만 남은 가능성은 '늙은이 냄새' 말고는 없다.

임신한 것 같아, 하고 미에코가 이야기했을 때 나는 마흔 살이었고 미에코는 서른여덟 살이었다. 솔직히 이대로 부부 단둘이서 사는 것도 나쁘지 않다고 생각하던 참이었다. 외동딸 사쓰키는 란셀*을 등에 멘 게 엊그제 같은데 벌써 교복을 입을 나이가 되었다. 벌써 중학교 2학년이다.

"엄마, 이거 냄새난다고."

사쓰키가 눈살을 찌푸리며 반찬 접시를 손가락으로 가리켰다. 된장국 그릇을 쟁반에 담아 들고 오던 미에코가 "좀 참아. 아빠가 제일 좋아하는 거란 말이야" 하고 말했다.

냄새난다는 게 이거였구나, 낫토김치.

안도의 한숨을 내쉬고 싶은 마음을 꾹 참고 사쓰키처럼 눈살을 찌푸렸다.

"잔소리 그만하고 너도 먹어. 몸에 좋아."

"시러시러시러시러."

사쓰키는 주문을 외우듯 거절했다. 나는 말없이 접시를 내 쪽으로 끌어당겼다.

된장국을 식탁에 내려놓은 미에코가 자리에 앉으려는 찰나,

---

* 네모 모양의 배낭으로 일본에서는 초등학생용 책가방을 뜻한다.

핸드폰 벨소리가 울렸다.

"아, 가게에서 전화 왔네. 먼저 먹고 있어."

미에코가 황급히 자리에서 일어났다. "네, 여보세요? 아, 피어스는 내일 납품할게요. 브로치도 재고가 떨어졌다고요? 그럼, 그것도 오늘 밤에 만들어놓을 테니까……" 새된 소리가 안방에서 흘러나왔다. 몇 개월 전, 아르바이트하는 수예점에서 위탁 판매하는 수제 액세서리가 반응이 좋자 미에코는 주문 요청에 맞춰 상품을 제작하기 시작했다. 원래부터 성격이 밝은 편이었지만 요새 들어 더욱 신이 나는 모양이었다. 인기 수공예 작가님, 참 바쁘시네요, 하고 마음속으로 중얼거리며 된장국을 마셨다.

조용해진 식탁에 사쓰키와 둘이 마주 앉아 있으려니 왠지 부담스러웠다.

"그래서…… 좀 어떠냐?"

"뭐가?"

사쓰키가 눈을 커다랗게 뜨고 쳐다보자, 한심하게도 '쫄았다'. 뭐라도 대화를 이어가야 할 텐데.

"뭐긴, 학교생활이지."

"그냥, 별로 딱히."

딱히? 뭐가 딱히 그렇다는 거야? 다시 찾아온 침묵 속에서 내가 아삭아삭 오이를 씹는 소리만 울렸다. 사쓰키가 결심한 듯 말했다.

"저기, 있잖아."

"응?"

내가 몸을 앞으로 기울였다. 무슨 고민이냐, 다 들어주마.

"텔레비전 틀어도 돼?"

"……응."

사쓰키가 리모컨으로 채널을 돌려 예능 프로그램을 찾았다. 요새 인기 있는 예능인의 개그와 신경에 거슬릴 정도로 시끄러운 웃음소리가 터져 나왔다. 사쓰키는 하하, 하고 경박하게 웃었다. 대화의 부담에서 벗어나 살짝 안도한 자신이 한심해져 접시 안에 든 김치와 낫토를 거칠게 휘저었다. 사쓰키가 싫은 표정 짓는 것을 보았지만 무시하고 밥 위에 낫토김치를 덮밥처럼 얹었다.

전화 통화를 마친 미에코가 돌아오자 거실 온도가 갑자기 높아진 기분이 들었다. "닷쩡이 있잖아……" 하고 내가 모르는 친구 이야기를 사쓰키가 미에코에게 꺼냈다. 나는 대화에 끼지 못하고 흥미 없는 텔레비전만 쳐다봤다. 둘이 나누는 이야기에 귀를 기울여보니 아무래도 친구가 아니라 '큐빅'이라는 아이돌 그룹 이야기를 하고 있는 모양이었다. 그래서 더더욱 끼어들 수가 없었다.

여자끼리 신나게 떠드는 동안 조용히 낫토김치를 먹었다.

사쓰키, 이거 맛있다니까? 이 구린 냄새가 외려 좋은 거야.

출장 중인 부장 대신 도심에서 떨어진 곳에 있는 거래처에 회의를 하러 갔다.

나는 작은 유리 제조업체에서 영업 일을 하고 있다. 처음으로 방문한 그 공장은 집에서 가장 가까운 역에서 구 하나가 차이 나는 곳에 있었는데, 조용한 주택가 끝에 있었다. 회사보다는 훨씬 가깝지만 모든 것이 낯설게 느껴지는 지역이었다.

회의를 마치고 역으로 돌아가는 길에 셔터가 내려진 건물이 눈에 들어왔다. '입주자 구함'이라고 적힌 종이가 청테이프로 붙어 있었고, 한 귀퉁이는 떨어져 있었다.

나도 모르게 떨어진 청테이프를 다시 셔터에 붙였다. 원래는 장난감 가게였는지, 빛바랜 셔터에 '기노시타 프라모델'이라고 적힌 글씨가 희미하게 남아 있었다.

건물을 지나치자 바로 옆에 좁은 길이 나 있었다. 그 길 끝에 도리이가 보였다. 신사가 있는 것이다.

급한 일도 없겠다, 아무 생각 없이 신사로 발길을 향했다. 딱히 신앙이 있는 것은 아니지만 구경 삼아 들어가보기로 했다.

넓지는 않지만 마음이 편안해지는 신사였다. 참배하러 가는 길가에 심은 나무도 관리가 잘돼 있었고, 쓰레기 하나 보이지 않았다. 애초에 사람들이 잘 찾지 않는 곳인 것 같았다.

참배당 앞에 서서 동전을 새전함에 던져 넣고 방울을 울렸다.

사쓰키랑 사이좋게 지낼 수 있기를.

합장하고 소원을 빌었다.

뒤돌아 나가려는데 시야에 뭔가 움직이는 게 느껴졌다.

고양이였다. 커다란 상록수 아래 있는 빨간 벤치 위에 검은 고양이가 웅크리고 있었다. 고양이가 나를 지긋이 쳐다보고 있어서 발길을 멈췄다. 내가 되쏘아보자 씨익, 하고 웃는 것 같았다.

설마, 고양이가 어떻게 웃겠어? 엉뚱한 생각에 스스로 어이없어하며 발길을 옮기려는데 고양이가 벤치에서 훌쩍 내려와 한쪽 손을 들었다. 나도 모르게 "얼레?"라는 말이 나왔다. '한쪽 손'이라는 표현이 이상한가? 왼쪽 앞발? 마네키네코*와 같은 포즈였지만, 실제로 고양이가 저런 자세로 있는 것은 처음 봤다. 자기한테 오라고 하는 건가 싶어서 휘적휘적 다가갔다.

검은 고양이인 줄 알았는데 자세히 보니 배와 발이 새하앴다. 얼굴에도 턱에서 이마까지 산 모양으로 흰색 털이 채우고 있었다. 고양이는 나무 주위를 가볍게 달리면서 빙글빙글 돌았다. 엉덩이에도 하얀색 무늬가 있었다. 마치 별 모양 같았다.

---

* 가게 입구나 계산대 등에 올려놓는 한 손을 들어 올린 고양이 모습을 한 인형. 손님이나 금전운 등을 불러 모으는(招き, 마네키) 고양이(猫, 네코)라는 뜻이다.

이게 무슨 나무였더라. 올려다보니 여기저기에 달린 나뭇잎 뒷면에 무슨 글씨가 적혀 있었다. '유튜버가 되고 싶다'는 둥 '다이어트 성공 기원'이라는 둥. 적혀 있다기보다는 뾰족한 것으로 긁혀 있었다.

"뭐야? 왜 그러는데?"

내가 당황한 얼굴로 서 있자, 고양이가 갑자기 멈춰 서더니 왼쪽 앞발로 나무를 통, 하고 쳤다. 팔락팔락 나뭇잎 하나가 떨어졌다.

나와 눈이 마주치자 고양이는 고개를 살짝 갸웃거렸다. 느릿느릿 떨어진 잎사귀를 주워 든 나는 가장자리가 뾰족한 잎사귀를 뒤집어 보았다.

티켓

티켓? 무슨 소리야. 무슨 티켓?

"이게 뭐야?"

고양이한테 말을 걸어봤자 알아듣지도 못할 텐데, 하고 자조하듯 고개를 들어보니 고양이는 이미 멀리 가버렸다. 뒤쫓아 간다고 해도 별 소용이 없을 것 같아 벤치에 앉아 꼼꼼히 잎사귀를 관찰했다.

그때 파란색 사무에를 입은 중년 남자가 지나갔다. 비닐봉

지를 들고 걸어가는 경쾌한 몸가짐으로 보아 이 신사의 신주
(神主)*인 것 같았다. 그는 나를 발견하고 "안녕하세요" 하고 인
사를 했다. 내가 말을 건넸다.

"저기요."

"네?"

"이 신사에서 고양이를 키우나요?"

"아니요."

신주는 통통한 얼굴로 복스럽게 웃었다. 아니요, 하고 말하
면서도 상황을 다 알아차렸다는 표정이었다.

"받으셨나 보군요. 미쿠지가 보낸 잎사귀를."

"미쿠지? 아까 그 고양이 이름이 미쿠지입니까?"

"네. 미쿠지를 만나시다니, 운이 참 좋으십니다. 다라수 잎에
뭔가 적혀 있지요? 말씀을 계시받으신 거니까, 잘 챙겨두세요."

"말씀이요? '티켓'이라는 말이 나한테 주는 계시라고요?"

신주는 비닐봉지를 들어 올리며 말꼬리를 자르며 말했다.

"아이고! 돼지고기 찐빵이 다 식게 생겼네. 죄송합니다. 먼
저 실례하겠습니다."

신주는 잰걸음으로 사라졌다. 나는 살집 좋은 뒷모습을 눈
으로 배웅했다.

---

* 신사의 신관(神官) 가운데 우두머리를 말한다.

고양이도 나뭇잎도 신주도 뭐라 말하기 어려울 만큼 기묘했지만 회사로 돌아와 일하는 동안 전부 잊어버렸다. 어차피 그 신사에 또 갈 일도 없을 테고.

10시가 지나 퇴근하니 늘 그렇듯 사쓰키는 자기 방에 들어가 있었고 미에코는 소파에서 텔레비전 드라마를 보고 있었다. 식탁에는 저녁이 차려져 있었다. 평소와 다를 것 없는 광경이었다.

"된장국 데워줄게."

광고가 시작되자 미에코가 일어섰다. 편한 옷으로 갈아입고 식탁에 앉자 사쓰키가 슬쩍 밖으로 나왔다.

"오셨어요……."

"어."

과자라도 가지러 나왔나. 하지만 사쓰키는 식탁 맞은편에 우뚝 서서 뭔가 할 말이 있는 듯 우물쭈물했다. 은근슬쩍 엄마에게 눈길을 보내는 모습이 도와달라는 신호 같았다.

"왜?"

내가 자세를 잡고 물어보자 미에코가 아일랜드 키친 너머에서 사쓰키에게 말했다.

"네 입으로 직접 말해."

사쓰키가 마른침을 꿀꺽 삼켰다. 나도 모르게 따라서 침을 삼켰다.

돈 얘기인가? 아니면 설마 남자친구가 생겼나? 심장이 쿵쾅거렸다. 사쓰키가 겨우 입을 열었다.

"저기 스마트폰⋯⋯."

에이, 뭐야. 그렇지만 답은 이미 정해져 있었다.

"안 돼. 아직 스마트폰 쓰기에는 어리다고 아빠가 분명 그랬지? 고등학교 갈 때까지 참기로 약속했잖아."

"아니, 그게 아니라."

"남들이 다 가지고 있으니까 나도 갖고 있어야 한다는 말은 질릴 정도로 들었으니까 절대로 안 통해."

그게 아니라니까, 하고 사쓰키가 고개를 가로저었다. 당장 눈물이 터져 나올 것 같은 모습이었다. 여기서 쉽게 승낙해주면 내게 마음을 열지도 모른다. 하지만 그래서는 안 된다. 중학생에게 스마트폰은 불필요할뿐더러, 아이들 사이에 트러블이 생겨 좋지 않은 사건으로 커지는 일이 많다고 매일 뉴스에 나오지 않는가. 세상 변화에 못 따라가는 꽉 막힌 아버지라고 해도 딸이 안전하다면야 얼마든지 욕먹어도 좋다.

"⋯⋯빌려달라고. 아빠 스마트폰."

"빌려달라고? 왜?"

떨리는 목소리로 사쓰키가 말했다.

"티케팅하려고 그래. 그러니까 좀 빌려줘."

티켓?

나도 모르게 숨이 턱 막혔다. 사쓰키는 얼굴이 새빨갛게 달아오른 채 설명을 시작했다.

사쓰키의 설명을 요약하면 이랬다. 사쓰키는 2년 전부터 큐빅이라는 아이돌 그룹의 엄청난 팬이 되었는데 돈이 없어서 공식 팬클럽에는 가입하지 못하고, 앨범도 다 빌려서 들었다. 콘서트 티켓은 대부분 팬클럽 회원에게 우선적으로 기회가 돌아가기 때문에 일반 판매일에는 먼저 전화로 예약하는 사람이 얼마 안 남은 티켓을 차지하는 식인데, 2분 만에 매진되기 때문에 한 번도 성공한 적이 없다고 했다.[*]

그런데 이번에는 초판 한정 싱글 CD에 들어 있는 시리얼 넘버 가운데 추첨으로 콘서트 티켓을 두 장씩 준다는 것이다. 싱글이라면 사쓰키도 용돈을 모아서 살 만한 가격이었다. 사쓰키 처지에서는 모 아니면 도 수준이기는 해도 가능성이 생긴 셈이다. 하지만 당첨 결과가 이메일로 도착하기 때문에, 응모하려면 이메일 주소가 필요했다.[**]

"엄마 거로 응모하면 되잖아."

"나는 피처폰이잖아."

***

* 인터넷으로 티케팅을 하는 게 주류인 한국과 달리 일본은 여전히 전화로 예매한다.
** 일본에서는 히라가나, 가타카나, 한자, 영어, 기호 및 숫자를 모두 지원해야 하기 때문에 우리나라의 '단문 문자메시지'에 해당하는 SMS 사용이 어려워 통신사에서 제공하는 이메일을 사용해왔다.

어느새 소파에 앉아 있는 미에코가 드라마를 보면서 말했다. 피처폰이나 컴퓨터로는 응모가 불가능해서 스마트폰이 있어야만 하는 상황이었다. 무슨 시스템이 이따위야?

"두 장이라고? 누구랑 갈 건데?"

"당첨되면 친구 중 한 명한테 부탁하려고. 큐빅 팬인 애들은 많으니까."

"중학생 둘이서 간다고? 끝나면 밤늦은 시간일 텐데."

"그럼…… 엄마랑 갈게."

사쓰키가 미에코의 눈치를 살폈다. 미에코는 "큐빅 콘서트? 진짜? 앗싸~" 하고 주먹을 치켜들며 세리머니를 했다. 내가 언짢아하는 것을 눈치챈 사쓰키가 갑자기 화난 듯한 말투로 말했다.

"빌려주지 않을 거면 사주든가!"

부탁하는 처지에 오히려 화를 내다니. 나도 언성을 높였다.

"당첨이 될지 안 될지도 모르는데 응모하려고 스마트폰을 사달라고? 그게 얼만지나 알고 그러는 거야! 팬클럽 들어가는 게 훨씬 싸겠네."

"그럼 팬클럽 가입해도 돼? 보호자 승인이 있어야 하는데."

말문이 턱 막혔다. 맞다, 그러고 보니 팬클럽 가입하고 싶다는 걸 안 된다고 막은 사람도 다름 아닌 나였다. 사쓰키가 삐져서 입술을 삐죽거렸다.

"아빠는 무조건 나한테 안 돼 안 돼, 다 안 돼. 말 끝나지도 않았는데 무조건 안 된다고만 하고. 티케팅이 어려운 것도 아닌데, 치사해."

티켓…… 티켓이라. 잠깐 망설인 다음 결심을 굳혔다.

"휴우…… 알았어. 해줄게."

"뭐?"

"알았다고. 아빠가 스마트폰으로 응모해줄게. 그 시리얼 번호인가 뭔가 줘봐."

사쓰키의 눈이 커지고, 뺨이 빨간 사과처럼 달아올랐다.

"자, 잠깐만!"

사쓰키가 허둥지둥 자기 방으로 달려갔다. 드라마가 다 끝났는지 미에코가 놀려대기 시작했다.

"갑자기 훅 꺾이네, 고스케 씨."

나는 머뭇거리다 양복 주머니에서 잎사귀를 꺼냈다.

"오늘 있잖아, 신사에서 고양이한테 이걸 받았어."

"고양이?"

미에코가 눈을 깜빡이며 잎사귀를 받아 들었다.

"티켓이라고 적혀 있잖아. 나한테 무슨 계시를 내리는 거래. 아까는 말도 안 되는 소리라고 생각했는데, 사쓰키가 티켓 어쩌고 하니까 혹시 이게 티케팅을 말하는 건가 싶어서."

"뭐래?"

"아니, 그렇잖아. 우연의 일치라고 하기에는 너무 신기하지 않아? 이걸 받은 날, 사쓰키가 티켓 어쩌고 하니까."

미에코가 잎사귀를 지긋이 바라봤다.

"음, 누구한테 받았다고?"

"신사에서 만난 고양이. 엉덩이에 별 모양이 있고, 사람처럼 웃는."

내게 잎사귀를 돌려주며 미에코가 진지한 얼굴로 말했다.

"당신, 괜찮아? 아무것도 안 쓰여 있잖아."

"뭔 소리야, 여기 똑똑히……."

"다음 화 예고 나온다. 쉿, 조용!"

정말 나한테만 보인다고? 그게 말이 돼?

돼지고기 찐빵 식는다고 신주한테 무시당하고, 드라마 예고편 본다고 마누라한테 무시당하자 나도 모르게 기운이 빠졌다. 그때 사쓰키가 함박웃음을 지으며 다가오는 모습을 보자 구원을 받은 듯한 기분이었다. 뭐가 뭔지 모르겠지만 바라는 대로 다 해줘야겠다고 결심하고, 스마트폰을 꺼냈다.

"그러니까…… QR코드가…… 스샷으로는…… 아빠 스마트폰이…… 못 들어간다고……."

사쓰키가 무슨 말을 하는지 이해가 되지 않았다. 외계인이 눈앞에서 울면서 소리 지르는 것 같았다.

콘서트에 응모한 지 2주가 지난 뒤 당첨 메일이 왔다. 내용도 제대로 살펴보지 않고 당첨됐다고 말하자 기뻐서 완전히 정신이 나간 것 같았던 사쓰키가 메일을 읽어보더니 동요하기 시작했다. 큰일 났다는 말투로 내게 무언가를 설명했지만 무슨 말인지 알아들을 수가 없었다. 그러자 답답했는지 점점 흥분하며 목소리를 높이던 사쓰키가 찢어지는 목소리로 고함을 질러대며 울음을 터뜨리고 말았다.

아내에게 사정을 자세히 캐묻고 나서야, 사쓰키의 외계어가 "그러니까 QR코드가 필요하다니까? 스크린샷으로는 대체가 안 돼서, 아빠 스마트폰이 아니면 못 들어간다고"라는 말이라는 것을 알 수 있었다.

E-티켓이라고 하는 기능인데 스마트폰이 입장권 역할을 한다고 했다. 다시 말해 당첨된 스마트폰이 아니면 콘서트장에 못 들어간다는 것이다. 이메일에 적힌 URL에 접속해서 QR코드를 다운로드한 다음 콘서트장에 들어갈 때 기계로 인식시켜 본인 확인을 하는 과정이라고 했다. 그런데 신청할 때 이름과 성별, 나이까지 전부 내 정보를 입력해버리고 말았다.

자주 해봤다면 당연히 제대로 입력했겠지만, 처음 해보는 사람이 어떻게 알겠는가? 사쓰키는 콘서트 가는 꿈에 부풀어 정신이 팔려 있고, 30년 동안 콘서트에 가본 적이 없는 나나미에코에게는 미지의 세계였다. 당첨되면 당연히 종이 티켓

두 장이 배달 오는 줄 알았던 것이다.

"요새는 전부 다 디지털이야. 괜히 더 불편해지잖아."

"폴미 방지래."

피처폰으로나마 어떻게든 인터넷 세계를 돌아다니는 미에코가 E-티켓에 대해 알아보더니 중얼거렸다.

"폴미?"

"프리미엄을 줄인 말이래. 암표 있잖아. 큐빅 티켓은 원래 8천 엔밖에 안 하는데, 프리미엄을 붙여서 암표를 팔기 때문에 10만 엔까지 가격이 폭등해버린다는데?"

"그럼, 지금 내 스마트폰을 중고로 10만 엔에 팔 수 있다는 거야?"

그냥 농담 삼아 한마디 던진 건데 사쓰키가 발을 동동 구르며 화를 냈다.

"그런 나쁜 사람들이 있으니까 이렇게 귀찮아지는 거잖아!"

사쓰키는 거칠게 티슈를 잡아 뽑더니 인상을 쓰며 코를 팽 풀었다.

"엄마, 아빠로 변장해. 입구에서 남자인 척하면 되잖아. 신분증은 사진 없는 보험증으로도 되니까. 모자 쓰고 안경 쓰고 마스크 쓰면 분명 모를 거야."

"진짜? 재미있겠다."

미에코가 웃음을 터뜨렸지만 나는 당황했다.

"잠깐, 아빠 스마트폰을 엄마한테 맡기란 말이야?"

"왜? 숨기는 거라도 있어?"

미에코까지 히죽히죽 웃으며 나를 쳐다봤다. 켕기는 구석 따위는 없었다. 하지만 솔직히 기분이 좋지 않았다. 나는 숨을 고른 다음 대답했다.

"……알았어."

"핸드폰 엄마한테 빌려주게?"

사쓰키가 기뻐서 펄쩍 뛰었다.

"아니, 안 빌려줘. 대신 내가 갈게."

"뭐?"

"아빠가 너랑 같이 둘이서 간다고, 큐빅 콘서트."

요즘 잘나가는 J-POP이 울려 퍼지는 가게 안은 쓸데없이 밝았다. 신곡 앨범이 진열된 선반 옆에는 작은 모니터가 달려 있었고, 반벌거숭이 여자아이들이 춤판을 벌이고 있었다. 작년 콘서트 DVD인 모양이다.

두리번거리며 CD를 찾다가, 벽에 포스터를 붙이고 있던 검은색 앞치마를 두른 남자 직원에게 말을 걸었다.

"저기요."

"아, 네."

직원이 빙그르 돌듯이 몸을 돌렸다. 뒷목은 깔끔한데 앞머리가 길었다. 스키니 진을 입은 다리도 늘씬했다. 갓 스무 살이 지났으리라. 가슴에 '다지마'라고 적힌 배지를 달고 있었다.

"큐…… 큐빅 CD를 찾고 있는데."

쉰을 넘긴 다 늙은 아저씨가 아이돌 그룹 이름을 입에 올린다는 것만으로도 부끄러웠다. 하지만 '다지마'라는 청년은 상큼하게 웃으며 고개를 끄덕였다.

"앨범 찾으시나요?"

"아, 네."

"제목 아세요?"

다지마 군이 말했다. 수염이 안 나는 건가, 의심 갈 정도로 피부가 매끈했다.

"잘 모르는데, 딸이 사달라고 해서 말이야. 무슨 콘서트에 간다던대."

"우와, 따님은 좋으시겠어요. 큐빅 콘서트 티켓 구할 확률이 공식 팬클럽 회원이라도 장난 아니잖아요. 복권에 당첨될 확률이라고 어떤 손님이 그러시더라고요."

그러고는 넉살 좋게 "여기 있습니다" 하고 내게 CD를 건넸다. 하긴, 그렇겠지. 암표값이 10만 엔까지 확 오를 정도라니까.

"돔 투어가 곧 시작한다면서요. 그러면 이 앨범이겠네요."

다지마 군이 내민 CD 재킷에는 남자 여섯 명이 있었다. 커다란 주사위 모양의 오브제가 여기저기 놓여 있는 가운데 모두 다른 색의 티셔츠를 입고 미소 짓고 있었다.

사쓰키가 가장 좋아하는 게 누구였더라? 아마 '다'로 시작할 텐데. 전부 호리호리하고 비슷하게 생겨 구분이 안 되었다.

"다…… 뭐였더라?"

"닷쩡 말씀이신가요? 닷쩡은 녹색 티셔츠에 덧니 난 친구예요. 구즈하라 다쓰히코."

구즈하라 다쓰히코, 통칭 닷쩡. 녹색 티셔츠, 덧니. 오케이, 외웠다.

"큐빅 참 좋죠? 저도 좋아해요."

"진짜? 어떤 점이?"

"그게 말로 설명하기가 어려운데요. 뭐랄까, 보고 있으면 기운이 솟는다고 할까요? 단순히 얼굴만 잘생긴 게 아니라 개그 센스도 있고."

개그 센스도 있다고? 여자애같이 생긴 어린놈이.

다지마 군은 닷쩡을 손가락으로 가리켰다.

"개인적으로는 닷쩡이 자연스럽다고 할까요? 왜 연예인들은 대부분 치아 교정을 하잖아요. 그런데 닷쩡은 있는 그대로 덧니를 남겨둔 채 활동하는 게 자신의 매력을 잘 알고 있는 것 같아 멋있어요."

오호, 그렇군. 다지마 군의 분석에 감탄하면서 내가 말했다.

"자네도 이 중에 들어가면 밀리지 않을 것 같은데. 손색이 없어.”

“네? 제가요? 에에에에에이, 아닙니다. 저는 그냥 평범한 취준생인데요. 그럼, 전 이만.”

다지마 군은 가볍게 인사하고 자리를 떴다. 나는 사쓰키와 말이 통할 만한 단어를 잔뜩 손에 넣은 것 같았다. 취준생이라, 대학생인가?

다지마 군을 멀리서 바라보고 있는데 다른 손님이 그를 불렀다. 다지마 군은 교복 입은 고등학교 여학생 2인조를 향해 다가가더니 넉살 좋게 질문에 답을 하기 시작했다. 다지마 군을 향해 여학생들이 방긋방긋 웃는 모습으로 미루어보아 다지마 군에게 호감을 품고 있는 게 확실했다.

솔직히 부러웠다.

그저 가만히 서 있기만 해도 사람들이 알아서 모일 테고, 둥글둥글한 분위기를 타고난 다지마 군은 아저씨나 젊은 여성 그 누구에게라도 똑같이 넉살 좋게 대할 수 있으리라. 사쓰키도 다지마 군과는 이야기가 잘 통할 것 같았다.

빛나는 젊음 탓이라고 하기에는 좀 다른 느낌이었다. 나에게도 젊은 시절은 있었다. 하지만 단 1초도 다지마 군 같았던 시기는 없었다. 버블 시대에 다들 흥청망청 놀고 연애에 미쳐 지내는 동안 한 번도 그런 적이 없었고, 인기 디스코텍에 달린 미러볼을 본 적도 없었다. 학생 시절에는 항상 인기가 없는 편이었고, 여자에게 인사조차 건네지 못했으며, 시급 650엔짜리 택배 아르바이트를 하며 보냈다. 다지마 군 같은 사람이라면 내 나이가 되더라도 여전히 세련된 사람일 테고, 딸과 사이좋게 아이돌 이야기를 나눌 수 있는 좋은 아빠가 될 테지. 나는 손에 든 CD 재킷을 내려다봤다. 사쓰키가 가장 좋아하는 남자. 사쓰키가 가장 좋아하는 닷쩡. 이봐, 닷쩡. 사쓰키는 이미네게 푹 빠졌다고. 만나본 적도 없으면서.

CD를 가방 한구석에 쑤셔 넣고 집으로 돌아왔다.

미에코는 안방에서 액세서리를 만들고 있었다. 문 너머로 "어서 와~"하는 목소리만 들려왔다.

거실에 가보니 막 씻고 나온 사쓰키가 텔레비전을 보고 있었다. 소파에 앉아 수건으로 머리카락을 말리면서도 몸이 앞으로 쏠려 있다. 예능인이 MC를 보는 버라이어티 프로에 큐빅이 나온 모양이었다.

늘씬한 남자가 MC에게 맞장구를 쳤다. 덧니. 아하, 얘가 닷쩡이구나. MC가 트집을 잡으며 분위기를 깔아주자, 닷쩡이 받아치면서 우스꽝스럽게 너스레를 떨었다. 사쓰키가 "아하하하핫!" 하고 웃음을 터뜨렸다.

"……보기만 해도 기운이 솟네, 큐빅은."

넥타이를 풀면서 가능한 한 자연스럽게 다지마 군이 말한

대로 읊어봤다. 사쓰키가 과장되게 몸을 돌리더니 눈을 크게
떴다. 나는 말을 이었다.

"얼굴만 잘생긴 게 아니라 예능감도 좋고."

"뭐어?"

고개를 갸웃하며 사쓰키가 수줍게 웃었다. 왜 네가 부끄러
워하는데?

"아빠, 큐빅 멤버 알아?"

"응, 그럼 그럼. 닷찡이 참 괜찮은 것 같아. 뭐랄까, 덧니를 교
정 안 하고 그대로의 모습으로 승부를 걸겠다는 점이 자연스
럽다고 할까?"

"진짜로!"

순간 사쓰키가 벌떡 일어나 내게 뛰어들 기세였지만, 텔레
비전에서 닷찡 목소리가 들려와 바로 자세를 고쳐 잡고 앉아
화면을 뚫어져라 쳐다봤다.

그런 점은 미에코를 꼭 닮았다. 광고가 나오니 그제야 고개
를 돌려 나를 봤다.

"아빠도 최애가 닷찡이라니 의외로 보는 눈이 있네."

"그렇지?"

참으려고 했지만 나도 모르게 자꾸 웃음이 나왔다. 나와 콘
서트에 함께 가야 한다고 결정이 났을 때 사쓰키는 실망한 모
습을 노골적으로 드러냈다. 그 태도에 나도 꽤 상처를 받았지

만 자기 전, 사쓰키가 기특한 표정으로 "콘서트 같이 가주셔서 고맙습니다" 하고 고개를 숙이는 모습을 보고 확신했다. 이번 일을 계기로 우리 사이는 더욱 돈독해질 것이다. 사쓰키가 어른이 되고 나서도 이번 일을 소중한 추억으로 떠올리게 될 것이다. 최고의 하루가 될 게 분명하다.

"닷찡 너무 좋아."

셀레는 듯한 표정을 짓고 있는 사쓰키의 말에 나는 "그러게" 하고 맞장구를 쳤다. 더 이상 닷찡에 대한 정보를 가진 게 없어서 솔직하게 물어보기로 했다.

"몇 살이야, 닷찡?"

"스무 살."

"젊네."

"하지만 열한 살 때부터 기획사에 들어가서 경력은 꽤 길어."

오오, 대화가 이어진다. 좋다, 좋아. 사이좋은 부모자식 느낌이다. 기분이 좋아진 사쓰키가 나에게 말했다.

"결혼…… 하고 싶어."

"뭐?"

내가 깜짝 놀라 쳐다보자, 사쓰키가 젖은 머리카락 끝을 손가락으로 꼬며 웃고 있었다.

"겨, 결혼이라니……."

"진심이야. 내 꿈인걸. 닷찡이랑 결혼하는 거."

사쓰키가 벌써 약속이라도 한 듯 황홀해하며 수건으로 얼굴을 가렸다. 그 모습을 보자 정체를 알 수 없는 분노와 불안이 뭉게뭉게 피어오르는 새카만 연기처럼 내 안에 차올랐다.

"안 돼! 무슨 소리야, 너! 아직 중학생이면서!"

나도 예상치 못한 고함이 튀어나왔다. 사쓰키가 수건에서 얼굴을 뗐다. 얼굴 표정이 순식간에 굳어졌다.

"결혼이 그렇게 간단한 건 줄 알아! 쉽게 말하지 마. 만나본 적도 없는 주제에 무슨 결혼이야! 저쪽은 네가 누군지 요만큼도 모르잖아. 콘서트 간다고 해도 넌 그냥 큰 산의 모래알 정도밖에 안 된다고!"

시간이 갈수록 사쓰키의 얼굴이 일그러졌다. 입술을 비틀더니 말없이 자리에서 일어났다. 수건을 꽉 쥐고 자기 방으로 가버린 사쓰키와 교대라도 하듯 미에코가 나타났다.

"아이고, 벌써 눈물이 한 바가지네."

미에코가 부엌으로 들어가 티백이 담긴 머그컵을 식탁에 내려놓았다. 사쓰키가 세게 문을 닫는 소리가 울려 퍼졌다.

"왜 그래?"

"몰라. 사쓰키가 닷찡이랑 결혼하겠다는 엉뚱한 소리를 하잖아."

"뭐라고? 세상에나!"

미에코가 픕, 하고 웃음을 터뜨렸다.

"그렇지? 참 한심한 녀석이라니까."

같은 편이 생겨서 마음이 편해진 내가 웃음을 터뜨리자, 미에코가 전기포트로 끓인 뜨거운 물을 컵에 따르면서 말했다.

"착각도 자유시네. 내가 웃은 이유는 이런 일에 진지하게 화내고 있는 당신 때문이거든?"

뭐라고? 무슨 말이야.

바보는 당신이라고, 라는 말을 들은 것 같아 기분이 나빠져서 텔레비전 리모컨을 낚아챘다. 미에코는 콧노래를 부르며 컵을 들고 안방으로 들어갔다.

채널을 이리저리 돌렸다. 후속타를 먹이기라도 하듯 결혼 전문 업체의 광고가 나왔다. 웨딩드레스를 입은 젊은 배우가 하늘을 날아가는 장면을 보다가 텔레비전을 껐다. 정적이 찾아왔고, 세상과 동떨어져 있는 외톨이가 된 것처럼 느껴졌다.

며칠이 흘렀지만 사쓰키와는 여전히 냉랭한 상태였다. 아버지와 딸이란 대화를 나누지 않아도 딱히 생활에 지장은 없다.

콘서트 날짜가 내일로 다가와서 나는 그 신사에 다시 한번 가보기로 마음먹었다. 미쿠지인가 하는 고양이에게 또다시 말씀을 받게 될지도 모른다고 생각했기 때문이다. 일부러 용건을 만들어 근처 공장으로 인사를 갔고, 돌아오는 길에 신사로 향했다.

티켓, 여기까지는 알겠다. 내 스마트폰으로 콘서트 티켓을 구할 수 있게 된 덕분에 사쓰키와의 거리가 다소 가까워진 느낌이었는데, 기껏 괜찮게 흘러가던 분위기를 내가 깨뜨리고 말았다. 하지만 사쓰키가 괜히 결혼 이야기를 꺼내서 내가 울컥한 것이다. 아니, 내가 어른스럽지 못한 건가?

그래서 한 번 더 신사를 찾은 것이다. 이번에는 어떤 계시를 받게 될까? 어떻게 하면 사쓰키와 나 사이에 맺힌 응어리를 풀 수 있을까?

신사 구석구석을 돌아다녔지만 아무리 찾아도 고양이는 없었다. 참배하는 동안 방울을 크게 울려보았지만 미쿠지는 모습을 드러내지 않았다.

벤치에 앉아 미쿠지에게 받은 나뭇잎을 바라보는데 신주가 지나갔다. 오늘은 비닐봉지 대신 접사다리를 들고 있었다.

"실례합니다."

벤치에서 일어나 인사를 하자 신주는 나를 알아보고 "아!" 하고 웃음을 지었다.

"안녕하세요. 전에도 오셨었지요?"

"저…… 고양이는 어디 있죠? 미쿠지를 만나고 싶은데요."

"글쎄요, 저도 어디 있는지 모릅니다. 미쿠지에게 볼일이 있으신가요?"

"요전에 받은 말씀대로 했는데, 그 뒤로 어떻게 해야 할지 몰라서 말이죠."

신주가 스트레칭을 하듯 목을 옆으로 꺾자 뚜둑, 하고 소리가 났다.

"말씀을 제대로 마무리 지으셨나요?"

"마무리요?"

"예."

신주가 온화한 표정으로 고개를 끄덕이며 말을 이었다.

"선생님 마음속에 제대로 자신의 것으로 만드셨나요? 기대했던 결과를 얻지 못했다고 해서 또 도와달라고 하는 건 태만한 자세가 아닐까요."

신주는 어디까지나 자신의 의견일 뿐이라고 덧붙였지만, 설교조로 들리지는 않았다. 그의 말이 옳다는 생각이 들었다.

"실례합니다. 사무실 전구가 나가서요."

신주는 접사다리를 들고 성큼성큼 가버렸다. 오늘은 전구한테 지고 말았다.

역에 도착해 개찰구를 나가려는데 경고음이 들렸다. IC카드 잔금이 거의 남지 않았다는 걸 까먹고 있었다.

자동 티켓 판매기에 IC카드와 지폐를 넣는데 문득 패널에 적힌 알파벳이 눈에 들어왔다.

TICKET.

……그렇구나, 전철표도 티켓이라고 하지?

멍한 채로 충전을 끝내고 개찰구를 빠져나왔다. 승객이 드문드문 탄 전철이 바로 도착해 자리를 잡고 앉았다. 창문에 낯선 풍경이 비쳐 기차 여행을 떠나는 기분이 들었다.

가방에서 휴대용 CD플레이어를 꺼냈다. 15년 전, 회사 송년회 때 빙고대회에서 상품으로 받은 것을 아직도 사용하고 있었다. 건전지를 넣으면 무난하게 작동했다. 성능이 좋았다. 기계문명의 발달이 이 수준에서 멈췄더라면 좋았을 텐데. 스마트폰은 아무리 편리한 기능이 많아도 3년만 지나면 단말기를 바꿔야 하고, 애초에 변화 속도가 너무 빨라서 나 같은 사람은 뒤처지기 일쑤다.

이어폰을 귀에 끼자 맞은편에 앉은 남고생이 신기한 물건을 보듯 내 CD플레이어를 쳐다봤다. 이런 친구들은 CD를 몇 장씩 들고 다니던 시절이 있었다고는 상상도 못 하겠지. 매너 없이 빤히 쳐다보는 시선을 무시하고 플레이 버튼을 눌렀다. 물론 안에 들어 있는 CD는 큐빅 앨범이었다.

티켓.

창밖으로 빠르게 지나가는 이름 모를 마을을 바라보며 생각했다. 가족이란 같은 전철을 탄 것이나 다름없다. 처음에는 같이 타고 있어도 언젠가 환승역에 다다르면 자식은 다른 장소로 가버리고 만다. 이제까지 옆에 나란히 앉아서 같은 풍경을 보았는데. 열차에 몸을 맡긴 채 이런저런 이야기를 나누었는데.

하지만 나도 마찬가지 아니었던가. 때가 되자 자연스럽게 나 자신의 의지로 부모님과 다른 전철로 갈아탔다. 그리고 미에코와 만났고 둘이서 같은 전철을 탔고…… 그 전철에 사쓰키가 올라탄 것이다. 사쓰키 자신의 티켓을 가지고.

언제부터 이렇게 되었을까. 사쓰키의 행동 하나하나에 "안 돼"라고 말하게 되어버렸다니. 사쓰키 안에서 싹트기 시작한 자아가 두려웠던 것인지도 모른다. 내 시선이 닿지 않는 곳으로 멀리 가버릴지도 모른다는 걱정을 떨쳐버릴 수가 없었다.

하지만 부모자식이란 언제까지나 같은 전철을 탈 수는 없다. 그렇다면 환승역에 도착해 아이가 자리에서 일어났을 때, 다음 열차에 무사히 올라탈 것이라고 믿고 배웅하는 것만이 부모가 할 수 있는 유일한 역할인지도 모른다.

사랑이 지구를 돌리는 거야
그대가 내게 가르쳐준 거야

큐빅이 소리 높여 노래를 불렀다. 후렴구에서 몇 번이고 반복되는 구절의 마지막에 "거야"가 "거야아!" 하고 강조됐다.

그대가 내게 가르쳐준 거야아!

남고생이 획 고개를 들고 나를 봤다. 아마도 무의식중에 나도 모르게 노래를 부른 모양이었다. 타이밍 좋게 전철이 환승역에 멈춰서, 서둘러 자리에서 일어섰다.

집으로 돌아오자 미에코가 주먹밥을 만들고 있었다. 사쓰키는 아직 자기 방에 있는지 된장국 그릇이 뚜껑이 덮인 채 식탁에 있었다.

"무슨 일이야?"

"사쓰키가 저녁밥 안 먹는다고 자기 방에 틀어박혀 있어. 주먹밥 만들어두면 밤에 나와서 먹으려나 싶어서."

"어디 아프대?"

미에코가 주먹밥을 접시에 올리고 랩을 씌웠다.

"콘서트 안 간대."

"왜?"

역시 나랑 가기 싫은 건가. 슬금슬금 짜증과 슬픔이 밀려왔다. 미에코는 담담히 이야기를 이어갔다.

"열애 스캔들이 났대. 닷쩡이랑 드라마 함께 나온 히카키 메이. 그 '메이메이' 있잖아. 손잡고 가는 사진이 주간지에 실린 모양이야. 굳이 콘서트 직전에 타이밍을 노려서 이런 기사를 내다니, 진짜 악질이야! 닷쩡도 그렇고 팬도 그렇고, 불쌍해."

⋯⋯열애라니. 겨우 손잡은 거 가지고?

미에코 말을 끝까지 듣지 않고 사쓰키 방으로 향했다. 꼭 닫힌 문은 잠겨 있었다.

"야, 사쓰키. 사쓰키!"

문을 쾅쾅 두드려보았지만 반응이 없었다.

"그냥 내버려둬."

미에코가 다가와 내 팔을 살짝 잡았다. 나는 무시하고 계속 문을 두드렸다.

"너 닷찡이랑 결혼한다면서. 그냥 포기하고 메이메이한테 이렇게 질 거야? 사쓰키 네가 훨씬 귀엽고 예쁜데! 포기하지 마. 포기하더라도 닷찡에게 얼굴이라도 보여줘야지."

방에서는 아무 말도 들리지 않았다. 내가 계속 소리쳤다.

"네 꿈이란 게 겨우 이 정도야? 네 앞길을 가로막는다면 메이메이든 아빠든 다 걷어차버리고 전진해야지!"

그때 철컥하고 손잡이가 돌아가더니 문이 열렸다. 울어서 눈이 빨개진 사쓰키가 얼굴을 빼꼼 내밀었다.

"……."

사쓰키는 고개를 숙인 채 힘없이 서 있었다. 나도 사쓰키 얼굴을 본 순간 아무 말도 꺼내지 못했다. 말없이 서로 마주 보고 서 있자 미에코가 툭 내뱉었다.

"주먹밥 먹을 거야? 참치마요인데."

사쓰키가 고개를 끄덕이며 방에서 나왔다. 그리고 나와 시선을 마주치더니 아주 살짝 입꼬리를 올렸다. 단지 그것뿐이었지만 마음이 확 밝아졌다.

정말 대단하구나, 사쓰키. 아빠 말을 이렇게 빨리 알아듣다니. 아빠는 지금 네 미소에 차여서 몸이 꽃밭에 거꾸로 박힌 기분이란다.

주먹밥을 두 덩이나 해치우고 저녁까지 전부 먹어치운 사쓰키가 목욕탕으로 들어가자 설거지를 하던 미에코가 아일랜드 키친 너머에서 말했다.

"나 있지, 결심했어."

"뭐?"

고개를 들자 미에코가 장난스럽게 나를 쳐다봤다.

"환생하면 당신 딸로 태어나려고. 아주 부담스러울 정도로 이쁨 좀 받게."

무슨 말이야? 그럼 내가 당신을 사랑하지 않는다는 소리야? 굳이 말로 표현하지는 않지만 내 나름의 방식으로…….

아무 말도 못 하자 미에코가 깔깔 웃었다.

"아니, 그렇잖아. 당신이랑 사쓰키를 보고 있으면 얼마나 웃긴데. 하지만 일단 이번 생은 고스케의 부인으로 충분히 만족하고 있으니까 다음 생에 잘 부탁해."

수도꼭지를 꽉 잠근 미에코가 살짝 고개를 숙여 인사했다.

저야말로 잘 부탁드립니다. 괜찮으시다면 두 분 모두 이대로 저랑 쭉 같은 전철을 타고 가주시길.

다음 날 집을 나서기 전에 미에코가 "짠!" 하고 팔찌 두 개를 우리 앞에 내밀었다. 우와, 하고 사쓰키가 환호성을 질렀다.

"짱이다! 여섯 멤버 컬러가 다 들어 있잖아. 엄마가 만든 거야?"

컬러풀한 비즈를 엮어 만든 팔찌인데 작은 주사위도 달려 있었다. 그러고 보니 앨범 재킷에도 주사위 오브제가 그려져 있던 게 기억났다.

"큐빅 팬을 '다이스'라고 한다면서?"

어디서 정보를 들었는지 미에코가 말했다. 그렇구나. 정육면체니까.

"맞아, 맞아, 다이스! 역시 엄마는 대단해. 완전 귀여워. 진짜 잘 팔리겠다, 이거!"

사쓰키가 신이 나서 방방 뛰면서 나머지 하나를 내게 주었다.

"팔 거야?"

"아니라니까. 둘이 차고 가라고. 커플로."

"뭐, 나도 차라고? 이걸?"

미에코는 팔찌를 다시 가져가는가 싶더니 내 손목에 채웠다.

"자, 다이스 2인분 완성! 잘 다녀와!"

콘서트장 입구에서 스마트폰에 저장한 QR코드를 기계에 가져다 대자 스르륵, 하고 영수증처럼 생긴 종이가 두 장 나왔다.

"네, 두 분이시군요."

티켓에는 좌석 번호가 적혀 있었다. 한 장을 사쓰키에게 건넸다.

후욱, 하고 사쓰키와 둘이서 한숨을 내쉬었다. 스마트폰을 잊어버리지는 않았는지, 제대로 충전은 했는지, 사쓰키는 집을 나서서 콘서트장에 도착할 때까지 나를 엄청 들들 볶아댔다. 나 역시도 스마트폰이 어디서 어떻게 오작동을 일으킬지도 모르고, QR코드가 콘서트장에서 제대로 인식될지도 걱정이었다. 이렇게 심장에 부담을 주는 티켓은 아무래도 별로였다. 종이 티켓의 얇은 감촉을 느끼고서야 안심이 됐다.

자리는 스탠드석 앞에서 두 번째였다. 무대와는 멀리 떨어져 있어서 사람이 새끼손가락만 하게 보였다. 사쓰키의 얼굴을 보여주기는커녕 닷쩡의 얼굴조차 전혀 보이지 않는 상황이 아닌가.

그래도 비교적 우리 자리가 앞쪽이라는 것을 깨달았다. 객석을 돌아보니 3층까지 가득 차 있었다.

"사쓰키, 여기 몇 명까지 들어올 수 있나?"

"대강 5만 5천 명……. 잠깐 화장실 좀 다녀올게."

사쓰키가 꾸물꾸물 자리에서 일어섰다.

"괜찮아? 이렇게 넓은데 찾아올 수 있겠어?"

내가 말하자 사쓰키가 잠시 움직임을 멈추고 어이없다는 얼굴로 쳐다봤다.

"티켓 가지고 있으니까 괜찮아. 내 자리가 아빠 옆자리 말고는 없으니까."

나는 헉, 하고 놀랐다.

그 말은 내 마음속에서 풍경 소리처럼 청량하게 울려 퍼졌다. 뭐랄까, 소중한 이야기를 들은 기분이었다. 죄송합니다, 실례합니다, 하고 작은 소리로 말하며 다른 관객 앞을 지나가는 사쓰키의 모습을 눈으로 끝까지 배웅했다.

서로가 서로의 옆자리로 정해진 유일한 우리 자리. 티켓이 삶의 선물처럼 느껴졌다. 괜찮아, 사쓰키는 이 넓은 세상을 자유롭게 활개 칠 거고, 필요할 때면 언제든 내 옆으로 돌아올 테니.

30분 정도 지나서 사쓰키가 돌아왔다. "화장실에 사람 엄청 많아" 하고 말하면서 자리에 앉았다. "아슬아슬하게 시간 맞춰 와서 다행이다" 하고 말을 걸자 사쓰키가 내게 쓱 손을 내밀었다.

"자, 이거."

응원봉이었다. 사쓰키 얼굴을 쳐다보니 볼이 붉게 물들어 있었다.

"밖에서는 줄이 길어서 그냥 포기했는데, 응원봉은 콘서트장 안에서도 파니까……. 이거, 내 답례품. 고마워, 아빠. 큐빅 콘서트 데려와줘서."

"……으, 응."

녀석, 돈도 없으면서 이렇게 신경 쓸 줄도 알고. 눈물이 나올 것 같아서 이를 악물고 참았다. 사쓰키가 '답례'로 준 응원봉은 스위치를 켜면 여섯 가지 색깔로 빛이 났다.

얼마 지나지 않아 무대조명이 꺼졌다. 꺄아악! 하고 콘서트장에 새된 비명 소리가 울려 퍼졌다. 폭발하는 듯한 인트로. 강렬한 조명과 함께 큐빅이 나타나 노래하기 시작했다.

사랑이 지구를 돌리는 거야
그대가 내게 가르쳐준 거야

누가 정했는지 모르겠지만 "거야아!" 하는 부분에서 응원봉을 든 오른손을 치켜드는 게 암묵적 룰인 모양이었다. 주위 사람들을 따라 응원봉을 흔들었다. 사쓰키가 눈을 크게 뜨고 나를 쳐다봤다. 언제 노래 연습한 건데? 하는 표정이었다. 나는 의기양양한 기분이 되어 응원봉을 든 손을 높이 치켜들었다. 옆에서 사쓰키가 부르는 노랫소리가 겹쳐 들려왔다.

닷찡은 올해 스무 살이라고 했다.

나는 스무 살 때 뭘 했더라. 아무 생각도 안 하고 살았지. 무대 위의 저 친구들은 초등학생 때부터 어른들 틈에 끼어서 노래와 춤 훈련을 힘들게 받았을 것이다. 그래서 엄청나게 많은 경쟁자 사이에서 살아남았을 테고……. 힘든 일도 많았을 텐데 주눅 들지 않고 이렇게 당당하게 사람들을 즐겁게 해주다니. 역시 프로다웠다.

장난 아닌데, 닷찡. 장난 아닌데, 큐빅.

큐빅은 의상을 몇 번이나 갈아입으며 땀범벅이 되도록 노래를 부르고 춤을 췄다. 압권이었다. 거대한 스크린에 비춰진 닷찡은 내가 봐도 가슴이 두근두근할 정도로 멋졌다. 처음에는 스크린으로 봤지만, 조그맣게 보더라도 지금 이 순간 같은 공간에 있다는 것을 느끼고 싶어서 중간부터는 스크린이 아닌 진짜 닷찡의 모습을 집중해서 보았다. 스크린으로 보면 텔레비전과 다를 바가 없으니까. 그래, 콘서트 DVD. 매 콘서트 때마다 발매하겠지? 이번에는 아빠가 사쓰키에게 선물해주마. 오늘의 답례로.

곡이 바뀌고 작은 이동 무대로 만든 차 몇 대에 멤버가 나뉘어 올라타기 시작했다.

"우와! 온다!"

사쓰키가 고함쳤다. 이동차는 스탠딩 구역과 지정석 사이를 느리게 움직였다.

"자, 잠깐만! 요 앞을 지나갈 것 같은데, 가까워가까워가까워, 눈 마주칠지도 몰라!"

사쓰키는 흥분해서 몸을 부들부들 떨었다. 아무리 가까워도 이렇게 팬이 많은데 일일이 얼굴을 알아볼 리가 없잖아. 그래도 계속 무대에 있는 줄만 알았는데 얼굴이 제대로 보일 만큼 가까운 위치에서 볼 기회가 생긴 것만으로도 콘서트에 온 보람이 있었다. 번쩍번쩍 빛나는 이동차가 다가왔고 닷쩡이 여기저기를 향해 손을 흔드는 모습이 점점 가까워졌다.

마침내 닷쩡을 태운 이동차가 우리 앞을 지나갔다.

응?

……닷쩡이랑 눈이 마주쳤다.

어? 나 지금 눈 마주친 거 맞지? 닷쩡도 "어?" 하는 표정이었던 거지?

"닷…… 닷쩡! 닷쩌~~~~~~~잉!"

있는 힘껏 소리를 지르며 응원봉을 크게 휘둘렀다. 찰나의 순간이었지만 닷쩡이 싱긋 웃어주었고, 나와 사쓰키 쪽을 손가락으로 콕 찌른 뒤 손을 흔들어주었다. 착각이 아니었다, 절대로.

아아아아아아악, 하고 사쓰키가 비명을 질렀다. 하지만 이미 닷쩡과는 멀어졌고, 그는 팬들을 향해 계속 손을 흔들었다. 덧니가 빛나는 미소에 사랑을 가득 담은 표정이었다.

"정말이라니까, 아빠 덕분이라고. 닷찡이 아빠 보고 손 흔들어준 거라니까?"

"……아빠, 지금 일곱 번째 그 소리거든?"

집으로 돌아가는 전철에 나란히 앉아서도 우리는 콘서트가 준 흥분으로 여전히 뜨거운 상태였다. 젊은이들 사이에서 나같은 '아재'는 분명 눈에 띄었으리라. 그 덕에 '계'를 탄 것이다. '계를 탔다'라는 말은 이제껏 모아온 곗돈을 받듯 '최애'에게 쏟은 사랑이 팬서비스로 돌아오는 것을 가리킨다는 것을 이제는 나도 알고 있었다. 흥분의 불꽃이 꺼지기 전에 빨리 미에코에게 전부 이야기하고 싶었다.

"엄마한테 선물 사가야 하지 않아? 아이스크림이라도?"

내가 말하자 사쓰키는 "뭐어?" 하고 웃었다.

"엄마 오늘 친구랑 한잔하러 간다고 신나했잖아. 아직 집에 안 들어왔을걸?"

"……그랬나?"

"됐어, 그럼" 하고 말하며 내가 아무렇지도 않은 듯 발을 바꿔 다리를 꼬자 사쓰키도 조용히 등받이에 기댔다.

"아아, 닷찡, 진짜 눈앞에 있었어. 겨우 만났네……."

황홀한 듯 눈을 감은 사쓰키의 눈가가 촉촉이 빛났다.

맞지? 그렇지? 사쓰키 지금 행복한 거지? '만나본 적도 없는 주제에' 같은 심한 말 해서 미안해. 아빠도 똑같은 처지였는데 말이야. 잊어버리고 있었네.

엄마 배 속에 네가 있다는 걸 알았을 때부터 너랑 만나는 게 너무너무 기대되고 기다려졌단다. 너무 신이 났단다. 아직 만나본 적도 없는 주제에 말이야.

전철이 우리를 싣고 덜컹덜컹 달렸다.

잠들어버린 사쓰키의 머리가 내 어깨에 톡 얹어졌다.

지금 이 순간만큼은, 아직은 조금만 더 이 사랑스러운 묵직함을 내가 받아주게끔 해줄래?

답을 하듯 끼이익, 하고 브레이크 소리가 나면서 전철이 멈췄다. 사쓰키가 잠에서 깼다. 각자 손목에 찬 커플 주사위 팔찌가 흔들리고 있었다.

세 번째 잎사귀

|

포인트

인간이 두 발로 걷게 된 건 원하는 게 있어서 그런 거야, 라고 류조 씨는 말했다.

네발로 걷던 인류의 선조가 먹고 싶은 걸 먹으려고 앞발을 뻗다가 그게 손이 되고 어느새 두 발로만 걷게 된 거라냐?

신, 그러니까 말이지. 욕망은 불가능을 가능하게 하는 거야. 너도 뭔가를 더 많이 바라도 된다고. 그러면 지금보다 훨씬 더 많은 걸 할 수 있게 될 거야.

침을 튀겨가며 열변을 토하는 류조 씨 옆에서 내가 지금 바라는 게 뭘까, 하고 생각했다.

답은 의외로 쉽게 떠올랐다. 류조 씨한테 말하면 귀찮고 부담스러운 설교가 이어질 것 같아서 그냥 입 다물고 있었지만.

내가 바라는 것…….

나는 '바라는 것'이 있었으면 하고 바랐다.

"S대학 경제학부에서 왔습니다. 다지마 신입니다. 잘 부탁드립니다."

벌써 이 인사를 몇 번이나 한 걸까? 턱을 괸 면접관이 이력서와 내 얼굴을 슬쩍 봤다. 비슷한 스펙을 가진 학생만 계속 봐서 지루하다는 표정이었다.

입사 동기에도 자기소개에도 어디서 본 듯한 비슷비슷한 답변을 적어놓았기에 기대조차 없었다. 오히려 이 시간이 따분하게 느껴졌다. 금융사, 제조회사, 출판사, IT기업, 보험회사……신규 졸업자를 채용하는 회사에 닥치는 대로 지원하다 보니 스무 군데도 넘게 이력서를 넣었다. 취업설명회나 면접을 반복할수록 어느 회사나 다 거기서 거기라는 느낌을 받았다.

오늘 면접을 보는 곳은…… 뭐였더라? 맞다, 인쇄회사다. 네 명씩 보는 그룹 면접으로, 나는 가장 끝자리에 앉았다. 첫 번째로 답변하는 게 부담스러웠다.

무슨 아르바이트를 하느냐고 물어봐서 "CD 가게입니다"라고 답했더니 가운데 앉은 세로 줄무늬 넥타이를 맨 면접관이 살짝 웃었다.

"오호, 손님이 오기는 해요?"

"네, 당연하죠."

나도 같이 웃었다. 그 질문은 나를 더 자세히 파악하기 위해서가 아니라 도태되는 CD 가게의 행보가 궁금해서 물어본 게 분명했다. 여기서 화제를 더 넓혀간다면 어느 정도 어필이 되겠지만 더 이상 말을 꺼내지 못하고 입을 다물었다.

취업 준비는 내가 처음으로 경험하는 '선택의 관문'이었다. 스스로 회사를 고르고, 회사의 선택을 받아야만 한다.

여태까지 무엇이든 남이 결정해주는 대로 살아왔다. 초등학교 5학년 때 엄마가 "이 학교가 우리 신짱한테 딱 맞을 것 같아" 하고 사립중학교 팸플릿을 가지고 왔기에 딱히 반대할 이유도 없어서 학원에 다니며 입시 준비를 해서 입학했다. 표준편차점수(偏差値)*가 높은 학교는 아니다. 대신 공부만 조금 열심히 하고 품행만 단정하면, 그리고 비싼 수업료를 감당할 수 있다면 중학교에서 대학교까지 스트레이트로 진학할 수 있는 학교였다.

대학 학부도 아무 생각 없이 "융통성이 있어 다른 직업군에도 지원하는 게 가능하다"는 이유로 아버지가 시키는 대로 경제

---

* 일본의 문부과학성이 매년 전국 및 지역별로 고등학교 편차치를 발표해 고교 랭킹을 매긴다. 완전 비평준화인 일본은 고등학교부터 입시가 존재하며, 각 학교마다 평균 성적도 다르기 때문에 내신만으로 다른 학교 학생과 성적을 비교하는 게 불가능하다. 그래서 전국에서 학교와 학생의 비교를 위해 표준화를 거친 표준편차점수로 우열을 판단한다.

학부에 들어갔다. 들어가길 잘했다고 생각한 적도 없지만 딱히 후회한 적도 없었다. 아르바이트도 마찬가지였다. 1년 전 친구가 갑자기 아르바이트를 그만두면서 바로 일할 수 있는 사람이 필요하다고 나를 찾아와 "신, 나 대신 일 좀 해주면 안 돼?" 하고 부탁했다. 특별히 하고 싶은 일도 없었고, CD 가게에서 일하는 게 싫지 않아서 지금까지도 일하고 있었다.

졸업하고 취직할 곳도 그런 식으로 누가 정해주면 좋을 텐데. 자, 다지마 신 학생, 4월부터 여기서 일하면 돼. 자네에게 적당한 곳으로 골라놨으니까. 어쩌면 내가 정말 바라는 것은 이런 것인지도 모른다.

내가 그저 모호하게 웃기만 하자 면접관은 다음 지원자에게 질문의 화살을 돌렸다. 그걸로 끝이었다. 그 뒤로 나는 엷은 미소를 띤 채 접이의자와 합체되어 석상처럼 굳어버렸다.

……앞으로의 활약을 기원합니다.

아르바이트 휴식 시간에 이메일을 받았다. 또 탈락. 하지만 딱히 속상하거나 힘이 빠지지는 않았다. 뭐, 안 될 줄 알았는데, 하고 생각했다. 이메일 화면을 닫고 점심으로 가져온 샌드위치를 먹고 있는데 문이 활짝 열렸다.

"어이구, 수고가 많아."

류조 씨가 비닐봉지를 들고 들어왔다. 유독 눈 사이가 먼 작은 눈으로 나를 쳐다보며 헤헷, 하고 웃었다.

볼 때마다 느끼는 거지만 엄청난 곱슬머리다. 1년 전에 처음 만났을 때는 펌이 잘못됐나, 하고 생각할 정도였다. 원래도 심한 곱슬머리인데 험한 잠버릇 때문에 까치집이 졌는데도 빗질조차 하지 않았다. 그뿐만이 아니었다. 무릎이 나오다 못해 구멍이 뚫린 청바지는 패션이라기보다는 항상 한 가지 옷만 입고 다녀서 다 닳아서 해진 것이었다. 류조 씨가 의자에 다리를 꼬고 앉으면 원래 무슨 색이었는지 모를 정도로 더러운 스니커에 난 구멍이 보였다.

"오늘 점심은 엄청난 메뉴야!"

류조 씨가 비닐봉지에서 불고기 도시락과 김밥 두 줄을 꺼냈다. 그는 점심으로 주로 채소빵을 먹는데 이번에는 꽤 호화롭다. 김밥을 꺼내 든 류조 씨는 내게 뭔가를 묻는 듯한 눈길을 던졌다.

"신, 너도 먹을래?"

"아뇨, 됐어요."

스티커에 표시된 유통기한은 그저께까지였다. CD 가게 말고도 아르바이트를 여러 개 하는 류조 씨는 편의점에서도 일한다. 스물여섯 살 프리터(フリーター)*인 류조 씨가 영양소를 제대로 섭취하려면 팔다 남은 재고 상품이 어떤 게 남아 있느냐에 달려 있다. 류조 씨는 불고기를 씹으며 스마트폰으로 동영상 하나를 내게 보여주었다.

"지난주 라이브 공연 한 거 누가 올려줬더라고."

그는 아마추어 록밴드 멤버다. 남자 네 명이 멤버인데 류조 씨는 일렉기타 담당이다. 곡은 거의 다 류조 씨가 쓴다고 했다. 딱히 록을 좋아하는 편은 아닌데 같은 시간대에 일하게 된 첫날, 티켓을 사달라는 부탁을 거절하지 못하고 결국 공연을 보러 가게 되었다. 다른 종업원들은 다들 능숙하게 에둘러 거절한 모양이었다. 그들은 나를 동정하는 눈빛으로 보았다.

그런데 막상 공연을 보고는 깜짝 놀랐다. 기타를 치는 류조 씨는 딴사람이 된 것처럼 빛이 났다. 그는 기타를 품에 안 듯이 들고 몸을 활처럼 뒤로 꺾으며 춤을 추듯 연주했다. 마치 기타가 살아 있는 것처럼 보였고, 온몸이 마비될 정도로 거센 열정이 느껴졌다.

무대 위에 선 류조 씨는 생동감 있어 보였다. 조명을 받아서 그렇게 보이는 것은 결코 아니었다. 류조 씨는 실제로는 엄청난 무언가를 감추고 있는 게 아닐까, 하는 생각이 들었다.

라이브가 끝나고 내 생각을 솔직하게 전했더니 류조 씨는 나를 꼭 껴안으며 "영혼의 친구여!" 하고 소리쳤다. 다리까지 감아 안아서 좀 부담스러웠지만, 그 뒤로도 공연마다 찾아가

---

* 프리랜서와 아르바이터를 합친 일본식 조어로 정규직 이외의 취업 형태로 생계를 유지하는 사람.

응원하는 사이가 되었다.

"이번에도 와줘서 고맙다. 여자친구한테도 안부 전해주고. 아이리 씨였나?"

"아, 걔랑은 끝났어요."

"그래?"

류조 씨가 좀 오버한다 싶을 정도로 놀라며 고개를 쭉 뺐다. 여자친구랑 헤어진 것도 마침 류조 씨 라이브 공연을 보고 돌아오는 길이었다.

"왜?"

"글쎄요. 이유는 모르지만 차였어요."

"음…… 그랬구나. 사이가 좋아 보였는데."

나는 또 모호하게 웃었다. 류조 씨 말대로 사이가 좋았다. 싸운 적도 없었다. 여자친구가 뭘 하든 반대하지도 않았고, 해달라고 부탁하는 일은 충실하게 들어주었다. 그런데도 아이리만이 아니라 다른 여자에게도 이런 식으로 차이고 또 차였다. 항상 여자 쪽에서 먼저 고백해서 사귀기 시작했는데, 어느 정도 만남이 지속되고 나면 꼭 이런 말을 하고 떠났다. "우린 뭔가 안 맞는 것 같아." 무슨 말인지 도통 이해가 안 가는 말을 늘어놓을 때도 있었다. "얼굴도 내 취향이고 말도 잘 통한다고 생각했는데, 사귀고 나니까 전혀 달랐어." 자기들 맘대로 착각한 거면서. 하지만 화를 내지는 못했다. 한마디로 내가 재미없는 인간이라는 말이니까.

동영상 속 류조 씨는 기타와 한바탕 신나게 노는 것처럼 연주했다. 보컬인 남자가 훨씬 잘생겼지만 류조 씨의 압도적인 존재감이 보컬을 완전히 눌렀다.

"기타 칠 줄 아는 거 괜찮은 것 같아요."

"기타에 관심 있어?"

류조 씨가 도시락을 먹다 말고 고개를 들었다. 나는 "네" 하고 대답했지만 반만 진심이고 반은 거짓이었다. 기타 그 자체를 해보고 싶은 것은 아니다. 그냥 이렇게 완전히 빠져버릴 무언가가 있으면 재미있을 것 같은데, 하고 생각했을 뿐이다.

"그럼, 우리 집에 기타 보러 올래? 어쿠스틱기타라면 하나 빌려줄 수 있는데."

큰일 났다. 류조 씨의 눈이 반짝반짝 빛나고 있었다.

"네? 아니에요……."

"아냐, 아냐! 관심이 생겼을 때 시작해야 해."

내가 거절할 이유를 찾는 사이, 류조 씨는 전화기 옆에 놓인 메모지를 한 장 뜯어 볼펜으로 쓱쓱 약도를 그리기 시작했다.

류조 씨와 휴무일이 같은 이틀 뒤 오후, 아르바이트하는 가게에서 두 정거장 떨어진 역에서 내렸다. 류조 씨가 적어준 약도는 길잡이가 되어줄 건물이나 방향을 가리키는 화살표 표시가 흠잡을 데 없이 완벽했고, 덕분에 생각보다 빨리 류조 씨가 사는 연립주택에 도착하고 말았다. 약속 시간보다 30분이나 일찍 도착해서 초인종을 누르기가 조금 미안했다.

완전히 주택가라서 시간을 때울 수 있는 가게도 보이지 않았다. 주변을 둘러보는데 할아버지 한 분이 시야에 들어왔다.

눈썹이 짙고 눈이 부리부리한 할아버지는 당장이라도 무너져 내릴 것 같은 건물 앞에 뒷짐을 진 채 등을 쭉 펴고 서 있었다. 건물 1층은 셔터가 내려가 있었다. 원래는 무슨 가게였는지 간판에 희미하게 남아 있는 비행기 마크가 보였다. 오래되고 녹슨 셔터에는 백 년 전에 써놓았을 것 같은 '입주자 구함'이라는 종이가 붙어 있었다. 할아버지는 그 글자를 가만히 바라봤다.

한가한가 보네, 하고 생각했다. 산책하러 나와서 눈에 밟히는 물건을 지긋이 바라보며 생각에 잠길 만큼 유유자적한 나날을 보내고 있는 거겠지. 이 할아버지만큼 나이를 먹으면 인생의 선택이라는 선택은 이미 전부 거쳤을 테니 더 이상 아무것도 결정하지 않아도 될 것이다, 분명.

앞으로 계속 일할 수 있는 회사를 정하고 결혼 상대를 정하고 살 집을 정하고 아이가 생기면 아이의 이름을 정하고 아이의 진로를 정하고……. 으으, 생각만 해도 머리가 깨질 듯이 아파왔다. 그런 심각한 결정을 내가 직접 내려야 하다니.

이 할아버지가 결정해야 할 일이라고는 기껏해야 아침에 일어나 어디로 산책을 나갈까, 하는 것일 테지. 할 일을 모두 끝마치고 여생을 느긋하게 보내는 모습이 부러웠다. 나도 빨리 저렇게 살고 싶다, 라고 생각하며 시선을 돌리자 연립주택과 건물 사이로 난 좁은 골목길이 보였다.

길 안쪽에 돌로 만든 도리이가 보였다. 신사가 있나? 약속 시간까지 아직 한참 남아서 골목길을 향해 걸어갔다.

평범한 작은 신사였다. 도리이를 지나쳐 10미터 정도 떨어진 곳에 있는 새전함 앞까지 갔다. 지갑에서 5엔*짜리 동전을 꺼냈다. 예전부터 엄마가 항상 "좋은 인연이 있기를" 하고 빌면서 새전함에 5엔짜리 동전을 던져 넣던 게 생각났기 때문이다.

내가 던진 5엔짜리 동전이 캉, 하고 가벼운 소리를 내며 새전함 속으로 떨어졌다. 딸랑딸랑 방울을 울리고 합장을 한 뒤 눈을 감았다.

어디든 상관없으니 빨리 취직자리가 정해지기를.

이왕이면 월급도 나쁘지 않고 쉬는 날도 많고, 대신 야근은 적고 전근도 없고 정년퇴직할 때까지 그냥 다니자, 하는 생각이 드는 회사로 부탁드립니다. 그 외에는 딱히 바라는 것도 없으니까.

다시 눈을 뜨고 고개를 들었다.

---

* 인연을 뜻하는 'ご縁(고엔)'과 발음이 같아서 5엔 동전을 많이 넣는다.

참배당 왼쪽에 커다란 나무가 있고, 그 아래에 빨간 벤치가 설치되어 있었다. 저기 앉아서 스마트폰을 하고 있으면 시간이 금방 가겠지. 벤치로 가서 앉는 순간, 갑자기 검은 물체가 내 발 언저리를 가로질러 갔다. 깜짝 놀라 자리에서 일어나자 그 녀석은 나 대신 벤치 위로 훌쩍 뛰어올랐다. 고양이였다.

"앗, 깜짝이야!"

놀란 가슴을 진정시키고 다시 앉으려는데 고양이가 나를 지긋이 쳐다봤다. 뭐라고 해야 할까, 의지가 깃들어 있는 것 같은 금색 눈동자였다. 전체적으로 검은색이고 코언저리에서 목덜미까지 삼각형 모양으로 털이 하얬다. 프로레슬링 선수가 뒤집어쓰는 복면 같았다.

왜지? 무슨 할 말이라도 있나?

내가 쳐다보자 고양이가 턱을 쑥 내밀었다. 위를 보라고 가리키는 것인 양.

올려다보니 나뭇가지와 초록색 잎이 시야를 가득 채웠고, 여기저기 잎 뒷면에 글씨가 적힌 것이 보였다. 가장 가까이 있는 나뭇잎을 손으로 잡고 자세히 보니 "하와이에서 살고 싶다"라는 글씨가 긁어서 생채기를 낸 것처럼 새겨져 있었다.

뭐야, 이거? 칠석(七夕)에 적는 단자쿠(短冊)* 같은 건가?

---

* 물건에 매다는 조붓한 종이로 칠석에 단자쿠에 소원을 적어 나무에 매다는 풍습이 있다.

"여기에 소원을 적으라는 거야?"

내가 말을 걸자 고양이가 벤치에서 뛰어내렸다. 그리고 나와 시선을 마주친 채 씨익, 하고 입을 옆으로 벌렸다. 웃는 건가? 고양이를 키워본 적은 없지만 사람처럼 웃기도 하던가? 스마트폰 검색 화면에 '고양이 웃음'이라고 입력했다. 검색 버튼을 누르려는 순간, 고양이가 나무 주위를 방방 뛰기 시작했다. 뭐 하는 거지, 이번에는?

멍하니 바라보고 있는데 고양이가 검은 몸을 유연하게 튕기며 맴돌다가 갑자기 우뚝 멈춰 섰다. 여기다, 하고 알려주기라도 하듯 왼쪽 앞발로 나무를 통, 하고 쳤다. 검은 고양이인데 발은 하얗구나, 하고 엉뚱한 생각을 하는 사이 잎사귀 하나가 팔랑하고 떨어졌다. 뿌리 위에 떨어진 잎을 주워 들었다.

포인트

포인트?

뭔 소리야? 이 잎사귀는 도대체 뭔데?

잎을 든 채 고개를 드니 고양이는 이미 그 자리에 없었다. 꼬리를 느긋하게 좌우로 흔들면서 참배당 옆을 지나 신사 안쪽으로 향하는 중이었다. 엉덩이에 별 모양으로 흰색 털이 나 있었다. 사진 찍어둘 걸 그랬나?

어찌 된 상황인지는 몰라도 일단 사진을 찍어서 트위터에 올리기로 했다. 왼손으로 잎을 잡고 오른손으로 스마트폰 카메라 앱을 켰다.

"어?"

스마트폰에서 눈을 떼고 잎을 쳐다봤다. '포인트'라고 똑똑히 보였다. 그런데 도대체 왜? 다시 한번 스마트폰 카메라를 들여다봤다.

……이상하네.

카메라를 통해 보면 '포인트'라는 글씨가 전혀 보이지 않았다. 일단 셔터를 눌러보았지만 역시 사진에는 글씨가 찍히지 않았다.

뭔가 굉장해. 소름 끼쳐.

등 뒤에서 부스럭부스럭 움직이는 기척이 느껴져 뛸 듯이 놀랐다.

뒤를 돌아보자 통통한 아저씨가 몸을 웅크리고 앉아 새전함과 벽 틈새에 손을 집어넣고 있었다. 바닥에 떨어진 동전을 주우려는 모양이었다. 이렇게 밝은 대낮에 뻔뻔하게 새전함을 털다니. 아저씨가 알아차리지 못하도록 조심스럽게 스마트폰 카메라를 그쪽으로 향했다. 경찰에게 증거로 제출할지 말지는 나중에 결정하더라도, 일단은 신사 관계자에게 알려야 할 것 같았다.

그런데 혹시 이 사실을 알렸다가 "왜 그때 말리지 않고 사진만 찍었습니까?"라는 말을 듣는 게 아닐까, 하고 망설이고 있는데 아저씨가 일어나 주운 동전을 모두 새전함에 넣었다.

도둑이 아니었구나. 괜히 의심했네.

아저씨는 나를 발견하자 방긋 웃으며 "안녕하세요" 하고 말했다. 파란색 사무에를 입은 것으로 봐서 신사에 있는 사람인 것 같았다. 가만, 신사에서 액막이(お祓い)* 하는 사람을 뭐라고 하더라?

"주지 스님…… 이신가요?"

사무에를 입은 아저씨는 "하하하!" 하고 입을 크게 벌리고 웃었다.

"아니요. 여기는 신도(神道)**의 신을 모시는 신사입니다. 그러니 저는 신주입니다. 주지는 절의 승려를 가리키지요."

"신주……."

별로 들어본 적 없는 단어라서 나는 머릿속으로 되뇌었다.

"주지란 절을 유지하는 책임을 총괄하는 승려고, 저는 신사의 주지인 셈이라 신주이지요. 저는 스스로를 신직(神職)이라고 부릅니다만, 사람에 따라서는 신관이나 궁사라고 부르기도

---

* 해마다 6월과 12월 말일에 신사에서 하는 액막이 행사.
** 일본 민간신앙이 유교·불교의 영향을 받아 성립한 종교로, 신사와 왕실을 중심으로 퍼졌다.

합니다."

"신관이랑 궁사랑 다른 건가요?"

"직책의 차이입니다. 신사를 회사라고 한다면 신관은 '회사에서 일하는 사람'이고, 궁사는 '사장'입니다."

"우와, 사장님이셨구나!"

나의 반응이 재미있는지 궁사는 몸 전체가 들썩일 정도로 웃었다.

"저는 여기서 나고 자랐습니다. 아버지 뒤를 이은 것이지요."

그렇다면 이 사람도 누군가가 계속 등 떠미는 대로 살아온 셈이었다. 태어나자마자 직장까지 정해져 있는 운명. 정말 하기 싫은 일이 아니라면 차라리 그런 식으로 취직하는 게 나한테는 오히려 이상적일 것 같았다. 왜 아빠는 공무원인 거야?

"궁사로서 해야 하는 일이 많은가요? 돈은 잘 버나요?"

"우리 신사처럼 규모가 작으면 잡일이 많지만, 일이 어렵지는 않습니다. 하지만 돈을 잘 버는 궁사님들과는 연이 닿지 않아 잘 모릅니다. 신직 일만으로는 먹고살기 어려워 부업하는 분이라면 많이 알지만요."

"네?"

"실은 저도 3년 전까지는 중화요리집에서 일했습니다. 실력이 나쁘지 않습니다. 특히 볶음밥 만드는 솜씨."

궁사는 웍을 흔드는 몸짓을 해 보였다. 궁사님이 중화요리

집 요리사라니!

아, 맞다. 물어보고 싶은 게 있었지? 나는 잠시 잊고 있었던 잎사귀를 그를 향해 내밀었다.

"저…… 이 잎사귀 말인데요."

궁사는 "오호!" 하고 감탄한 뒤 의미심장한 눈빛으로 내 얼굴을 쳐다보며 말했다.

"그건 말이지요, 다라수라는 나무의 잎입니다."

다라수. 스마트폰으로 검색해보자 블로그 글과 사진들이 좌르륵 떴다. 일단은 식물사전 사이트로 들어가 정보를 찾아보았다. 생채기를 내면 그 부분이 갈색으로 남아서 예전에는 불경의 문구를 전하거나 정보를 전달하는 데 사용한 잎사귀인 모양이다. 오호, 상록수구나.

내가 스마트폰으로 기사를 읽는 모습을 지켜보고 있던 궁사가 너그럽게 말했다.

"편리한 물건이죠. 저보다 훨씬 많이 안다니까요."

나는 헉, 하고 고개를 들고 다급히 스마트폰을 치웠다. 서로 대화 나누는 도중에 스마트폰으로 검색을 하다니, 실례도 이런 실례가 없다.

"죄, 죄송합니다."

"아뇨, 괜찮습니다."

생각해보면 내가 정말 알고 싶었던 것은 식물사전에 실려 있을 만한 정보가 아니었다. 사람 좋게 웃고 있는 궁사에게 다시 한번 잎을 내밀었다.

"갑자기 이상한 고양이가 나타나서 이 나무에서 잎사귀를 떨어뜨려 주웠는데, 카메라에는 이 글씨가 안 찍혀요."

"그럴 겁니다. 저한테도 글씨라고는 아무것도 보이지 않으니까요."

"네? 안 보이신다고요?"

궁사는 마치 처음부터 다 알고 있었다는 듯이 고개를 끄덕였다.

"운이 좋은 분입니다. 미쿠지를 만나셨으니."

"미쿠지? 그 고양이 이름인가요?"

"그렇습니다. 그 잎사귀에 적힌 글씨는 당신에게 내리는 말씀입니다. 당신에게만 보인다는 말은, 즉 당신이니까 보인다는 말이기도 하지요. 소중히 간직하세요."

궁사는 그렇게 말하고는 천천히 돌아섰다.

미쿠지? 말씀? 점점 더 무슨 말인지 알 수가 없어서 다시 스마트폰을 꺼내 들었다. 막 검색을 하려는데, 궁사가 사무실 앞에서 느긋하게 말했다.

"아차, 맞다, 맞다. 미쿠지에 대해서는 검색해도 안 나옵니다."

나는 손가락을 멈췄다. 아무것도 안 나온다고?

궁사는 그 말을 남기고 사무실 안으로 들어갔다. 다시 스마트폰을 쳐다보자 화면의 시계가 약속 시간이 지나버렸음을 알려주고 있었다. 나는 스마트폰을 그대로 청바지 뒷주머니에 넣었다.

류조 씨가 살고 있는 연립주택은 겉에 갈색 함석판을 붙인 2층 건물이었다. 녹슨 철제 계단을 올라가 가장 안쪽으로 가면 류조 씨 집이 있었다. 초인종이 없어서 나무 문을 노크했다. 집은 형편없었다. 요즘 같은 세상에 쪼그려 앉는 옛날 수세식 변기였고, 욕조도 없었다. 다다미는 좀먹어 군데군데 지푸라기가 일어나 있었으며, 창문은 몇십 년 전에나 쓰던 불투명한 유리였다. 방 안에는 낡은 선풍기가 덜컹덜컹 고개를 흔들며 돌아가고 있었다.

집에 있는 가구들은 자투리 천을 기워놓은 것처럼 전부 따로 노는 느낌이었다. 세 평 남짓한 좁은 방에는 황록색 서랍장과 싸구려 철제 행거가 놓여 있고, 그 옆에는 어디서 가져왔는지 모를, 낡았지만 썩 괜찮아 보이는 경대가 있었다. 서랍장 서랍에는 완전히 벗겨지지 않은 스티커 자국이 몇 개 남아 있었는데 자세히 보니 만화영화 캐릭터들이었다.

서랍장 앞에 서 있는 내게 류조 씨가 캔 음료 하나를 내밀었다. 한 번도 본 적이 없는 빨간 캔에는 굵고 하얀 글씨로 'COLA'라고 적혀 있었다. 류조 씨가 같은 음료를 꿀꺽꿀꺽 마시는 모습을 확인한 다음 몰래 유통기한을 체크하고 나서야 옛날 방식의 절취식 뚜껑을 땄다.

"방이 전체적으로 레트로풍이네요."

달리 뭐라고 좋게 이야기할 방법이 없어서 그렇게 한마디 하자 류조 씨가 응응, 하고 고개를 끄덕였다.

"괜찮지, 이 방? 집세도 싸고 지금 나 말고 1층에 프리터 한 명밖에 살고 있지 않아서 기타 친다고 뭐라고 할 사람도 없어서 아주 마음에 들어. 집주인도 좋은 분이라서 여기 있는 가구도 다 받은 거야."

나는 새삼 가구를 다시 보았다. 누가 보아도 이건 '사람이 좋아서 준 가구'가 아니라 '대형 폐기물로 내놓으려면 돈을 내야 하니까 떠맡겼다'라고 봐야 맞을 것 같았다.

다행이네요, 하고 말하며 캔 음료를 입에 가져다 댔다. 그 정체를 알 수 없는 음료는 분명 콜라였다. 아마 어디 멀고 먼 나라에서 만들었을 싱거운 맛의 콜라.

"맛있지, 이거? 아르바이트하는 주류 도매상 점장님이 실수로 발주한 거라 반품이 안 된다고 나한테도 두 박스 줬어. 점장님이 통이 크다니까!"

나는 대꾸할 말을 찾지 못해 방을 둘러보았다. 갑자기 류조 씨가 짝, 하고 손뼉을 쳤다.

"맞다, 맞다, 기타."

류조 씨는 방 한쪽 구석으로 갔다. 기타는 제법 소중하게 다루는 모양인지 일렉기타 두 대가 스탠드에 세워져 있었다. 류조 씨는 그 안쪽 벽에 살짝 기대놓은 어쿠스틱기타로 손을 뻗었다.

"이게 내가 처음 쓰던 기타야. 스리에스라는 어쿠스틱기타인데, 트리플 오 타입의 엄청 귀여운 녀석이지."

"트리플 오, 요?"

"사이즈가 작은 기타야. 중학교 1학년 때였나? 동네 아저씨가 쓰레기장에 버리려는 걸 마침 길에서 만나서 받게 되었지. 큰형이랑 나이 차가 있어서 그때 대학생이었는데 동아리에 기타를 잘 치는 친구가 있다고 들었거든. 그래서 찾아가서 기타를 가르쳐달라고 했어. 세뱃돈으로 현 사다 갈아 끼우고. 그렇게 기타는 내 파트너가 되었지."

류조 씨는 책상다리를 하고 앉아 기타를 연주하는 자세를 잡고 쟈양, 하고 현을 울렸다. 일렉기타와는 다르게 류조 씨는 정말로 중학교 1학년으로 돌아간 듯한 앳된 표정을 지었다.

"큰형이라는 말은 다른 형도 있다는 말인가요?"

"맞아. 우리 집 4남매거든. 형, 형, 누나, 나. 너는?"

"외동이에요."

내가 대답하자 류조 씨는 엄청나게 좋은 아이디어를 떠올렸다는 듯 몸을 내밀었다.

"그럼 내가 신한테 형이 되어줘야겠네. 어때? 남동생이 있으면 좋겠다고 항상 생각했거든."

"하하하하하."

내 무미건조한 웃음을 어떻게 받아들였을까? 류조 씨는 기타 넥을 꼭 쥐고 반주하며 노래하기 시작했다. 〈철길은 이어진다, 어디까지든(線路は続くよどこまでも)〉*이라는 동요였다. 류조 씨의 기타 연주는 몇 번이나 들었지만 노래는 처음이었다.

살짝 허스키하고 거친 음색이었다. 이유는 모르지만 왠지 상처받기 쉬운 섬세함 같은 것이 전해졌다. 잘 부른다 못 부른다 딱 잘라 말하기는 어려웠지만, 어쨌든 마음에 들었다.

천진난만한 동요가 오히려 류조 씨의 목소리에서 인생의 깊은 경험을 끄집어냈고, 기타 음색과 어우러져 나를 점점 더 먼 곳으로 데려갔다. 열차를 타고 길디긴 철로를 활주하는 것 같았다. 언제까지나 어디까지든, 종점이 어딘지도 모른 채.

곡을 다 연주한 류조 씨는 기타를 내게 건넸다.

"한번 들어봐."

뻣뻣하게 기타를 받아 들고 어깨너머로 본 자세를 흉내 냈다. 생각보다 무거웠다. 그리고 현도 딱딱했다. 류조 씨가 품에 안고 있을 때는 편안해했던 기타가 갑자기 내게 안겨서 불편

---

* 미국 민요 〈I've been working on the railroad〉를 번안한 노래로, 일본에서 동요로 인기가 높다.

해하는 것 같았다. 엄마 품에 안겨 있던 갓난아기가 갑자기 모르는 사람 품에 안겨 울음을 터뜨리려는 것처럼.

"보통 처음에 배우는 게 C코드야."

류조 씨는 내 왼손 손가락을 하나하나 집어서 현에 가져다 댔다. 그의 손가락 끝에는 딱딱하게 굳은살이 박여 있었다. 나는 처음으로 내 손가락이 얼마나 말랑말랑한지 깨달았다. 류조 씨가 시키는 대로 기타의 울림통 구멍 언저리를 오른손으로 쓸어 내렸다. 쟈앙. 이게 C코드, 하고 그가 말했다.

"화음으로 치면 도미솔이야."

"아하!"

코드라는 게 화음을 말하는 건가? 작게 탄성을 지른 나를 류조 씨가 눈을 가늘게 뜨고 지켜봤다. 한동안 C코드를 연습하자 점점 요령을 알게 되었다. 기타가 온몸으로 화음을 연주했다. 그 울림이 가슴으로 전해지면서 몸과 기타가 서로에게 조금씩 길들어갔다.

류조 씨가 말했다.

"일단 계속 C코드 누르고 있어봐."

류조 씨가 나와 마주 보는 위치로 옮겨 앉았다. 그러고는 내가 왼손으로 코드를 꾹 누르고 있는 기타의 현을 위에서부터 차례로 울렸다.

"딩동댕동."

안내 방송을 알리는 듯한 멜로디에 류조 씨가 노랫소리를 붙였다.

나는 류조 씨와 얼굴을 마주 보고 웃었다.

"우와! 재밌네요"라고 말하자 류조 씨는 "그치?" 하고 의기양양하게 내 얼굴을 쳐다봤다.

"기타 괜찮지? 나, 무조건 메이저로 데뷔할 거야."

나는 말문이 막혔다. 류조 씨는 진심으로 프로를 노리고 있는 건가? 프리터로 살면서 가끔씩 밴드 활동을 하며 즐겁게 살고 싶었던 게 아니었나? 정말이에요? 하고 묻고 싶었지만 꾹 참고 "덕업일치"만큼 좋은 건 없죠. 행복한 삶이니까요" 하고 두루뭉술하게 말했다.

"그렇지. 난 막내아들이라 부모님도 딱히 큰 기대를 품지 않았거든. 그냥 방목이나 다름없는 처지라 마음이 편해."

류조 씨는 일어나 반쯤 열린 창문을 활짝 열었다. 덥다, 하고 말하면서 선풍기를 강풍으로 돌렸다.

문득 창문 쪽으로 시선을 돌려보니 벽에 종이 한 장이 압정으로 고정돼 있었다. 달력인가 싶었는데 손으로 그린 바둑판 모양의 표였고, 절반 정도는 칸 안에 별 모양 마크가 그려져 있었다.

---

* '덕질'과 '직업'이 일치하는 것을 말하는 한국 신조어로, 깊은 취미생활을 뜻한다.

아까 신사에서 봤던 고양이, 미쿠지의 엉덩이에 있는 별 모양 마크가 떠올랐다.

"이게 뭐예요?"

"아하, 이거?"

류조 씨는 부끄러워하며 머리를 긁적였다.

"포인트 카드 같은 거라고 해야 하나?"

포인트 카드.

아, 잠깐만…… 포인트?

"류조 씨, 혹시 저 신사에 간 적 있어요?"

"신사? 뭔 소리야?"

아닌가? 미쿠지랑은 관계없는 모양이다. 아까 그 잎사귀 이야기를 꺼낼까, 하고 주머니에 손을 넣었을 때 류조 씨는 책상 위의 펜을 집어 칸에다 별을 그려 넣었다. 나도 기타를 내려놓고 일어나 류조 씨 옆에 섰다. 칸은 가로세로 열 칸씩이었다. 왼쪽 끝 여백에 휘갈긴 글씨로 'VOL. 15'라고 적혀 있었다.

류조 씨는 펜을 책상에 놓고 슬쩍 나를 쳐다보더니 만족스러운 듯 말했다.

"오늘도 하나. 뭐, 이런 느낌이야."

"이런 느낌요? 어떤 느낌인데요?"

"비, 밀!"

류조 씨가 두툼한 입술을 뽀뽀라도 하듯 쭉 내밀었다. 그 표정은 마치 배불러서 기분이 좋아진 꼬마 같았다.

　류조 씨는 C코드 말고도 G코드를 하나 더 알려주었고, 우선
이 두 코드를 외워보라며 소프트 케이스와 함께 기타를 빌려
주었다.
　나는 집으로 돌아와 혼자 기타를 껴안고 생각에 잠겼다.
　포인트. 내가 계시받은 '말씀'이라고 그 궁사가 말했었지. 류
조 씨의 '포인트 카드'와 관련 있는 게 아닐까, 하고 생각했지만
여전히 무슨 의미인지 알 수 없었다.
　류조 씨는 오늘도 하나, 하고 말하며 별을 그렸다. 혹시 내게
기타를 빌려주고 가르쳐줬기 때문일까?
　아하, 그렇구나. 나는 쟈앙, 하고 C코드를 쳤다.
　그 별 모양 마크는 '1일 1선(一日一善)'이구나. 누군가에게 선
행을 하면 별을 하나씩 붙이는 거야. 정말 류조 씨가 떠올릴 만
한 생각이라니까. 확신을 얻은 나는 기타를 내려놓았다.

　다음 주 또다시 면접을 보러 갔다. 복지와 관련된 회사였다.
　"학업 말고 달리 열심히 한 일이 있습니까?"
　턱수염이 풍성하게 난 면접관의 질문에 나는 '이거다!' 하고
생각했다. 그리고 준비한 대로 자신 있게 대답했다.
　"1일 1선 포인트 카드를 만들어서 매일 기록했습니다."

이거다. 다른 사람과 비슷하지 않은 유니크한 대답. 면접관의 인상에 남을 만하다. 내가 생각해낸 것도 실제로 실천한 것도 아니지만 때로는 거짓말도 필요한 법이라는 말도 있으니까 상관없겠지.

"재미있는 일을 했네요?"

면접관이 책상 위로 팔짱을 낀 채 말했다.

미쿠지가 내린 말씀의 정체가 맞는 것 같았다. 이 면접에 통과할 것 같은 느낌이 들었다. 면접관이 자세를 무너뜨리지 않은 채로 계속 질문했다.

"다지마 씨에게는 어떤 일이 선한 일인가요?"

순간 뜨끔했지만 미소를 유지하며 대답했다.

"길에 떨어져 있는 쓰레기를 줍는다거나 전철에서 노인분에게 자리를 양보한다거나."

"그렇군요. 그럼 포인트가 다 차면 뭔가를 받는 건가요?"

면접관이 한쪽 입가를 올리며 웃었다. 호의적인 미소처럼 보이지 않았다. 큰일 났다, 거기까지 생각 못 했는데. 심장박동이 빨라지는 것을 의식하지 않으려고 애쓰며 우물쭈물 대답했다.

"그러니까…… 좋은 일이 생긴다거나…….”

"좋은 일?"

"그게…….”

대답이 쉽게 나오지 않았다. 류조 씨라면 뭐라고 답할까? 무룬 위로 꽉 쥔 주먹에서 땀이 배어 나왔다.

"자기한테 좋은 일이 일어나기를 바라고 쓰레기를 줍거나 자리를 양보하는 겁니까? 그건 대가를 바라고 하는 것이니 위선 아닙니까?"

위선. 얼굴이 확 달아올랐다. 그렇다, 맞는 말이다.

"그…… 럴지도 모르겠습니다."

억지로 미소를 지은 탓에 뺨에 쥐가 날 것 같았다. 적반하장으로 류조 씨한테 욕을 퍼붓고 싶은 기분도 들었다. 그다음에 이어진 질문에도 제대로 대답하지 못하고 고개를 숙인 채, 면접을 마쳤다.

류조 씨가 다음 달 말에 아르바이트를 그만둔다는 말을 들은 것은 그다음 주였다. 오전 근무라서 이른 시간에 일을 마치고 집으로 돌아가는 길에 잠깐 들른 맥도날드에서 직접 들었다. 어쩌면 류조 씨는 이 사실을 전하려고 내게 맥도날드에 가자고 한 것인지도 모른다.

"우리 밴드가 데뷔할지도 모르거든."

카운터 자리에 나란히 앉아 100엔 커피를 마시면서 류조 씨가 말했다. 목소리가 살짝 떨렸다.

사이트에 올라온 동영상을 본 프로덕션에서 제의가 들어왔다고 했다. 대형 기획사는 아니지만 소속된 다른 아티스트를 들어보니 나름 실력 있는 회사였다.

"그렇다고 이렇게 바로 아르바이트 그만둬도 괜찮아요?"

"음…… 내 결심이 어떠냐가 문제니까. 물론 유명해질 때까지는 계속 아르바이트로 먹고살아야 하겠지만 지금은 잠시만이라도 곡 작업이랑 연습에 온 힘을 다하고 싶어."

류조 씨의 말투는 차분했지만 열정이 깃들어 있었다. 반면 내 마음은 차가워졌다. 두 가지 감정이 솟아났다. 하나는 당황스러울 만큼 류조 씨가 떠나는 것에 아쉬움과 외로움을 느끼고 있다는 것이고, 나머지 하나는 류조 씨가 꿈을 이룰지도 모른다는 사실이 짜증 난다는 것이었다.

둘 다 예상 밖의 감정이라 나 자신에게 당황했고, 짜증과 불안을 잠재우려고 콜라를 빨대로 빠르게 들이켰다. 맥도날드 콜라는 제대로 진한 맛이 났다. 류조 씨가 말했다.

"너도 힘내, 취준 생활."

류조 씨가 내 어깨를 두드렸고, 그 손길을 피하려고 나도 모르게 몸을 뒤틀었다.

"류조 씨는 좋겠어요. 기타가 있어서."

어? 하고, 류조 씨가 입을 반쯤 벌렸다. 나는 부글부글 끓어오르는 분노를 억누르지 못했다.

"자기만 할 수 있는 일이 있으니까 프리터로 지내며 마음 편하게 살고, 꿈도 이루는 거잖아요. 부러워요. 하고 싶은 일이 뭔지도 모르고 사는 저랑은 천지 차이네요."

농담조로 가볍게 말하려고 했지만 어느새 목소리가 날카롭게 변했다. 차라리 류조 씨가 화내주기를 바랐다. 하지만 그는 손에 들고 있던 종이컵을 두 손으로 감싸듯 잡고는 불쑥 말했다.

"나만 할 수 있는 일이란 건 없어."

그 목소리가 너무나 아무렇지도 않아서 깜짝 놀랐다. 류조 씨는 부드러운 미소를 지으며 나를 바라봤다.

"대학이란 데는 어떤 느낌이야?"

이야기 흐름과는 전혀 상관없는 뜬금없는 질문이었다. 갑자기 왜 물어보는 거지?

"어떤 느낌이라고 말하기엔……."

"나 말이야, 대입 준비 자체를 한 적이 없어. 공부도 잘 못했고. 형이 대학 다니는 모습 보고 부러웠거든. 동아리다, 조별 활동 같은 거 있잖아. 하지만 부모님이 우리 집은 여유가 없어서 안 된다고 하더라고. 형은 공부 잘해서 장학금을 받고 대학에 들어갔지만, 너는 머리가 나빠서 대입 시험을 어떻게 치르겠냐고 말이야. 술 취해 들어온 아버지가 개털이라 술도 싼 거밖에 못 마시고, 애를 넷이나 낳아서 이 고생이라고 말한 적도 있어."

류조 씨는 담담하게 말했다. 억양 없는 말투가 오히려 류조 씨의 슬픔을 솔직하게 드러냈다. 나는 뭐라고 맞장구를 쳐야 할지 몰라 그냥 입을 다물고 있었다. 그러자 류조 씨가 목소리 톤을 살짝 높였다.

"하긴 그렇지 뭐, 하고 납득하면서도 반발하는 뜻에서 고등학교 졸업하자마자 독립해서 하고 싶은 일만 하기로 했어. 그동안 데모 테이프를 여러 곳에 보내기도 했고, 여기저기 라이브 공연을 다니기도 했고. 여태까지 계속 노력하고 노력한 끝에 겨우 인정해주는 프로덕션이 나타난 거야. 이제 와 생각해보면 부모님 덕분에 헝그리 정신이 생긴 것 같아서 고마워하고 있어."

류조 씨는 그렇게 말하고는 커피를 다 마시고 난 뒤 휴, 하고 한숨을 내쉬었다. 마지막 한마디는 자기 스스로에게 들려주고 싶은 말이 아닐까, 하고 생각했다. 류조 씨는 입술을 꽉 다물더니 내 쪽을 향해 몸을 돌렸다.

"있잖아, 신. 자기만 할 수 있는 일 같은 게 세상에 있을까? 내가 기타를 그만둔다고 해서 곤란해하는 사람은 아무도 없을 걸? 밴드에서 빠져도 다른 기타리스트가 들어오면 그만이야. 나보다 몇 배는 더 잘하는 녀석이 수천 명은 있을 거고."

나를 뚫어지게 쳐다보는 류조 씨에게서 시선을 돌리려고 했지만 그러지 못했다. 류조 씨가 겁이 날 정도로 조용하게 말했다.

"오직 나만 칠 수 있는 기타 연주 같은 건 없어. 하지만 나니까 칠 수 있는 기타 연주가 있을 거라고 생각해. 내가 유일하게 프라이드 갖는 부분이 바로 이거야."

죄송해요, 류조 씨. 사과하고 싶었지만 말로 잘 표현이 안 됐다. 한 가지 깨달은 점은 류조 씨가 남모르게 엄청난 노력과 고생을 해왔고, 수많은 갈등과 고민을 품고 살아왔다는 것이다. 그 사실을 내가 완전히 무시하고 그가 처음부터 원하는 걸 쉽게 손에 넣고 여태까지 편하게 살아왔다고 착각했다는 것이다.

"류조 씨, 저……."

나는 말을 잇지 못했다. 류조 씨가 씨익 미소를 지었다.

"신, 너한테도 분명 있을 거야. 너만이 할 수 있는 것이 뭔지 생각해보면 말이야. 물론 그 과정이 아주 힘들지도 모르지만."

잠시 침묵이 이어졌다. 나는 침묵을 견디지 못하고 필사적으로 이어갈 말을 찾았다.

"저기…… 류조 씨, 그 포인트 카드는 꽉 채우면 뭘 받는 거예요?"

"어? 엄청 기분 좋아져."

류조 씨가 웃으면서 종이컵을 구겼다. 내가 말한 '좋은 일이 생긴다'와 뭐가 다른데? 속은 기분이 들었지만 더 이상 캐묻지 않았다.

다음 날 신사에 다시 가보기로 했다.

류조 씨에게서 "신, 너만이 할 수 있는 것"이라는 말을 들었을 때 궁사가 말한 "당신이니까 보인다"라는 말을 떠올렸다. 미쿠지가 게시한 '포인트'가 무슨 뜻인지 어떻게든 알고 싶었다. 말씀의 의미는 지금의 나에게 중요한 무언가를 알려주고 있다는 생각이 들었다. 미쿠지와 다시 만난다면 알 수 있을 것 같았다.

신사 안을 찾아다녔지만 미쿠지의 모습은 어디에서도 보이지 않았다. 벤치에 앉아 스마트폰을 꺼냈다.

몇 번이나 미쿠지를 검색해보았다. 하지만 궁사의 말대로 관련 정보가 검색되지 않았다. 트위터에 글을 올리면 답글로 알려주지 않을까, 싶었지만 이상하게 계속 에러가 났다. 몇 번을 반복해서 시도하는 사이에 흥미를 잃고 말았다.

아무리 검색해도 어떤 사이트에도 미쿠지에 관한 정보가 없다는 말은, 다시 말해 '존재하지 않는다'라는 의미가 아닐까? 새삼스러운 말이지만, 우리는 검색하면 컴퓨터가 항상 정답을 알려줄 거라고 착각하며 살아간다. 하지만 인터넷 정보란 수작업하듯 누군가에 의해 조금씩 만들어질 뿐이다.

항상 그렇듯 트위터를 켜고 사람들이 올린 트윗을 훑어봤다. 팬케이크와 하늘과 반려견 사진이나 해외에서 대지진이 일어난 뉴스와 일본 정치 비판과 블랙 기업에 관한 고발이나 아이돌 스캔들과 드라마 감상과 예능인의 화장실 유머, 그리고 졸리다는 둥 배고프다는 둥 머리가 아프다는 둥 딱히 알고 싶지도 않은 개인의 컨디션과 온갖 상품의 광고가 타임라인에 가득했다. 스크롤을 내리자 트윗이 끝도 없이 이어졌다. 이것이 내가 지금 살고 있는 세계라는 생각이 들었다. 그림책에나 나올 것 같은 팬케이크와 쓸데없는 저급한 유머와 몇만 명의 사망자가 나온 천재지변이 같은 상자 안에 뒤섞여 있었다.

내가 아무 짓을 하지 않아도 세상은 돌아간다. 아무것도 써 올리지 않고 콘텐츠를 읽기만 해도 하루가 끝난다. 내가 무언가를 생각하고 창조해낼 필요 따윈 없다. 하고 싶은 일이 없어도 나름 재미있게 살 수 있을 테니까. 죽을힘을 다해서 일하는 의의나 목표 같은 걸 찾지 않아도 되는 게 아닐까, 하는 생각도 든다.

하지만…….

스마트폰에서 눈을 떼자 사무실에서 궁사가 나오는 게 보였다. 오늘은 사무에가 아니라 소복(白裝束)*에 보라색 하카마(袴)**를 입고 있었다. 나는 일어나 궁사에게 다가갔다.

"안녕하세요."

궁사는 나와 눈을 맞추며 "안녕하세요" 하고 웃으며 답했다.

"오늘은 완전 궁사스러운 복장이시네요."

* 넓게는 흰옷, 좁게는 신사에 있는 사람들이 입는 유카타풍의 홑옷을 뜻한다.
** 일본 전통복으로 겉에 입는 주름 잡힌 하의.

"당연하죠, 저는 궁사니까요."

궁사가 웃었다. 나는 작게 죄송합니다, 하고 사과했다.

"가끔은 이렇게 신관다운 업무도 합니다. 기도를 부탁받기도 하고요. 평소에는 청소 같은 잡일을 하기 때문에 편한 사무에를 자주 입습니다만."

정식 의상을 입은 그는 전과 다른 박력이 풍겼다. 확고한 신념이 없다면 이렇게 당당한 위엄이 느껴지지 않을 것이다. 그저 남이 이끄는 데로 끌려 다니는 사람이 아니라는 긍지가 느껴졌다.

나는 도움을 청했다.

"저기, 미쿠지는 어디 있나요?"

궁사는 훗, 하고 웃었다.

"글쎄요, 저도 모릅니다. 고양이란 어디 있는지 모르는 법이니까요. 어디에 있는지, 언제 나오는지 짐작도 안 갑니다. 미쿠지는 무슨 일로 찾으시는지요?"

"계시받은 말씀이 무슨 뜻인지 아무리 생각해도 답이 안 나와서요."

"그래서 미쿠지에게 물어보시려고요?"

"네."

"더 생각해보겠다는 마음은 버리신 건가요?"

그 질문은 내가 여태껏 받아온 면접관의 차가운 질문과는

120

완전히 다른 따뜻한 관심이었다. 나는 손에 든 스마트폰으로 시선을 돌렸다. 그렇다. 미쿠지는 물어보면 즉시 답해주는 스마트폰 같은 게 아닐지도 모른다.

내가 말없이 서 있자 궁사가 다라수를 쳐다보며 천천히 말을 이었다.

"무언가 답을 찾는 것은 훌륭한 일입니다. 하지만 그 답에 도달하기까지 헤매고 혼란스러워하며 걷는 나날이야말로 인생이라고 말할 만하지 않은가, 하고 저는 생각합니다."

나는 여전히 아무 말도 하지 못했다. 궁사는 내게 가볍게 고개를 숙여 인사한 뒤 참배당을 지나 안쪽의 좁은 계단을 천천히 올라갔다.

아버지는 허송세월을 보내는 나를 더 이상 못 봐주겠다며 부동산회사를 경영하는 먼 친척에게 이야기를 해주겠노라고 먼저 말을 꺼냈다.

그런 비장의 카드가 있으면 진작 이야기해주지. 하지만 바로 그 순간 무언가가 메마르고 까슬까슬한 혀로 나를 핥은 것 같은 불쾌감이 느껴졌다. 나중에 알아차린 그 불쾌감의 정체는 누군가가 나를 챙겨주는 것을 당연하게 여기는 나 자신에 대한 혐오감이었다. 하지만 그렇다고 해서 이렇게 좋은 기회를 거절할 만큼 고고하지도 못했다. 딱히 나쁜 짓도 아니니까 괜찮지 않나, 하고 처음으로 싹트기 시작한 감정을 억눌렀다.

며칠 뒤 "일단 형식적으로 면접을 본다고 하니까 다녀와"라는 말을 아버지에게 전해 들었다. 이야기는 이미 잘 해놓은 상태라고 했다.

다행이다, 정말 다행이야. 이제 다 끝났어. 부동산회사라는 데가 뭘 하는 곳인지는 잘 모르지만, 일단 들어가서 가르쳐주는 대로 하면 되겠지. 한숨 돌려서 마음이 편해야 하는데, 이상하게 불안한 기분이 들었다.

바로 일정을 잡고 아버지에게 전달받은 회사명과 주소를 인터넷으로 검색해보았다. 집에서 멀리 떨어져 있는, 한 번도 들어본 적도 없는 역에서 20분은 걸어가야 했다. 뭐, 스마트폰 지도 앱을 따라가면 어떻게든 되겠지.

나는 스마트폰을 한 손에 들고 모르는 동네로 향했다. 역은 소규모 상점가와 연결되어 있었고, 상점가를 빠져나오자 주택이 드문드문 보이는 시골길이 나왔다. 지도 앱에 회사 주소를 입력하자 경로가 나타났다. 내가 있는 곳은 파란색 마크, 회사 위치는 빨간색 마크. 지도에 연결된 선을 따라 걸어가기만 하면 됐다.

앞으로의 인생도 이렇게 확실하게 표시되어 있으면 쓸데없는 고생은 하지 않을 텐데. 내비게이션을 따라가면 아무런 문제 없이 목적지에 도착하듯.

……문제없이. 그럴까? 문제없는 게 문제일 때도 있을 텐데.

멍하니 생각에 잠겨 걷다가 스마트폰을 놓치고 말았다.

망했다. 식은땀을 흘리며 전원 버튼을 몇 번이나 눌러봤다. 충격으로 꺼진 스마트폰은 다행히 시간이 얼마쯤 지나자 다시 켜졌다.

가슴을 쓸어내리며 지도 앱을 켰다. 회사 이름도 다시 입력했다. 도착 장소에 빨간색 마크가 생겼지만 지금 내가 어디 있는지를 나타내는 파란색 동그라미는 이리저리 움직이며 멈출 줄을 몰랐다. GPS가 제대로 작동하지 않는 모양이었다.

주변을 둘러봤다. 여기가 어디지? 스마트폰 화면에만 집중한 탓에 주변을 제대로 보지 못했다. 지도에는 길잡이가 될 만한 게 눈에 띄지 않았고, 그저 가느다란 길이 교차했다. 길옆에 있는 건물이나 집도 지도로 보면 아무 표시도 없이 빈 공백으로만 존재할 뿐이었다. 지도에는 유일하게 주유소 마크가 있었지만 주위에는 그런 간판조차 보이지 않았다.

파란 동그라미는 수상한 사람처럼 지도 위를 어슬렁거리고 있었다. 나랑 똑같네. 기껏 목적지를 보여줬는데도 자기가 어디 있는지를 몰라 이어질 수 없는 점과 점.

……포인트와 포인트?

그렇게 생각한 순간 눈앞의 풍경이 명확해지는 느낌이 들었다.

나는 계속 어디로 가야 할지 모른다고 생각했다. 무엇을 골라야 좋을지, 어떤 결정을 내려야 좋을지. 그렇게 멀리 있는 종착점만 찾고 있었다. 하지만 그보다 먼저 알아야 할 것이 있었다.

그건 목적지가 아니었다.

현재 위치였다.

TAB 악보책을 하나 샀다.

기타 코드를 누르는 위치가 적힌 악보였다. 지금까지 전혀 관심이 없어서 모르고 있었지만 서점 한쪽에는 수많은 종류의 TAB 악보가 진열되어 있었다. 악기상에 가면 더 많을지도 모른다. 기타 인구가 이렇게 많은지 몰랐던 나는 깜짝 놀랐다.

내가 고른 책은 초급편부터 상급편까지 총망라한 두꺼운 책이었다. 초급편에 〈철길은 이어진다, 어디까지든〉 동요가 실려 있어서 고민하지 않고 계산대로 향했다.

방에서 혼자 책을 펼치고 책상다리를 한 채 기타를 품에 앉았다.

'형식적인 면접'이 있던 날, 나는 앱을 닫고 회사에 전화를 걸어 길을 잃었다고 전했다. 일단 역까지 되돌아오라는 말을 들었고, 지나가는 사람에게 길을 물어 역으로 돌아갔다. '먼 친척'이라는 분, 다시 말해 사장님이 직접 차로 마중을 나왔다.

흰머리가 드문드문 섞인 온화한 인상을 가진 분이었다. 사원은 파트타이머를 포함해 열다섯 명 정도로, 사장님을 따라 들어가니 모두가 환영 무드로 웃으며 맞아주었다.

응접실로 가니 차가 나왔다. 사장님과 둘이서 잠시 이야기를 나눴다. 이력서를 건넸지만 그는 테이블 위에 올려둔 채 보지 않았다. "아버님은 잘 계시고?" "초등학생 때 축구 했다고 했던가?" 같은 친척 사이에 나눌 법한 대화만이 오고 갔다. 정말 이름만 면접이었다.

"우리 회사는 작기는 해도 오랫동안 거래해온 단골손님이 많아서 나름 안정적인 편이라네. 월급은 그리 센 편은 아니지만, 자네만 괜찮으면 경리든 사무든 그런 자리를 준비해놓겠네."

지원 동기조차 듣지 않고 취업이 결정되다니.

하지만 웅성웅성하는 머릿속 의문들이 가라앉지 않았다. 정말 이대로 괜찮은 건가, 라는 생각이 들었다.

"저…… 사장님은 왜 이 회사를 설립하셨나요?"

내가 묻자, 사장님은 잠시 허공을 바라보더니 그리운 추억을 떠올리듯 이야기를 꺼냈다.

"고등학교 때 부모님이랑 싸우고 가출한 적이 있었네."

"가출이요?"

"응. 화가 나서 그냥 뛰쳐나왔는데 갈 곳이 없어서 공원에서 잤지. 하룻밤을 지냈을 뿐인데도 엄청 힘들더라고. 사람은 건물이 없으면 못 사는구나, 하고 새삼 감동했어. 어떤 건물이든

다 멋지고 훌륭해. 하지만 안타깝게도 건축사라는 직업과는 잘 맞지 않았던 모양이야."

사장님은 살짝 자조적으로 말한 뒤 바로 멋들어진 미소를 지으며 말을 이었다.

"하지만 건물 만드는 일을 못하더라도 건물이 필요한 사람에게 안내하는 일은 할 수 있지. 그 건물에서 지내는 사람이 안심할 수 있는 건물을 말이야. 만드는 사람만 있으면 되는 게 아니라 전달하는 사람도 있어야 한다는 말이지. 가이드도 아주 중요한 역할이고 나한테는 이쪽이 더 맞는 것 같아. 이 일을 너무 사랑하니까, 회사도 설립하게 되었지."

무언가가 마음에 쿵, 하고 부딪쳐왔다. 행복과 자신감으로 가득 찬 미소였다. 이렇게 절실한 마음으로 경영해온 회사에 나처럼 대충 사는 놈이 들어가도 되는 걸까? 나한테 일이란 도대체 뭘까? 지금 내가 뭘 할 수 있을까?

온갖 팁이나 매뉴얼에 따라 자기소개서를 작성했는데, 그 안에 들어가 있는 항목들을 이제야 진심으로 스스로에게 물어보게 되었다. 그러자 이 회사에서 일하는 나의 모습을 상상하기가 어려웠다. 물론 지금까지 그런 생각조차 해본 적이 없었지만, 나란 놈은.

결국, 다음 날 사장님에게 전화를 걸어 취직 이야기는 없었던 것으로 해달라고 부탁드렸다. 아버지는 "다른 회사에 합격하면 그때 가서 그만두겠다고 해라" 하고 말했지만, 오히려 그렇게 행동하는 것이 실례처럼 느껴졌다. 사장님은 전화기 너머로 "힘내게. 나중에 아버지랑 같이 놀러 와. 술이나 한잔하세" 하고 응원해주었다. 기쁜 마음과 죄송한 마음이 동시에 솟아나 살짝 눈물이 났다. 정말로 술잔을 기울일 날이 기대가 되었다. 사장님이 아니라 '친척 아저씨'로서 더 깊은 이야기를 나눠보고 싶었다. 제대로 된 일자리를 구하고 나면 반드시.

전화를 끊고 아버지에게 "신경 써주셔서 고맙습니다" 하고 고개를 숙였다. 내 진로를 걱정해 사장님에게 머리 숙여 부탁했을 아버지는 당황한 모양인지 "응-"이라고만 대답했다.

왜 여태까지 깨닫지 못했을까? 나는 그저 끌려다니며 살아온 게 아니다. 여러 사람의 도움을 받으며 여기까지 온 것이다. 부모님이나 친구나 여자친구……. 그런데도 감사하는 마음은 요만큼도 없이 주위에서 시키는 대로만 살아왔다고 오해하고 있었다. 항상 내 건강을 걱정하는 어머니에게도, 좋은 아르바이트 자리를 소개해준 친구에게도 고맙다는 인사를 전한 적이 있었던가. 나를 좋아해주었던 여자친구 역시 제대로 배려해본 적이 없었다. 자, 이제부터가 문제다. 내 현재 위치는 도대체 어디일까?

C코드를 잡았다. 현 하나하나를 딩동댕동 울려봤다. 백화점에서 나오는 미아 안내 방송 배경음 같았다. 스리에스 기타를

든 아이를 보호하고 있습니다. 다지마 신, 21세. 보호자께서는 미아보호소로 와주시기 바랍니다.

　보호자 따위가 있을 리 없다. 제 발로 혼자서 찾아가야 할 때가 온 거다. 이제 막 외운 G코드로 손가락을 옮겼다. 아직 익숙하지 않아서 새끼손가락에 쥐가 날 것 같았다.

　류조 씨는 그날 이후로도 평소와 똑같이 나를 대해주었다. 나는 기타를 돌려주겠다는 이유로 다음 주에 류조 씨가 아르바이트를 그만두는 날 집으로 찾아가겠다고 말했다.

　서프라이즈다. 류조 씨에게는 비밀로 하고 작별 선물로 한 곡을 마스터할 생각이다. "힘내세요"라는 말로 때우는 것은 진심으로 사과하는 것처럼 느껴지지 않았다. 내 방식으로 데뷔를 응원하는 메시지를 전하기로 결심했다.

　〈철길은 이어진다, 어디까지든〉의 코드는 C와 G 말고도 D7와 B7가 있었다. 네 개밖에 없으니까 어떻게든 되겠지. 꼭 연주해서 류조 씨에게 들려주자. 류조 씨처럼 잘 치지는 못해도 "제가 연주하면 이런 소리가 나요"라고 당당히 말할 수 있는 기타 연주를 들려주고 싶었다.

　류조 씨의 아르바이트 마지막 날, 기타 케이스를 등에 메고 출근하는 길에 류조 씨와 만났다. 가게 사람들은 그에게 작은 꽃다발을 건넸다. 류조 씨는 한 명도 빠뜨리지 않고 성의를 담아 출근한 직원 모두와 악수를 했다. 살짝 주저하는 직원도 있었지만 그는 신경 쓰지 않고 악수를 건넸다. 처음에는 몸을 빼던 직원도 류조 씨가 곧 울음을 터뜨릴 것처럼 아이 같은 얼굴로 "고맙습니다" 하고 인사하자 자기도 모르게 같이 눈물을 흘리며 고개를 끄덕였다.

일을 마치고 술과 안주를 사서 류조 씨의 연립주택으로 향했다. 주위는 이미 어둑어둑해졌고, 잡초 덤불에서 벌레가 울었다. 가을로 접어든 밤은 벌써 서늘했다.

캔맥주를 마시며 그동안 고생했다는 인사를 나눈 뒤, 케이스에서 기타를 꺼냈다. 취하기 전에 해야 할 일이 있으니까.

찌릿하고 팔에 긴장감이 들면서, 묵직한 돌이 명치를 무겁게 짓누르는 것만 같았다. 그냥 순순히 기타를 되돌려줄까, 하는 생각도 들었다. 하지만 기타와 마주하는 순간, 그 생각은 사라졌다. 잘하든 못하든 일단 해보자. 끝까지 가보는 거야.

"한 곡, 들어주시겠어요?"

내가 기타를 들자 류소 씨는 "억!" 하고 작게 소리쳤다. 그리고 허둥지둥 들고 있던 캔맥주를 테이블 위에 놓고, 자세를 고쳐 단정하게 앉았다. 류조 씨가 나를 바라보자 긴장이 됐다. 숨을 고르고 도입부의 G코드를 짚었다.

$G \rightarrow C \rightarrow G.$

기타를 연주하며 멜로디에 가사를 실었다. 순조로웠다. 한동안 G코드를 계속 연주하며 노래를 불렀다. 얼굴을 볼 여유는 없었지만 류조 씨가 따스한 눈빛으로 지켜보고 있는 것을 느낄 수 있었다.

하지만 다음 코드인 D7으로 넘어가려는 찰나 발이 걸렸다. 망했다. 몇 번이고 다시 처음부터 시도해보았지만 이번에는 C코드마저 막히는 바람에 연주는 점점 더 엉망으로 변했다.

하지만 포기하지 않는다. 한 곡. 어떻게 해서든 한 곡을 완전히 마스터하기 전까지는.

마지막 라라라…… 하는 부분은 결코 노래라고 할 수 없을 정도였다. 고개를 숙인 채 마지막에 "라" 하고 G코드를 힘차게 울리며 기타의 넥을 꽉 쥐었다.

"굉장해, 신! 장난 아니다!"

류조 씨가 박수를 쳤다. 빗소리처럼 들리는 박수 소리에 눈꺼풀이 확 뜨거워졌다.

"이 정도 수준으로는 류조 씨를 위한 작별 선물이 될 자격이 없어요."

류조 씨가 박수를 멈췄다. 전부 망쳐버렸다는 생각과 함께 눈물이 차올랐다. 스스로가 못나게 느껴져서 견디기 힘들었다.

"성공할 거라고 생각했는데, 아직 멀었어요. 손가락도 아프고 연주도 엉망진창이고…… 너무 속상해요."

눈물과 콧물이 끝없이 흘러나왔다.

동요쯤이야 조금만 연습하면 되겠지, 하고 우습게 여겼다. 하지만 그 생각은 자신의 분수를 모르고 까분 것이었다.

최대한 연습을 한다고는 했지만, 코드 네 개를 소화하는 것조차 어려웠다. 현을 계속 누르고 있으면 손가락 끝이 너무 아팠다. 아무리 연습해도 통증에 익숙해지지 않았고, 기타를 만지지 않을 때도 하루 종일 저릿저릿했다. 기타를 치며 개그를 하는 예능인이나 거리 공연을 하는 스트리트 뮤지션을 보면 엄청 쉬워 보이고 재미있어 보이는데, 다들 이렇게 괴로운 순간을 견디고 나서야 연주를 잘할 수 있게 된 걸까? 아니면 내가 남들에 비해 모자라서 그런 걸까? 더 이상은 무리라고 몇 번이나 포기할 뻔했다.

그래도 꾹 참고 일주일 동안 계속 연습했다. 류조 씨를 위해 연주하고 싶다는 생각이 머릿속을 떠나지 않았다. 제대로 끝내지 않으면 앞으로 더 나아가지 못할 것 같은 기분이었다.

하지만 역시 나에겐 무리였다. 넓은 세계로 나아갈 류조 씨를 응원하고 싶었는데, 그저 나 자신의 나약한 꼴만 보였을 뿐이다. 한심해서 눈물이 멈추지 않았다.

류조 씨가 티슈 두 장을 뽑아 나에게 건넸다.

"신, 지금 너의 모습을 보고 안심했다. 넌 괜찮아. 아직도 부족해, 라고 생각하는 것과 이제 망했어, 라고 생각하는 건 천지 차이야. 아직, 이라고 생각하는 건 앞으로도 계속 노력하겠다는 의지야. 징징징징 연주하다 보면 손가락 끝에 굳은살이 박여 아프지 않아. 그때가 오면 엄청 잘 치게 될 거야."

나는 티슈를 받아 들면서 류조 씨를 쳐다봤다. 그도 울고 있다는 것을 이제야 알아차렸다.

"잊어버리면 안 돼. 자신 스스로가 한심해서 분하다고 느끼는 그 기분, 소중하게 간직해. 자신이 부족하다고 느껴 눈물이 나올 때야말로 한없이 성장하는 순간이니까."

류조 씨는 나보다 더 심하게 콧물을 흘렸다. 나도 티슈를 뽑아 그에게 건넸다.

류조 씨는 푸후우우우우우훙, 하고 큰 소리로 코를 풀며 망가진 수도꼭지처럼 펑펑 울었다. 티슈에 얼굴을 묻고 울고 있는 모습이 점점 웃기게 느껴져 서로 웃음을 터뜨리고 말았다.

"고마워, 신. 나도 그 곡이 맨 처음 마스터한 노래였거든."

류조 씨가 벌떡 일어나 책상에서 펜을 집어 들었다.

"오늘은 별 하나로는 부족한데."

류조 씨는 포인트 카드에 ★을 다섯 개 그려 넣었다. 내가 앉아서 그 모습을 올려다보고 있자 그가 나를 향해 고개를 돌리고 미소 지었다.

"이거 고맙습니다, 하는 마음이 들었을 때 표시하는 거야."

"네? 좋은 일 하고 그리는 게 아니라?"

"그런 건 숫자 세봤자 재미없잖아. 그보다 이렇게 감사하고 싶은 마음을 기록하고 나중에 돌아보면서 맞아, 그런 일이 있었지, 하고 다시 기억하는 게 훨씬 기쁘지 않겠어? 올해 초에 시작했는데 벌써 열다섯 장째야. 한장 한장 채워나갈 때마다 나는 진짜 복 받은 사람이구나, 하는 생각이 들어."

포인트가 가득 차면 엄청 기분이 좋아져, 하고 류조 씨가 했던 말이 떠올랐다. 나를 놀리려고 한 말이 아니라 진심이었던 걸까?

"과거를 거슬러 올라가 생각해보면 더, 더, 더 많이 떠올라. 동네 아저씨한테도 엄청 감사해하고 있어. 그 아저씨가 버리려던 기타 덕분에 오늘까지 살아 있는 셈이거든. 아저씨가 버릴 생각을 하지 않았으면 지금의 내가 없을 수도 있잖아? 아저씨만이 아니라 정말 고맙습니다! 라고 말하고 싶은 인연이 많아. 이런 기분을 잊고 싶지 않아서."

류조 씨는 펜을 책상에 내려놓고 다시 내 앞에 앉았다.

기타가 살려준 목숨.

그럴지도 모른다는 생각이 들었다. 버리려던 기타도 류조 씨 손에 들어와 살아남은 것이다. 팔리지 않아 폐기해야 할 도시락도 집주인의 가구도 맹맹한 콜라도.

류조 씨는 내가 들고 있던 기타를 가져가 살포시 안았다. C코드를 잡고 현을 차례로 울리더니 넥을 내 쪽으로 내밀었다.

"이 기타, 좀 맡아주지 않을래?"

"네?"

"내가 메이저 데뷔하는 날까지 신, 네가 좀 맡아주라. 정식으로 CD가 발매되는 날 더 좋은 어쿠스틱기타 사서 선물할 테니까. 그때까지 나, 신이 이 녀석이랑 같이 나를 기다려준다고 생각하면서 노력할게."

류조 씨가 다시 한번 넥을 내밀었다. 나는 어물어물 손을 내밀어 기타를 받아 들었다. 그리고 넥에 새겨진 'Three S'라는 로고를 내려다보며 결심했다.

"그렇게 할게요. 그때까지 저도 열심히 연습해서〈철길은 이어진다, 어디까지든〉을 완벽하게 연주할게요. 그 곡 말고도 잔뜩."

훌륭한 연주 실력을 갖고 싶었다. 아니, 그렇게 되도록 노력하는 힘을 갖고 싶었다.

아무리 손가락이 아파도, 아무리 코드를 외우는 게 어려워도 절대 포기 안 해. 누가 포기하라고 해도 절대 안 할 거야.

전혀 실력이 늘지 않아 괴로운데도, 그래도 계속하고 싶다는 기분이 든 적은 태어나서 처음이었다. 기타를 꼭 안아 들고 류조 씨에게 말했다.

"앞으로도 계속 응원할 테니까…… 힘내요, 형!"

류조 형은 "시~인!" 하고 소리치며 내 머리를 두 손으로 마구 쓰다듬어주었다. 내 머리카락은 지금 이 순간 류조 형처럼 곱슬곱슬하겠지. 마치 진짜 형제처럼.

　서른두 번째 면접을 보러 간 회사에 도착했다. 복도에 놓인
의자에 앉아서 기다렸다. 곧 내 차례였다.
　류조 형의 기타를 당분간 맡기로 한 뒤, 악기 관련 회사 몇
군데에 입사원서를 넣었다. 물론 영업부 지망이었지만.
　나는 음악 전공이 아니라서 지식이 풍부하지도 않았고, 그
외에 특별한 기술도 없었다. 영업 실적을 바로 올릴 만한 우수
한 신입 사원은 나 말고도 얼마든지 있으니까.
　하지만 내 경험을 바탕으로 악기가 얼마나 멋지고 대단한지
다른 이들에게 전달하는 건 가능하다. 기타를 막 만지기 시작
한 사람이 느끼는 어려움과 심장이 두근두근 뛰는 기분을 아
직 선명하게 기억하고 있으니까. 이제 막 악기와 친해진 기쁨
을 맛보았지만, 그 기분이 무엇인지 알려주고 싶었다.
　"다음 분 들어오세요."
　안내를 받고 자리에서 일어섰다. 기타 넥을 가볍게 쥘 때와
마찬가지로 왼손을 살짝 쥐고 엄지손가락으로 나머지 네 손가
락 끝을 살짝 만져봤다. 손끝의 감촉이 나를 진정시켜주었다.
괜찮아. 분명 괜찮을 거야.
　긴 테이블에 면접관 두 사람이 앉아 있었다. 한 명은 어깨까
지 내려온 단발머리 끝이 안쪽으로 둥글게 말린 헤어스타일의

여성이었고, 나머지 한 명은 검은색 뿔테 안경을 쓴 남성이었다. 여성은 이력서를 내려다보고 있었고, 남성은 등받이에 완전히 기대 거의 눕다시피 한 자세로 앉아 있었다.

출신 대학과 이름을 말하자 그들은 자리에 앉으라고 지시했다. 뿔테 안경이 고개를 숙인 채 물었다.

"지원 동기부터 말씀해보세요."

내 이야기에 귀를 기울여주세요, 하는 마음을 전하듯이 나는 등을 곧게 펴고 두 면접관에게 말했다.

"이제 겨우 왼손 손끝에 굳은살이 박인 게 너무 자랑스럽고 기뻐서입니다."

뿔테 안경을 낀 면접관이 그 순간 등받이에서 몸을 떼고 일어나 나를 똑바로 쳐다봤다.

네 번째 잎사귀

|

씨뿌리기

난 말이지, 비행기를 만들어본 적이 있어.

자동차도 배도 만들어봤고 어떤 때는 거리까지 만들었다고.

그 유명한 뵤도인(平等院)* 봉황당(鳳凰堂)**을 완성시켰을 때는 다들 눈을 동그랗게 뜨고 놀랐지. 건물뿐만 아니라 담벼락과 바닥의 모래까지 세세하게 표현한 프라모델은 내가 봐도 아주 훌륭했단 말이야.

손끝에서 탈것이나 건물이 탄생할 때마다 나 자신이 아주 엄청나게 거대한 존재…… 그래, 신이라도 된 기분이었어.

---

* 교토에 있는 불교 사원으로, 유네스코 세계문화유산으로 지정됐다.
** 뵤도인 내부의 유명한 건축물로 10엔 동전에 새겨져 있다.

하지만 이제는 다 옛날이야기가 되었다.

지금은 그냥 골칫덩어리 영감일 뿐이다. 며느리가 건방지게 말대꾸를 하고 손주가 피하는 그런 늙은이.

토요일 장보기에는 억지로 따라가야만 했다.

며느리는 노인 공경도 모르는지, 항상 무거운 짐은 나한테 떠넘겼다. 오늘은 쌀 5킬로그램 한 포대와 간장과 배추, 게다가 반 통짜리 수박까지.

"기미에, 수박은 네가 들어라. 내가 쌀 들었잖냐."

"나는 쌀보다 훨씬 무거운 애를 안고 있으니 따지자면 도긴 개긴이지."

며느리는 잠들어버린 손주 미오를 한 팔에 안고, 다른 손에는 감자와 당근, 닭고기가 든 비닐봉지를 들고 있었다. 솔직히 어느 것이 더 무겁다고 가리기 어려워 보였다.

"아무리 그래도 넌 삼십대 초반이고, 나는 거의 칠십이 다 된 노인네인데 어떻게 도긴개긴이겠냐?"

"아버지! 아직 예순아홉 살이잖아. 건강검진 받았을 때도 병원에서 아무 문제 없이 정정하다고 했잖아. 며느리는 풀타임으로 일하면서 세 살 아이까지 돌보는데, 주말에는 잔소리 말고 좀 도와주면 안 돼?"

한마디도 지는 법이 없다니까. 이목구비가 흐릿하고 너부데

데한 얼굴에서 까칠한 말이 튀어나왔다.

끈에 묶은 수박을 늘어뜨린 채로 기미에보다 반 발자국 뒤에 떨어져서 걸었다. 막 9월에 접어든 오후는 아직 더웠다.

"어머나, 데쓰 아저씨."

뒤에서 굵직한 목소리가 들려왔다. 옆집 사는 스기타 할망구다. 할망구라고 해도 나보다 한 살 더 먹었을 뿐이지만. 스기타 씨는 옛날부터 유독 남 일에 참견하길 좋아하는 데다가, 아들 셋이 다 독립해서 하루 종일 심심한 모양인지 오지랖이 넘쳤다. 못 들은 척 그냥 가려고 했는데 기미에가 뒤를 돌아보며 집 밖에서만 보여주는 접대용 미소를 지었다.

"스기타 할머니, 안녕하세요."

"어머나, 미오쨩은 잠들었나 보네. 밖에서 잠들면 참 곤란하다니까. 귀엽기는 한데 말이지."

스기타 씨가 미오의 볼을 검지로 살짝 건드리며 "그러고 보니까 말이야" 하고 맞은편에 사는 소네 씨가 뼈가 부러져 입원했다는 소문을 말하기 시작했다.

"선반 위에 올려놓은 질그릇 냄비를 꺼내려고 의자 위에 올라갔다가 중심을 잃고 떨어졌다지 뭐야. 넘어지면서 다리뼈도 부러지고, 깨진 질그릇 냄비 사금파리에 팔도 베이고 아주 난리도 아니었나 봐. 그런데 뼈 부러질 때도 그냥 뚝, 하고 아예 절단되는 게 회복 속도가 더 빠르다나 뭐라나. 전에 우리 아들도 있잖아……."

묵직한 쌀이 어깨를 짓눌렀다.

더 이상 쓸데없는 소리를 듣고 싶지 않아서 먼저 가려는데 스기타 씨가 말했다.

"아저씨는 건강해 보이네, 혈색도 좋아 보이고."

"아…… 네."

퉁명스럽게 대꾸하자 스기타 씨는 연기를 하듯 연민의 미소를 지었다.

"정말 다행이야. 시게코 씨가 떠나고 나서 엄청 걱정했었거든. 이렇게 같이 살면서 챙겨주는 며느리가 있다니, 정말 감사해야 해!"

딱히 같이 살아달라고 부탁한 적 없거든? 하고 대꾸할 뻔했는데 때마침 미오가 잠에서 깨서 으아앙, 하고 울음을 터뜨렸다. 기미에가 미오를 한 팔로 안은 채 살살 얼렀다.

"알았어, 알았어. 집에 갈 거야. 스기타 할머니, 먼저 갈게요."

기미에는 인사하고 그 자리를 떠났다.

시게코는 무뚝뚝한 아내였다.

어쩌면 밖에서는 전혀 다른 모습이었을지도 모른다. 하지만 적어도 내 앞에서는 이거 해라, 저거 해라 귀찮게 하는 법이 한 번도 없었다.

간호사였던 시게코는 결혼한 뒤에도 일을 계속했고, 아들 히로토를 낳았을 때도 젖도 못 뗀 히로토를 어린이집에 맡기고 일을 쉬지 않았다.

집안일도 허투루 하지 않았다. 요리도 청소도 꼼수 부리는 법이 없었고 육아 때문에 생기는 불만이나 푸념도 늘어놓은 적이 없었다. 맞선으로 만나 제대로 된 연애도 하지 못하고 결혼했지만 내게는 과분할 정도로 완벽한 아내였다. 그런 시게코가 떠난 지 벌써 3년이 되었다.

"아버지, 내 말 듣고 있어?"

화난 목소리가 들려 고개를 들어 보니 기미에가 장갑을 내밀었다.

"갑자기 왜 그래? 계속 멍하니 있고. 오늘 녹지 청소 1시부터라고 했잖아. 얼른 준비해."

알아, 안다고. 기미에의 잔소리를 들으며 장갑을 받아 들고 자리에서 일어났다.

지난달, 반상회에서 녹지공원 청소에 관한 내용의 회람을 돌렸다. 기미에는 "갈 거지?" 하고 묻고는 내가 대답도 하기 전에 참가란에 ○ 표시를 했다. 시게코가 있을 때는 반상회가 무슨 활동을 하는지도 잘 몰랐다. 시게코 혼자서 도맡아 했던 것이다.

그런데 기미에와 살기 시작하면서부터 모든 일에 나 역시 끌려다녀야 했다. 도랑 청소와 방재 훈련은 물론이고, 등하굣 길에 깃발을 들고 서서 아이들이 길을 안전하게 건너는 것까지 지켜봐야 했으므로 피곤해죽을 지경이었다.

기미에는 또 외출을 하는지 원피스를 그대로 입고 있었다. 녹지 청소하러 가는 복장이 아니었다.

"넌 안 가냐?"

"잠깐 미즈사와에 갔다 와야 돼. 저녁때 올 거니까, 아버지 혼자 다녀와."

미즈사와는 기미에의 결혼 전 성이다. 기미에는 자신의 본가를 그렇게 불렀다.

우리 집에서 걸어서 15분 정도 떨어져 있는 그 집에는 사돈 부부와 기미에의 오빠 부부가 살고 있었다. 기미에가 스무 살 때, 지바에서 이곳으로 이사를 왔다고 했다. 상점가에서 기획한 '동네 맞선'인가 하는 행사에서 알게 된 히로토와 기미에는 결혼한 뒤 양가에서 가까운 연립주택에서 살았는데, 내가 사는 이 집으로 얼굴 비치러 오는 일은 거의 없었다.

그런데 올봄에 히로토가 오사카로 전근을 가게 되었다. 그러자 기미에는 갑자기 미오와 함께 이 집에서 살겠다고 한 것이다. 미오가 태어난 지 얼마 안 되었을 때부터 일하기 시작한 잡화점이 아주 마음에 든 모양이었다.

"기껏 일도 다 배웠고 미오도 어린이집에서 적응 잘하고 있는

144

데 이제 와서 갑자기 낯선 곳으로 이사해서 처음부터 다시 시작하라는 건 너무하잖아. 마침 잘됐잖아, 아버지 혼자 사니까 빈방도 많고 월세도 안 들고 미즈사와랑도 가깝고. 됐네, 결정 끝!"

기미에는 내 의견은 묻지도 않고 당연하다는 듯 모든 것을 결정해버렸다.

그렇게 기미에는 히로토가 오사카로 떠나자마자 미오와 함께 오래된 단독주택인 이 집으로 쳐들어왔다. 짐을 나르자마자 우편함에 붙여놓은 '기노시타'라는 문패 아래에 맘대로 '데쓰, 기미에, 미오' 하고 수제 문패를 달았다.

이렇게 뻔뻔한 여자를 다 봤나. 아주 제 집처럼 부엌도 자기 멋대로 바꾸어놓지를 않나, 욕실 청소나 설거지 당번도 자기 마음대로 정하지를 않나, 기미에는 마치 이 집 주인이라도 되는 양 제멋대로였다.

"맞다, 아버지. 벌레 쫓는 스프레이 까먹지 말고 꼭 뿌리고 가. 저번처럼 손등에 모기 물려서 벅벅 긁다가 상처 나서 설거지 못한다 그러지 말고……."

"시끄러워! 모기는 내가 알아서 피할 테니까 신경 쓰지 마!"

겨우 혼자서 지내는 생활에 익숙해질 참이었는데, 기미에 때문에 이렇게 소란스러운 생활이 시작되었다. 여생을 혼자서 느긋하게 보낼 수 있으리라 생각했는데 완전히 예상 밖의 상황인 것이다.

현관으로 가서 운동화를 신고 문을 열었다. 매미가 마지막 힘을 쥐어짜내 울었다.

"수고하셨습니다! 여러분, 이거 한 봉지씩 가지고 가세요."

청소가 끝나고 공무원이 하얀 비닐봉지를 건넸다. 슬쩍 안을 들여다보니 페트병 녹차 한 통이랑 개별 포장한 전병과 엿 따위가 들어 있었다.

녹지공원에는 모기가 잔뜩 날아다녀서 팔을 온통 물렸다. 기미에가 말한 대로 벌레 쫓는 스프레이를 뿌리고 왔어야 했다. 긁적긁적, 팔을 긁으면서 녹지공원을 빠져나오다가 문득 걸음을 멈췄다. 그러고는 잠시 머뭇거리다가 공원에서 신사로 향하는 뒷길로 걸어갔다.

잡나무가 우거진 숲속의 좁은 길을 따라가다가 연못을 보았다. 열한 살 정도 되는 남자아이가 연못가에 쪼그려 앉아 있었다. 잉어라도 보고 있나? 어릴 때가 가장 행복할 때지. 놀고 싶은 대로 놀고, 하고 싶은 대로 하고, 부모가 항상 지켜주고 돌봐주니까 말이야. 나도 돌아갈 수만 있다면 이때로 돌아가고 싶구나.

신사에 도착했다. 작은 하치만(八幡)* 신사다. 우리 집안에서

---

* 신도의 신으로 군신인 동시에 오진(応神) 천황과 동일시되며, 신불습합으로 하치만 대보살(八幡大菩薩)이라 불리기도 한다.

는 조상신(氏神)*에 해당하나, 요 몇 년 동안 나는 이곳을 찾을 기분이 들지 않았다.

신령은 무슨. 신령 같은 게 어디 있어.

백번 양보해서 있다고 치자. 그 신령이란 작자는 나 같은 건 신경도 안 쓰잖아.

하지만 오늘은 이상하게도 괜히 발길이 신사로 향했다. 오랜만에 도리이 아래로 걸어 들어가 참배당 앞에 섰다. 바지 주머니를 뒤져보니 동전 몇 개가 만져졌다.

10엔 동전, 그 속에 새겨진 뵤도인 봉황당을 바라보던 나는 새전함에 넣지 않고 도로 주머니에 집어넣었다. 종을 울렸지만 합장도 하지 않고 눈도 감지 않았다.

그 대신 참배당 안에 있는 원형 거울**을 향해 말을 걸었다.

어이, 신령. 정말 있다면 내 말 좀 들어봐.

이대로 아무 일도 없이 조용히 여생을 살게 해달라고.

아무런 고생도 괴로움도 없게끔, 누구도 괴롭히거나 고생시키는 일도 없게끔.

거울은 아무 대답도 없었다.

당연하다. 저 거울이 신령일 리가 없잖아?

* '우지가미'라고 읽으며, 본디 씨족신을 뜻하나 지금은 고장의 수호신을 일컫는 경우가 많다. 마을의 수호신을 이르기도 한다.
** 신경(神鏡)이라고 하며 신령으로 모시는 거울.

참배당을 등지고 돌아서자 바로 옆에 있는 빨간 벤치 위로 고양이가 보였다. 엉덩이를 깔고 몸을 뒤틀어 자기 등과 배를 혀로 핥고 있었다. 유연하기도 해라. 색은 검은데 배와 발은 완전히 하얀색이었다. 문득 눈이 마주쳤다. 경계하고 도망칠 줄 알았는데 그대로 빤히 쳐다보기에 슬금슬금 다가갔다.

"야~옹, 야오옹~"

어때? 네 흉내 잘 내지? 그렇지?

손가락을 까딱여 이리 오라고 불러보았다. 하지만 고양이는 진지한 표정으로 쳐다보기만 했다. 벤치에 조금 떨어져 앉자 고양이가 상반신을 일으키더니 앞발을 나란히 모았다. 검은 고양이는 코 언저리부터 목덜미까지 하얀색이었고, 눈조차 깜빡이지 않고 황금색 눈동자로 나를 쳐다봤다. 내게 흥미가 생겼나 싶어서 이번에는 "쯧쯧쯧" 하고 혀 차는 소리를 내면서 머리를 쓰다듬어주려고 하자 흥, 하고 고개를 돌려버렸다.

오냐, 마음에 안 든다는 거냐? 나는 고양이한테도 미움받는구나.

바람이 불어 나뭇잎을 사사삭, 하고 흔들었다. 맞다. 이 나무, 다라수였지. 벤치에 앉은 채 위를 올려다보니 '다이어트'라든가 '경마 대박!' 같은 글씨가 여기저기 나뭇잎 뒤에 적혀 있었다. 나뭇잎을 긁으면 갈색으로 변하는 것이 신기해 낙서하는 놈들이 끝없이 나타났다.

고양이가 훌쩍 벤치에서 내려갔다. 땅을 딛고 서서 한 번 더 나를 향해 고개를 돌렸다. 그리고 훗, 하고 웃는 듯한 표정을 지었다.

말도 안 돼. 고양이가 어떻게 사람처럼 웃겠어?

고양이는 그대로 천천히 다라수 주변을 돌기 시작했다. 엉덩이에는 별 모양으로 하얀색 털이 나 있었다. 뭐라 말로 표현되지 않는 그리운 느낌과 함께 씁쓸한 기분이 들었다. 한때 내 주변에 항상 있었던 저 하얀 별 마크. 생각을 털어내려고 고개를 거칠게 흔들었다. 그러는 동안에도 고양이는 스피드를 올려 날 듯이 나무 주위를 뛰기 시작했다.

무슨 헛짓거리야, 이 녀석아.

벤치에서 일어나 멍하니 서 있는데 고양이가 갑자기 멈춰서더니 왼쪽 앞발로 나무를 퉁, 하고 쳤다. 잎사귀 한 장이 바람에 실려 팔랑팔랑 내 발 언저리에 떨어졌다.

씨뿌리기.

잎사귀를 주워 보니, 그렇게 적혀 있었다. 뭐야, 씨뿌리기라니.

나무둥치 쪽을 보니 고양이는 이미 모습을 감추고 없었다. 어디로 갔을까, 하고 주위를 둘러보니 참배당 안쪽 계단을 천천히 올라가고 있었다. 그쪽에는 본당이 있었다.

"기노시타 아저씨? 기노시타 아저씨 맞으시죠!"

울림통이 좋은 목소리가 들려서 뒤를 돌아보니 파란 사무에를 입은 통통한 남자가 서 있었다.

"누군가 했더니, 요시보(よし坊)*냐?"

"그렇게 부르지 말아주세요. 낯간지럽게."

요시보는 빨개진 얼굴로 쑥스러운 듯 웃었다. 선대 궁사 기스케는 나보다 세 살 많은 어릴 적 친구였다. 요시보는 기스케의 외동아들로 나이가 벌써 쉰은 넘었을 것이다.

"너 중국집은 아직 하고 있냐?"

"아뇨, 지금은 신관 일만 하고 있어요. 3년 전에 아버지 돌아가시고 나서는요."

"……그랬구나."

요시보는 부드럽게 미소를 지었다. 복스러운 얼굴 윤곽과 입 모양이 기스케와 꽤 닮았다.

"기노시타 아저씨는 요새 어떻게 지내세요? 꽤 오랜만에 뵙는 것 같은데."

"그냥 먹고 놀아. 딱히 뭘 하고 싶은 마음이 안 들어."

"그래도 기운이 넘쳐 보여요. 안색도 좋으시고."

* 이름에 꼬마를 뜻하는 '坊(보)'를 섞어 만든 애칭.

딱히 기운이 있지도 않아. 안색이 좋은 이유는 청소며 장보기며 몸을 많이 움직여서 그럴 테고…….

녹지공원 청소를 하고 공무원에게 받은 비닐봉지를 쳐다보다가 손에 든 다라수 잎사귀를 새삼 발견했다.

"이 신사에서 고양이 키웠었지? 검은 고양이."

그렇게 묻자 요시보가 눈썹을 꿈틀거리더니 기쁜 얼굴로 내게 질문했다.

"고양이를 보셨나요? 하지만 그 고양이는 저희 신사 고양이가 아니에요."

"그래? 이상한 고양이더라고. 갑자기 빙글빙글 돌더니 앞발로 나무를 두드려 이 잎사귀를 떨어뜨려서 내게 주었어."

나는 글씨가 적힌 잎사귀 뒷면을 요시보에게 보여주었다. 요시보는 손을 뻗지도 않고, 머리만 내밀었다.

"오호, 그랬나요?"

"씨뿌리기라는데 뭔 소린지 모르겠어."

"아하, 아저씨는 씨뿌리기라고 나왔나요? 뭘까요, 그게?"

그 말투가 뭔가 이상하게 느껴져 요시보를 쳐다보니, 그가 의미심장한 미소를 지으며 눈을 가늘게 떴다.

"아저씨, 운이 좋으시네요. 미쿠지가 말씀을 계시한 거예요."

"미쿠지?"

"아저씨께서 방금 만났던 고양이예요. 결코 쉽게 받을 수 있는 게 아니니까 그 말씀을 소중하게 간직해주세요."

나는 벙찐 표정으로 잎사귀를 봤다. 계시받은 말씀이라니? 씨뿌리기가?

"그 고양이가 신령이 보낸 사자라도 된다는 말이냐?"

"글쎄요. 저도 잘 모릅니다."

"장난치는 것도 아니고."

괜히 화가 나서 잎사귀를 요시보에게 집어 던졌다. 무게가 거의 나가지 않는 가벼운 잎사귀는 요시보에게까지 날아가지 못하고 땅바닥에 떨어졌다.

말씀은 무슨. 고양이 주제에 감히 어디서 내 인생에 감 놔라 배 놔라 훈장질이야?

발길을 돌려 신사를 나오려는데 도리이 앞에서 갑자기 바람이 불었다. 똑바로 서 있기가 어려울 정도로 거센 바람이라 땅을 단단히 딛고 서 있었다.

한참을 버티자 갑자기 슉, 하고 바람이 잦아들었다. 정신을 차리고 다시 걸어가려는데 등 뒤에서 요시보의 목소리가 날아들었다.

"기노시타 아저씨, 미쿠지가 아저씨를 꽤나 마음에 들어하는 모양이에요!"

요시보 녀석, 더위를 먹고 맛이 갔나? 나는 신사를 나선 뒤 좁은 길이 큰길과 이어지는 곳에서 방향을 꺾었다. 다 쓰러져

가는 다용도 건물. 언제부터인지 3층에는 구몬학원이 들어와 있었고, 4층에는 예전과 마찬가지로 창문에 수상쩍은 세무사 사무소 간판이 붙어 있는 게 보였다.

셔터가 내려져 있는 1층을 보자 알 수 없는 안도감을 느꼈다. 아직 누구도 이 자리에 들어오지 않았구나. '입주자 구함'이라는 종이는 내가 이곳을 떠날 때와 같은 자리에 붙어 있었다.

나는 3년 전까지 이곳에서 프라모델 가게를 했다. 히로토가 초등학교 들어간 해에 일하던 증권회사를 그만두고 개업했고, 그 뒤로 30년 동안 계속 지켜온 가게였다.

부동산 중개인이 대강 지워버린 '기노시타 프라모델'이라는 간판 글씨가 희미하게 남아 있었다. 비행기 일러스트레이션도 어렴풋이 보였다.

내부 계단으로 이어지는 창고로 쓰던 2층도 임대한 사람이 없으니 텅 빈 채 남아 있으리라. 시간이 흘러 먼지가 쌓여 있을 그 공간에 가보고 싶다는 충동이 솟았다.

뒷짐을 쥐고 2층을 올려다보고 있는데 대학생처럼 보이는 젊은 남자가 내 뒤를 지나쳤다. 문득 제정신을 차렸다.

다 지나간 이야기다. 이제 와서 추억에 젖어봤자 뭐 하나 바뀌는 건 없었다.

저녁이 되어서야 기미에가 돌아왔다.

"뭐야, 이건?"

기미에가 식탁 위에 올려져 있는 비닐봉지를 가리켰다.

"어, 녹지공원 청소하고 받은 거. 과자겠지. 미오 줘라."

"전병이랑 엿이네. 미오가 먹을 만한 게 아니야."

기미에가 불만스러운 듯 부스럭부스럭 비닐봉지 안을 뒤졌다. 너란 애는 도대체 불만 말고는 할 말이 없냐?

"꺄악!"

기미에가 비명을 지르며 비닐봉지를 내던졌다. 무슨 일인가 해서 가보니 작고 투명한 보관용 봉투가 튀어나와 있었다. 안에 1센티미터 정도 되는 연한 갈색 알갱이가 몇 개 들어 있었고, 봉투에는 하얀색 스티커가 붙어 있었다. 글씨는 돋보기안경 없이는 간신히 읽을 수 있을 정도로 작았다. 소리 내어 읽어봤다. 금잔화.

"뭐야, 꽃씨잖아. 벌레인 줄 알고 깜짝 놀랐네."

기미에가 가슴에 손을 얹고 놀란 마음을 진정시키면서 내 곁으로 왔다. 그러고 보니 초승달 모양의 씨앗이 살이 오른 애벌레처럼 보였다. 오돌토돌 불규칙한 표면이 더욱 벌레처럼 보이게 했다.

"아유, 보면 볼수록 진짜 애벌레 같네. 씨앗인 줄 알고 봐도 기분 나빠."

"저 정도 크기면 풍뎅이 애벌레 크기쯤 될걸."

"하지 마, 그런 리얼한 표현."

둘이서 머리를 맞대고 있는 사이, 텔레비전으로 애니메이션을 보고 있던 미오가 다가왔다.

"묘오도."

미오도, 라고 말하는 것 같았다. 작은 손을 필사적으로 뻗었다. 기미에가 봉투를 높이 들어 올렸다.

"안 돼, 안 돼. 이건 할아버지 거."

"딱히 내 건 아니야."

가볍게 부정해보았지만 기미에는 내 말을 무시하고 봉투를 내게 떠맡기더니 미오와 시선을 맞췄다.

"있잖아, 할아버지가 씨앗 뿌린대."

……뭐라고?

방금 뭐라고 했지? 씨 뿌린다고?

문득 선득한 기분이 들었지만 고개를 저으며 금잔화 씨앗을 투명 봉투 속에 다시 넣었다. 스르륵 가벼운 무언가가 손에 닿았다. 설마.

다름 아닌 녹색 잎사귀였다. 그 뒤에는 '씨뿌리기'라고 갈색으로 새겨져 있었다. 등줄기를 타고 식은땀이 흘렀다. 왜 이게 이 안에 들어 있는 거지? 분명 신사에 버리고 왔는데…….

"씨뿌리기, 뿌린 씨앗!"

"씨뿌리기, 뿌린 씨앗!"

기미에와 미오가 '씨뿌리기'와 '뿌린 씨앗'을 반복해서 외치며 웃었다. 도대체 무슨 일이 벌어지고 있는 거야? 말씀으로부터 벗어나지 못할 거라더니 그게 이 말이었던 건가?

"잘됐네. 씨앗 뿌려봐. 아버지가 어떤 꽃을 피우게 할지 보고 싶으니까."

기미에가 웃었다.

한다고 말 안 했어. 말 안 했다고.

다시 내 손에 들어온 다라수 잎사귀에 진한 갈색으로 새겨진 '씨뿌리기'란 글씨에 자꾸만 신경이 쓰였다.

다음 날 일요일은 역사까지 끌려갔다. 아동복 점포가 폐점 세일을 한다고 해서 미오 옷을 사러 간다고 했다. 집에서 걸어서 20분 정도 거리였다. 가는 길에 유모차 속에서 미오가 잠들어버렸다. 역사에 도착하자 기미에는 아동복 판매 코너로 직행하지 않고 백엔숍 원예 코너로 가서 "어떤 걸로 할 거야?" 하고 물었다. 선반에는 형형색색의 화분이 진열되어 있었다.

"이렇게 생겼네, 금잔화는."

기미에가 스마트폰 화면을 내 눈앞에 쑥 내밀었다. 둥근 오렌지색 꽃이 클로즈업되어 있었다. 덩치 큰 민들레 같았다.

"애벌레 같은 씨앗에서 이렇게 예쁜 꽃이 피다니."

기미에는 기분 좋은 말투로 말하고는 화분을 고르기 시작했다.

"이 노란색이 귀엽고 좋아 보이는데, 꽃이 오렌지색이니까 너무 비슷한 컬러가 아닐까 몰라. 아예 하얀색으로 할까. 음……고민되네."

"이게 괜찮네. 이 벽돌색."

이리저리 선반을 살펴보던 기미에가 내 목소리에 움직임을 멈췄다.

적갈색 화분을 손에 들고 계산대로 향하는 나에게 기미에가 느긋하게 소리쳤다.

"흙도 사가야지!"

아동복 코너에서 옷을 고르기 위해 혈안이 된 기미에를 멀리서 바라보며, 가게 앞 벤치에 앉아서 미오를 지키고 있었다. 유모차가 조금 흔들려서 쳐다보니 미오가 잠에서 깨어나 칭얼거렸다.

"으음~ 마아."

엄마라고 부르는 것이다. 뿌에엥, 울기 시작했다. 나는 유모차를 밀고 기미에에게 갔다.

"미오 깼다."

"잠…… 잠시만……."

미오는 몸부림을 쳤다. 유모차에서 나오고 싶은 것이다. 안전벨트를 풀어주자 안아달라고 찰싹 달라붙었다. 어쩐 일이지? 내가 안아준다고 해도 항상 피하기만 했는데…….

내 품에 안긴 미오는 울음을 그치고 손가락을 빨았다. 기미에가 슬쩍 내 쪽을 보더니 손에서 옷을 놓지 않은 채 말했다.

"옆에 장난감 가게 있잖아. 거기서 좀 기다려!"

싫다고 말하면 가만두지 않을 기세다. 유모차를 기미에 옆에 두고 미오와 장난감 가게로 향했다. 장난감 가게에 발을 들이자마자 미오가 몸을 뒤틀며 내려달라고 했다. 땅에 발이 닿자마자 동시에 내달렸다. 인형을 보고 "고양이~" 하고 말했다. 오호, '냥이'가 아니라 '고양이'라고 똑바로 말할 수 있을 만큼 컸구나. 하얀 페르시안고양이 인형을 안아 든 미오 머리를 살짝 쓰다듬었다. 머리카락이 놀라울 정도로 가늘고 부드러웠다.

"고양이, 좋냐?"

"고양이, 조아."

그렇게 말한 혀끝이 마르기도 전에 미오는 페르시안고양이 인형을 훌쩍 던져버리고 달리기 시작했다. 좋다며? 그런데 이렇게 다룬다고? 미오는 순식간에 코너를 돌아 사라졌다. 고양이 인형을 제자리에 올려놓고 미오를 쫓아갔다.

벽 쪽 선반 앞에서 미오가 장난감을 올려다보고 있었다. 심장이 세차게 뛰었다.

"뱅~ 기."

프라모델 비행기였다.

투명 케이스에 담긴 비행기는 은색 금속으로 된 키트로 승

강용 사다리까지 포함된 것이었다. 박스를 확인해보니 옛날 미국에서 운행하던 우편비행기인 모양이었다. 기체 앞부분에 실제로 돌아가는 프로펠러가 그럴듯하게 달려 있었다.

"뱅~ 기, 자동차, 뭬."

전시품은 비행기밖에 없었지만 쌓여 있는 박스 사진을 보면서 미오가 하나하나 손가락으로 가리키면서 말했다. '뭬'는 '배'를 말하는 것이겠지. 나는 자동차 프라모델 상자를 꺼냈다.

"빨강."

"그렇네. 빨간색 자동차네. 람보르기니라는 자동차야."

"암워르이니?"

"그래그래, 람보르기니."

내가 상자 뚜껑을 열자 미오가 "우와아아~"하고 흥분하면서 코앞까지 다가왔다. 상자 안에는 부품이 총 세 장의 납작한 러너* 상태로 되어 있었다. 색 도장이 이미 끝난 차체와 휠을 그냥 끼워 맞추기만 하면 되는 아주 간단한 초보자용 키트다. 그래도 오랜만에 프라모델 부품을 직접 눈으로 보니 감정이 북받쳤다. 나도 미오처럼 소리를 지르고 싶은 기분이었다.

"이걸 말이지, 하나하나 떼어내서 접착제를 발라가면서 조립하는 거야. 그러면 이 사진하고 똑같은 차가 완성되지."

---

* 프라모델에서 여러 부품을 한 덩어리로 엮은 것을 러너, 각 부품을 잇는 부분을 게이트라고 부른다.

미오는 내 말을 듣고 있는 건지 아닌 건지 말없이 자동차 부품 틀을 손에 들고 눈을 반짝였다. 손가락으로 만져보면서 캬하하, 하고 웃기도 했다. 히로토는 프라모델에 전혀 관심이 없었는데 미오는 흥미를 보이는 것 같았다. 이게 그 한 대 걸러 나타난다는 격세유전인가?

"해보고 싶어?"

"해보고 싶어!"

미오가 똑똑히 말했다. 가게 안이 갑자기 밝아진 기분이 들었다.

"좋았어. 할아버지가 사주마."

뚜껑을 닫고 계산대로 가려는데 기미에가 나타났다. 유모차에는 미오 대신 가게 로고가 들어간 커다란 봉지가 실려 있었다.

"다녀왔어. 얌전히 잘 있었어?"

"자동차!"

미오가 기분 좋은 듯 콩콩 뛰어다녔다. 내가 들고 있는 상자를 본 기미에가 헉, 하고 놀랐다.

"미오가 이거 하고 싶다고 해서……."

"응? 미오가? 안 돼, 아직 미오한테는 어려워."

기미에가 몇 마디 말을 덧붙이려고 했지만 미오가 가면 안 되는 쪽으로 달려가자 당황하며 뒤를 쫓았다.

제대로 듣지도 않고 단번에 거절하다니. 하긴 그렇겠지. 프라모델이 얼마나 좋은지 기미에가 알 리가 있나. 게다가 나 역시 프라모델을 그만둔 지 오래됐으니.

나는 람보르기니 상자를 제자리에 놓고 빈손으로 가게를 나왔다.

하지만 그 후로 며칠이 지나도 장난감 가게에서 있었던 일이 머릿속에서 떠나지 않았다. 신이 난 미오의 얼굴. 인형보다 프라모델에 흥미가 있다니. 역시 내 손주야, 프라모델 만드는 소질이 있는 게 아닐까?

"얼른 아침 먹자, 어서~"

식탁 앞에 서서 빵을 뜯어 먹고 있는 기미에가 미오 입가로 숟가락을 가져갔다. 미오가 "시러!" 하고 숟가락을 치웠다.

"내가!"

요새 미오의 말버릇이다. '시러'와 '내가'. 자아가 싹트기 시작한 거라고 기미에는 말했다. 다른 사람에게 강요받기를 싫어하는 것과 자기 스스로 하려고 하는 것. 히로토를 키울 때는 어땠는지 떠올려봤지만 전혀 생각이 나지 않는다.

"그래그래. 그럼 미오가 혼자서 잘 먹어야 해!"

기미에가 수저를 미오에게 건넸다.

"너도 앉아서 먹어. 서서 먹는 거 보기 안 좋아."

"바빠서 그래."

기미에는 빵을 입에 밀어 넣고는 식탁을 떠나 빨래 바구니를 들고 베란다로 향했다. 출근 전에 빨래를 너는 게 기미에 몫이고 저녁에 잘 마른 빨래를 걷는 게 내 몫이었다.

"앗! 아버지, 이리 와봐!"

큰일이라도 터진 듯한 목소리에 급히 자리에서 일어나 베란다로 향했다. 기미에가 쪼그려 앉아 일요일에 씨를 뿌린 금잔화 화분을 손가락으로 가리켰다.

"이것 좀 봐!"

세 개, 싹이 텄다. 싱그러운 초록색의 작디작은 겹떡잎이었다.

"……오오."

나도 모르게 입가에 미소가 맺혔다. 기미에가 "귀엽네" 하고 말하며 고개를 옆으로 기울였다.

"어머, 시간이 벌써?"

기미에는 서둘러 빨래를 널기 시작했다.

나는 그 자리에 앉은 채 금잔화 싹을 바라봤다. 아무 말도 하지 않는 식물이 내게 무언가를 일깨워주려고 찾아온 것만 같았다.

씨뿌리기.

혹시 그 말씀이란 게…… 미쿠지라는 고양이가 내게 희망을 주려고 했던 게 아닐까?

메마른 씨앗이 이렇게 예쁘고 씩씩한 싹을 틔워내다니. 그

작은 싹은 미오를 생각나게 했다. 막 자아에 눈떠 여기저기 흥미를 갖기 시작한, 싹트기 시작한 생명.

내가 이미 오래전에 방치해버렸던 마음이 아주 약간이라도 미오에게 전해진다면 좋을 텐데. 과연 프라모델을 좋아해줄까? 그러면 이 세상에 태어난 보람을 조금이라도 느낄지도 모른다. 미쿠지는 내게 그 사실을 일깨워주려고 등을 밀어준 게 아닐까?

기미에와 미오가 "다녀오겠습니다" 하고 황급히 밖으로 나갔다. 한참 생각에 잠겨 있다가 점심때가 되어서야 역으로 향했다.

토요일, 기미에가 "아버지, 잠깐 미오 좀 봐줄 수 있어?" 하고 말했다.

"도서관에 책을 반납한 줄 알았는데 소파 뒤에 떨어져 있었더라고. 독촉 전화가 왔지 뭐야. 세탁소에도 들러야 하니까 못 해도 두 시간은 걸릴 것 같아."

"맘대로 해."

이날을 기다려왔다. 잠깐씩 미오와 단둘이 집에 있을 때는 있었지만, 이렇게 가슴이 두근두근한 적은 처음이었다.

기미에가 집을 나서자 람보르기니 박스를 꺼냈다. 몰래 역사에 가서 사두었던 것이다. 전용 접착제도 준비했다. 미쿠지

엉덩이를 보고 떠올렸던 타미야의 인기 상품이다. 라벨에 그려진 하얀 별 모양의 마크가 눈부셨다.

"람보르기니다, 미오야."

미오는 피아노 장난감에 정신이 팔려 있었다. 건반을 누르면 빛이 나면서 소리가 나는 장난감이었다. 사돈어른이 얼마 전 사준 모양이다.

"미오야, 엄마 오기 전에 할아버지랑 놀자."

박스를 열자 미오가 안을 힐끗 쳐다봤지만 바로 피아노에 정신이 팔렸다.

뭐야, 가게에서는 그렇게 흥미롭게 쳐다보더니.

나는 낮은 테이블 위에 러너를 늘어놓았다. 니퍼를 이용해 숫자가 찍힌 세세하고 작은 러너부터 부품을 뜯기 시작했다. 작업하고 있자니 드디어 미오가 다가왔다.

"묘오도!"

그럴 줄 알았지. 역시 하고 싶어 하잖아. 미오의 손에 니퍼를 쥐여주고, 그 손을 감싸 쥐듯 붙잡고 부품에 붙은 게이트를 잘라냈다.

"시러! 할부지, 안 대. 내가!"

혼자서 하고 싶은 모양이다. 그래도 혼자 하게 할 수는 없었다. 부품이 너무 작았고, 날카로운 니퍼 날도 위험했다.

"자르는 거는 어려우니까 할아버지가 할게. 조립 같이하자."

164

"시러! 할부지 하면 안 대!"

"할아버지는 왜 안 돼!"

나는 니퍼를 빼앗아 미오 손이 닿지 않는 높은 선반 위에 올려두었다. 역시 기미에 말대로 아직 너무 이른 건가.

으아아아앙, 하고 미오가 울음을 터뜨렸다.

"묘오가 할 거야아!"

"알았어, 알았다니까."

성에 차지는 않지만 어쩔 수 없이 손으로 직접 러너에서 부품을 잡아 뜯었다. 미오도 작은 손가락에 힘을 주고 부품을 떼어내려고 했지만, 마음먹은 대로 잘되지 않자 타이어가 든 비닐 주머니를 집어 들었다.

"열어줘어."

미오가 붕붕 주머니를 휘둘렀다. 비닐을 찢어주려는 찰나, 초인종 소리가 들렸다.

현관으로 가서 문을 열자 스기타 씨가 서 있었다.

"안녕하세요. 회람 돌리려고 왔어요."

"아, 네."

"어머, 데쓰 아저씨 혼자 있어? 기미에는요?"

"잠깐 외출했어요."

회람을 받아 들고 문을 닫으려는데 미오가 아장아장 다가왔다. 스기타 씨가 기쁨에 찬 목소리로 말했다.

"미오야, 안녕? 할아버지랑 둘이서 집 보고 있었어?"

미오가 대답하지 않고 입을 우물거렸다. 볼이 불룩하게 부풀어 있었다. 뭐라도 먹는 건가?

"밥 먹는 중이었어? 아이고, 방해해서 미안해……."

밝게 말을 걸던 스기타 씨의 안색이 갑자기 변했다. 반쯤 열린 미오의 입에서 원형의 검은 물건이 보였다. 타이어였다. 순식간에 미오가 쿨럭, 하고 얼굴을 찡그렸다.

"미오야!"

스기타 씨가 신발을 신은 채로 올라와 미오에게 다가갔다. 목이 막힌 건가? 빨리 꺼내줘야 해. 내가 당황해서 미오의 입 속으로 손가락을 집어넣었다. 미오가 괴로워서 버둥거렸다.

"손가락 넣으면 큰일 나요!"

스기타 씨는 쪼그려 앉아 한쪽 무릎을 세웠다. 그러고는 미오를 물구나무서듯 거꾸로 들고 배를 무릎에 얹은 뒤 등을 두들겼다. 툭, 하고 침에 젖은 타이어가 바닥에 떨어졌다. 미오가 큰 소리로 울음을 터뜨렸다.

나는 다리에 힘이 풀려 주저앉고 말았다.

"이렇게 작은 장난감은 아직 위험한데. 두세 살 아기들은 뭔지도 모르고 죄다 입에 넣으니까 큰일 난단 말이에요."

스기타 씨가 신발을 벗어 현관에 두고 울음을 터뜨린 미오를 살포시 안고 거실로 들어갔다. 현관에 주저앉아 있는 나를 향해 거친 목소리가 날아들었다.

"아니, 이게 뭐야. 프라모델 아냐. 다른 부품도 삼켰을지도 모르니까 얼른 확인해요."

나는 힘없이 일어나 거실로 향했다. 타이어 중에 사라진 것은 없었다. 다행히 다른 부품들도 전부 있었다. 나는 부품을 모두 상자 안에 넣은 뒤 뚜껑을 닫았다.

"……다행이다."

숨을 돌리려는데 미오가 "내려갈래!" 하고 발을 버둥거렸다. 스기타 씨가 미오를 내려놓고 창밖을 내다봤다.

"아, 비 와요."

날씨가 좋았는데 갑자기 비가 내렸다.

"큰일 났네, 빨래" 하고 말하며 스기타 씨는 마음대로 창을 열고 베란다로 나갔다. 빨랫대에서 옷걸이를 빼내 내게 떠안겼다. 쓸데없이 오지랖을 부린다고 생각하면서도 말없이 받아들었다. 너무 놀라서 아직까지도 머릿속이 몽롱했다.

"뭐 심었어요?"

화분을 발견한 스기타 씨가 물었다.

"아…… 그거, 금잔화. 녹지공원 청소할 때 씨를 받아서 심었어요."

"참, 도모에 꽃집에서 나눠 줬다고 했었지. 그날 소네 씨 병문안 가느라 청소에 못 갔었는데……. 그런데 이미 그른 것 같은데?"

그 말을 듣고 화분을 본 나는 소스라치게 놀랐다.

떡잎 세 개 모두 옆으로 축 늘어져 있었다. 잎사귀는 이미 갈색으로 변했고 완전히 생기를 잃은 모습이었다.

말도 안 돼. 어제 맥아리가 없는 것 같아서 물 잔뜩 줬는데.

"뿌리가 썩었네. 물을 너무 많이 준 거 아냐?"

화분을 들어 올리며 스기타 씨가 말했다.

"하지만 난 금잔화는 별로더라고. 꽃말이 불길하잖아요. 이별의 슬픔이라던가."

웅웅웅웅, 하고 귓속이 울렸다. 이별의 슬픔. 불길한 금잔화.

스기타 씨는 화분을 내려놓고 일어섰다.

"그나저나 기미에 상태는 좀 어때요? 너무 심하면 수술해야겠네."

"기미에 상태?"

"어머, 데쓰 아저씨는 몰라요?"

뭔 소리야? 내가 입을 다물고 있자 스기타 씨가 그제야 다 알겠다는 듯 고개를 주억거렸다.

"아, 그렇지. 데쓰 아저씨한테는 말 못 했겠네. 그럼 난 이만 가볼게요."

스기타 씨가 서둘러 밖으로 나갔다.

가슴속에서 둔중한 통증이 스쳐갔다. 항상 나만 모른다. 무

168

슨 일이 일어나는지 나만 모르고 다 알고 있다.

그 뒤로 30분 정도 지나 기미에가 돌아왔다.

긴 방석 위에서 미오가 자고 있었다. 배에 덮은 담요가 숨을 들이쉬고 내쉴 때마다 움직였다.

"우산 가지고 나갈 걸 그랬어. 최악이야."

기미에가 수건으로 머리카락을 말리며 거실로 들어왔다. 쓰레기통에 처박아놓은 람보르기니 상자를 알아차리고 이상하다는 듯 나를 쳐다봤다.

"……아까 미오가 프라모델 타이어를 삼켜서 목이 막혔었어."

"어머!"

기미에가 미오 곁으로 달려갔다.

"마침 스기타 씨가 옆에 있어서 도와줬다. 괜찮아. 그냥 낮잠 자고 있는 거니까."

"아…… 그랬구나. 다행이네. 나중에 스기타 할머니한테 고맙다고 인사할게요."

"미안하다. 저딴 걸 괜히 시키려고 해서."

내가 고개를 숙였다. 기미에가 고개를 가로저었다.

"에이, 나도 똑바로 말을 안 했으니까. 프라모델이라서 안 되는 게 아니라 정말로 너무 이르니까……."

"너, 어디 아프냐?"

기미에의 얼굴 표정이 굳었다.

"병명이 뭐냐?"

내가 다시 물었지만 기미에는 고개를 숙인 채 아무 말도 하지 않았다. 비가 지붕을 때리는 소리만 크게 울렸다. 한동안 고개를 숙이고 있던 기미에가 문득 고개를 들고 "아무것도 아냐" 하고 억지로 웃었다.

3년 전 그날도 그랬다. 비가 오는데도 시게코는 청명하게 맑은 날 같은 기분이었다. 한 번도 본 적 없는 표정이었다. 연두색 카디건도 커다란 비취 목걸이도 새빨간 입술도 처음 보았다. 마치 모르는 여자처럼 보였는데, 그럼에도 어울린다고 생각했다.

아침에 일어나 보니 시게코가 거실에 자리 잡고 앉아 내 얼굴을 보자마자 부자연스럽게 "잘 잤어?" 하고 웃었다. 만 60세가 되어 근무하던 병원에서 정년퇴직을 한 다음 날이었다. 테이블 위에는 이혼서류가 놓여 있었다.

"마지막까지 열심히 근무했고, 이제 히로토도 기미에랑 결혼해서 집을 나갔으니까 이제 자유를 찾고 싶어. 앞으로 내 멋대로 인생을 살고 싶다고, 알겠어?"

이혼서류는 이미 절반이 기입된 상태였고, 시게코 입술과 똑같은 빨간색 인주로 도장도 찍혀 있었다. 도대체 무슨 일이 벌어지고 있는지도 모른 채 그저 입을 벌리고 서 있는 내게 시게코가 다시 말했다.

"당신이 지금까지 자기 맘대로 살았던 것처럼 말이야."

니퍼로 싹둑 자른 것처럼 날카로운 목소리였다. 시게코는 소파에 놓아둔 숄더백을 집어 들고 내뱉듯 중얼거렸다.

"……프라모델이라니."

장도리로 머리를 얻어맞은 것 같은 기분이었다. 지긋지긋하다는 시게코의 목소리가 계속 귓가에 울렸다. 시게코가 그 정도로 프라모델을 싫어했다니, 정말 몰랐다.

"갑자기 무슨 말이야……. 히로토한테는 뭐라고 하려고?"

겨우 입을 떼자 시게코는 숄더백을 어깨에 메고는 씩 웃었다.

"다 알아, 그 아이. 찬성해줬는걸."

찬성? 도대체 언제 이야기가 이렇게 진행된 거지? 내가 할 말을 잃은 사이 시게코는 앞으로 내가 해야 할 일을 착착 지시하듯 말했다.

"이혼서류 다 쓰면 히로토한테 줘. 히로토가 나한테 갖고 오기로 했으니까. 자, 그럼 잘 지내."

지금 생각해보면 기다리라고, 서로 이야기를 해보자고, 무슨 말이라도 해서 시게코를 붙잡아두었어야 했다. 하지만 그때는 아무 말도 나오지 않았다. 오히려 멍청하게 멍하니 서서 시게코의 뒷모습만 바라볼 뿐이었다.

"안녕!"

현관문이 닫히기 직전, 시게코가 신나게 외친 목소리만이 남았다.

그 뒤로 어떻게 시간을 보냈는지 잘 기억나지 않았다. 그저 뭘 하면 좋을지 몰라서 멍하게 있었을 뿐이다. 사흘 뒤 히로토가 집으로 찾아왔다.

"엄마가 이혼하고 싶어 한 것도 당연해. 아버지는 옛날부터 계속 가게에만 처박혀 지냈잖아. 집에 있을 때도 말 한 번 한 적도 없고, 엄마가 감기 걸렸는지도 모르고. 프라모델 말고는 흥미가 없는 아버지랑 사는 게 그동안 계속 괴로웠겠지……. 나만 해도 어릴 때 쉬는 날에 가족끼리 유원지에 간다는 친구가 얼마나 부러웠는데. 나한테도 같이 야구도 하고 친구처럼 지내는 아빠가 있었으면 좋겠다고 생각했어."

나는 어떤 말에도 대꾸하지 못한 채 히로토 앞에서 이혼서류를 작성하는 수밖에 없었다. 그 뒤로 히로토는 나와는 거의 말을 나누지 않게 되었다.

말해주면 좋았잖아. 감기 걸려서 아프다고. 캐치볼 하자고. 너희가 입 다물고 있어서 불만 없다고 생각했다고. 이제 와서 나더러 어쩌라는 거야? 되돌릴 수 없을 정도로 먼 곳으로 마음이 떠나버렸다니…….

아무것도 아냐, 하고 말한 뒤로 기미에는 나와는 눈도 마주

치려고 하지 않았다.

"스기타 씨한테는 말할 수 있어도, 나한테는 말할 수 없다는 거냐?"

내가 캐묻자 기미에는 입을 삐죽거렸다.

"아, 스기타 할머니는 하여튼……. 별거 아니라니까."

"왜 다들 나한테는 중요한 문제를 숨기는 거야. 항상 중요한 일은 나한테만 감추고, 따돌리기나 하고!"

기미에가 놀란 눈으로 나를 쳐다봤다.

"시게코도 히로토도, 나만 빼놓고 자기들끼리 쑥덕거리더니 내 앞에서 사라졌어. 그래, 맞아. 내가 프라모델에 정신 팔린 게 잘못이지. 그래서 다들 나랑 연을 끊은 거잖아."

"중요한 이야기 말하지 않은 건 아버지도 마찬가지잖아? 프라모델 탓 하는 거 그만하라고!"

찬물을 뒤집어쓰듯 쏟아진 말에 귀를 틀어막았다.

"시끄러워, 시끄러워!"

"어디 가는 건데!"

우산을 집어 들고 집 밖으로 뛰쳐나갔다. 빗발이 점점 거세졌다.

가게를 접기 한참 전부터 프라모델의 인기는 점점 떨어졌다. 애니메이션에 나오는 로봇 프라모델을 사러 오는 아이들이 가끔 있었지만, 4년 전에 역사에 장난감 가게가 생긴 뒤로는 사람들이 모두 그쪽으로 몰렸다. 그래도 그동안 저축해둔 돈을 축내며 어떻게든 버텼고, 살림은 시게코가 지탱해주고 있었기 때문에 괜찮았다.

예전이 그리웠다. 손님이 오지 않는 날이 단 하루도 없었다. 크리스마스에는 부모가 몰래 찾아와 프라모델을 선물용 포장지로 싸달라고 부탁했고, 새해 첫날에는 세뱃돈 주머니*를 들고 온 꼬마 손님들로 가게가 붐볐다. 사지 않아도 좋았다. 그냥 신이 난 얼굴로 장난감 상자를 손에 든 아이들을 보는 것만으로도 기분이 벅찼다. 완성품을 바라보며 감탄하거나, 가게 구석에서 내가 프라모델을 만드는 모습을 흥미진진한 눈빛으로 지켜보는 아이들만 있다면 충분히 만족스러운 기분을 느낄 수 있었다. 그저 프라모델을 좋아해주기만 하면 됐다.

하지만 시대는 이제 변했다. 시게코가 퇴직하는 것과 거의 동시에 가게를 닫을 작정이었다. 계속 경영하는 건 무리였다. 남은 인생은 시게코와 함께 연금을 받으며 느긋하게 보낼 생각이었다. 대화를 나누는 일이 거의 없는 부부지만 앞으로는 같이 산책도 하고 온천도 가야겠다고 마음먹었다. 프라모델은 집에서 만들면 되니까.

* 일본에는 세뱃돈을 작은 주머니에 담아서 주는 풍습이 있다.

그런데 생각대로 되지 않았다. 시게코가 떠난 것은 내가 부동산에서 가게 임대 해약 수속을 다 끝낸 다음 날이었다. 시게코가 주민센터에 이혼서류를 제출했다는 히로토의 전화를 받고 나서 결정타를 날리기라도 하듯 기스케의 부고를 들었다. 심장병으로 갑자기 세상을 떠났다. 그는 내가 유일하게 마음을 연 어릴 적 친구였다.

나는 신사로 향했다. 도리이를 지나자마자 지갑에 넣어두었던 다라수 잎을 꺼냈다.

이건 분명 '흉'이다.

계시니 말씀이니, 부탁이나 했냐고. 씨뿌리기라는 말에 아무 생각 없이 꽃씨를 심는 짓거리를 하고, 미오한테 프라모델을 전수할 생각까지 하고 말았다. 이별의 슬픔이라고? 얼마나 나를 괴롭혀야 속이 시원하겠어. 미쿠지, 그 자식 나를 보고 웃었지? 분명 비웃은 거야, 날 우습게 보고.

"야, 미쿠지! 당장 안 나와."

이딴 게 뭐라고. 그렇지 않아도 불행의 한가운데에 서 있는 나를 절벽으로 밀어버리고 말이야!

"불러도 안 옵니다, 미쿠지는."

돌아보니 요시보가 우산을 쓰고 서 있었다. 오늘은 하카마를 입고 있었다.

"무슨 일이세요? 역정을 다 내시고."

"이 잎사귀, 분명히 버렸는데 비닐봉지 안에 들어가 있었어."

"아, 그거 말인가요? 바람이 불었을 때 잎사귀가 비닐봉지 안으로 들어가는 걸 봤습니다. 그래서 미쿠지가 어지간히 기노시타 아저씨께 말씀을 전하고 싶었나 보다 하고……."

"이거, '흉'이지! 그것도 '대흉'! 이딴 거 필요 없어, '대길'이나 내놔!"

요시보가 문득 입을 다물고 온화한 미소를 지었다. 그 부드러운 표정이 기스케와 겹쳐졌다. 내가 안절부절못하고 화가 나서 불만을 늘어놓으면 기스케는 언제나 이런 표정으로 나를 다독였다.

요시보가 이상하다는 듯 말했다.

"이 신사는 정월 말고는 오미쿠지 판매를 하지 않고 있습니다만, 참 재미있네요. 흉을 뽑은 사람은 한 번 더 뽑으려고 한다니까요?"

"……."

"흉을 뽑으면 불행하다고 생각하는 것인지, 자신한테 흉이 나온 것을 받아들이지 못하는 것인지. 흉으로는 못 끝내는 게 사람 마음인가 봅니다. 그래서 상자 속에 내용물을 죄다 흉으로만 채워 넣으면 돈을 모을 수 있지 않을까, 하는 생각을 한 적도 있지요. 아하하하."

"내가 뽑은 게 아니야. 맘대로 흉을 떠맡긴 거잖아!"

소리를 지르자 요시보는 나를 쓱 쳐다봤다.

"기노시타 아저씨께서는 한 가지 착각을 하고 계신 것 같습니다. 미쿠지가 계시한 말씀은 길흉을 나타내는 게 아닙니다. 어디까지나 소중한 것을 전하기 위한 길잡이 역할을 하는 단어입니다."

"……말도 안 되는 길잡이야. 금잔화는 말라 죽었지, 손주는 큰일 날 뻔했지……. 도대체 뭘 전하고 싶다는 건데? 아니면 내가 제대로 된 인간이 아니라고 말하고 싶은 거야? 불행의 씨앗을 내 손으로 뿌렸다는 말이냐고!"

빗발이 더 거세졌다. 우산을 쓰고 있는데도 바짓단이 다 젖었다.

"비가 금방 그칠 것 같지 않으니까 사무실에서 차라도 드시면서 이야기하시는 게 어떨까요? 반상회 회장님이 준 모나카도 있는데."

화과자 포장지를 살짝 들어 보이며 요시보가 나를 채근했다.

사무실 안으로 들어가 테이블 앞에 앉자 요시보가 차를 준비했다. 사무실에 오는 게 3년 만이다. 기스케가 살아 있을 때는 가게를 마치고 돌아가는 길에 여기에 들러 술을 마시곤 했다.

"……아직도 여기에 있구나."

유리 케이스에 뵤도인 봉황당 모형이 장식되어 있었다. 내가 만든 것이다.

기스케가 달라고 해서 케이스 채로 주었다.

"예. 여기 오시는 분은 다들 깊이 탄복하면서 보고 가세요."

"신사에 절을 장식해도 괜찮은 거냐?"

내가 말하자 요시보가 차를 따르며 웃었다.

"신령님은 그런 점에서 융통성이 있으시니까 아름다운 것이라면 뭐든 다 기뻐하시리라 생각합니다."

김이 나는 찻잔을 앞에 두고 나는 코를 훌쩍였다.

"신령 같은 건 없어. 적어도 3년 전부터 나랑은 안 친해."

"신관으로서는 그렇다고 말씀드리기가 어렵네요."

요시보가 모나카를 건넸지만 나는 받아 들지 않고 말했다.

"가게는 망했고, 마누라는 이혼서류를 들이밀었고, 아들은 멀어졌고, 어릴 적 친구는 먼저 떠났다. 나는 소중한 걸 한꺼번에 다 잃고 말았어. 신령이 있다면, 나를 제대로 돌봐주기만 했다면, 이렇게 불행한 일만 일어나지는 않을 것 아니냐……."

거기까지 말하고 잠시 입을 다물었다. 나한테 어린 시절 친구인 기스케가 타계했다는 말은, 결국 요시보가 아버지를 잃었다는 뜻이다.

"너도 그렇잖냐……. 기스케가 세상을 떠났을 때 신을 원망하지는 않았니?"

요시보가 미소 지었다.

"당연히 슬펐죠. 하지만 아버지가 돌아가신 게 불행인지 아닌지는 저로서는 알 수 없는 일이에요."

요시보는 모나카 포장지를 정성스럽게 벗기면서 말을 이었다.

"이건 제 지론입니다만, 신령님이 개인에게 무언가 직접적으로 개입하는 일은 드물다고 생각합니다. 물론 그런 경우가 아예 없다고 말하기는 어렵겠지요. 하지만 그보다는 인간으로서 이해하는 게 절대적으로 불가능하고, 상상을 초월한, 저항이 불가능한 압도적인 힘이 항상 곁에 있고, 우리가 그 힘에서 제멋대로 무언가를 받아들이거나 거절하거나 하는 일이 훨씬 더 많다고 생각합니다. 저는 그쪽이 더 신적인 무언가라고 느껴집니다."

"……어렵네."

하지만 어려운 만큼 가슴에 와닿았다. 요시보는 모나카를 덥석 깨물었다.

"예를 들어 비는 비지요. 인간은 비를 나쁜 날씨처럼 말하지만 날씨에는 행복도 불행도 없어요. 그저 비는 내립니다. 저는 비를 내리게 하는 일도 그치게 하는 일도 할 수 없지만 이렇게 기노시타 아저씨와 차 마실 구실을 만들 수는 있지요."

"……"

"비가 내려서 다행이다. 이게 오늘 제가 마음대로 받아들인 신령님의 은총입니다."

요시보는 입가에 묻은 팥을 혀로 날름 핥으며 웃었다.

요시보와 잠시 기스케에 얽힌 추억을 이야기하고 사무실을 나왔을 때 비는 그쳐 있었다. 접어둔 우산을 손에 들고 집으로 돌아오니 아무도 없었다. 결국 기미에도 정나미가 떨어진 건가.

　기미에를 마음으로 용서하고 싶지 않았다. 미오를 귀엽다고 생각하고 싶지 않았다. 같이 있어줘서 고마워하고 싶지 않았다. 어차피 나를 싫어할 거라면, 어차피 사라질 거라면…….

　하지만 이미 늦었다. 기미에와 미오가 너무 소중해서 견딜 수가 없었다. 처음에는 귀찮다고만 여겨졌던 집안일을 분담해서 떠맡은 것도, 장 보러 가서 짐을 들고 따라다니는 것도, 등굣길에 나가 깃발을 휘두르는 것도 재미를 느끼기 시작했다. 기미에와 투닥투닥 말다툼 벌이는 것도, 아직 어설프게 발음하는 미오의 말을 듣는 것도 전부 행복하게 느껴졌다.

　이런 나날을 잃어버리는 것이 너무나 두려웠다.

　알고 있었다. 전혀 불행하지 않다는 것을. 이 나이를 먹고서도 생각지도 못한 온정이 넘치는 시간을 허락받았다. 그렇기 때문에 오히려 받아들이기를 거부하고 있었다.

　왜냐하면 나 혼자만 일방적으로 행복한 게 괴롭기 때문이다. 나와 함께 있는 게 기미에와 미오에게도 행복으로 느껴졌으면 좋겠다고 생각했고, 만약 그렇지 않다면 결국 나 역시도 불행해지기 때문이었다.

　그때 철커덕, 하고 문이 열리는 소리가 들렸다. 기미에가 혼자서 들어왔다.

"다녀왔어."

"……미오는?"

"미즈사와에 맡기고 왔어. 오늘은 미오 거기서 재울게. 사실 아버지랑 이야기하고 싶어서."

이 집에서 나가겠다는 말을 하려는 것이겠지. 미오를 그렇게 위험한 지경에 빠뜨렸으니 당연할 테지.

"스기타 할머니한테도 고맙다고 인사하고 왔어. 엄청 신경 쓰고 있더라고."

"……주라."

"어?"

"떠나지 말아주라. 미오랑 여기서 나와 같이 계속 살았으면 좋겠다."

내가 바닥에 손을 짚고 머리를 숙였다.

"앞으로 절대 프라모델에 손 대지 않으마. 내가 프라모델을 좋아하는 게 주변 사람을 불행하게 만든다는 걸 이번에야말로 정말 뼈저리게 느꼈다. 그러니까 여기에 남아주라."

잠시 침묵이 이어진 뒤 기미에가 크게 숨을 들이쉬었다.

"안 나가. 이렇게 마음 편한 집이 또 어디 있다고."

고개를 들자 기미에가 웃음을 꾹 참느라 입이 'ㅅ'자 모양이었다.

"어머니한테도 그런 식으로 마음을 전했으면 좋았잖아. 아버지는 이혼하기 싫었지? 솔직히 어머니가 좀 심하다고 생각했는데, 아버지도 지금 나한테 한 것처럼 제대로 진심을 말한 적이 없으니까 어머니가 어떻게 알겠어."

만약 내가 잘못 생각한 거면 미안한데, 하고 전제를 깔고 기미에가 말했다.

"아버지, 혹시 프라모델에서 손떼면 어머니가 돌아올지도 모른다는 희망 품고 있었던 거야? 잔인한 말이지만 어머니는 더 이상 돌아오지 않아. 딴 남자랑 살고 있어."

또…… 이런 식이다.

또 내가 모르는 일이 멋대로 진행된다.

하지만 이상하게 안도감이 들었다. 그렇구나. 시게코는 지금 새로운 생활 속에서 행복하게 살고 있구나. 돌이키기에는 너무 늦어버렸구나. 이제는 기다리지 않아도 되는구나.

기미에는 찬장 위에서 람보르기니 상자를 꺼냈다. 언제인지는 몰라도 쓰레기통에서 구출한 모양이다.

"있잖아, 이거 둘이서 만들지 않을래?"

가르쳐달라고 기미에가 말해서 러너가 어쩌고, 게이트가 어쩌고 명칭을 알려주면서 작업했는데, 조립하는 단계에 오자 바로 알아차렸다.

"솜씨가 좋구나, 너."

"그래?"

기미에는 새침한 얼굴로 차체에 전조등을 끼워 넣었다. 작은 부품을 다루는 솜씨가 익숙해 보였다. 초보자 특유의 어색함이 없었다.

능숙하고 우수한 솜씨 덕분에 완성하는 데까지 한 시간도 걸리지 않았다. 43분의 1 스케일 람보르기니 우루스. 천 엔 정도인데, 엠블럼까지 제대로 만들어서 싼 티가 안 났다. 꽤 좋은 상품이다. 윤기가 도는 빨간 차체가 자랑스럽게 빛났다.

기미에는 람보르기니를 두 손에 쥐고 말없이 쓱 내게 내밀었다.

"응? 왜?"

"역시 아버지는 나 기억 못 하는구나."

람보르기니를 테이블 위에 올려놓고 기미에가 말했다.

"초등학교 4학년 때 수학여행 간 오빠 프라모델을 실수로 떨어뜨려서 망가뜨렸던 적이 있었어. 하얀 스카이라인*이었거든. 사이드미러가 부러지고 보닛에 금이 가서, 나 새파랗게 질려서 바로 기노시타 프라모델로 뛰어갔었어."

"무슨 소리야, 너 지바에서 살았다고 했잖아."

기미에가 목을 움츠렸다.

---

* 일본의 닛산 자동차가 생산 및 판매하는 승용차 라인.

"어, 5학년 때 전학 갔어. 그 전에는 녹지공원 뒤에 있는 아파트 단지에서 살았고. 스무 살 넘어서야 다시 이곳으로 돌아왔어."

"전혀 몰랐다."

"전혀 말 안 했다."

이히히, 하고 이를 보이며 웃은 기미에는 말을 이었다.

"프라모델을 새로 살 돈은 없고 어떻게든 고치고 싶어서 심장이 콩닥콩닥 뛰는 상태로 가게에 들어갔더니 구석에 있는 작업대에 주인아저씨가 있더라고."

"나였냐?"

"맞아. 엄청나게 정밀한 여객선을 만들고 있었어. 내가 가까이 다가가도 모를 정도로 진지한 얼굴로. 진짜 아주 조그만 부품이 작업대 위에 잔뜩 있었는데, 그걸 아저씨가 아무런 고민도 하지 않고 계속 가져다 조립하는 거야. 부품이 저절로 배에 달라붙는 느낌이었어. 아저씨 몸이 빛나는 것처럼 보였고. 그런 걸 오라(aura)라고 하나? 그때 그런 생각을 했어……."

기미에는 숨을 돌리고는 혼잣말처럼 말했다.

"신이다, 하고."

왠지 부끄러운 마음이 가득했다. 기미에는 흥분된 표정으로 말을 계속했다.

"그래서 다섯 번인가? 저기요, 아저씨, 잠깐만요, 하고 말을 걸었더니 겨우 내가 온 줄 알더라고. 사정을 설명했지. 그랬더니 아저씨가 스카이라인 프라모델을 손에 들고 슬쩍 보더니 '내일 가지러 와라' 그러는 거야."

그런 여자아이가 찾아왔던가? 이야기를 들으니 그랬던 것 같기도 하고, 잘 기억나지 않았다.

"그다음 날에 학교 끝나고 바로 뛰어갔더니 말이야, 제대로 고쳐졌지 뭐야? 진짜 감동했어. 금 간 것도 전혀 모르겠더라고. 심지어 아버지, 수리비도 안 받았잖아."

"떨어진 사이드미러는 접착제로 붙이면 끝이고, 보닛 금 간 거는 퍼티*로 메운 다음에 겉을 갈아주면 돼. 하얀색 도료는 보기만 해도 제품번호가 몇 번인지 대강 알 수 있으니까 다시 칠해서 마무리하면 되고. 별로 어려운 일도 아니야. 그런 걸로 초등학생한테 돈을 어떻게 받냐."

"아버지한테는 간단한 작업일지 몰라도, 나한테는 상상을 초월하는 엄청난 일이었단 말이야. 혼날까 봐 오빠한테 말 안 하려고 했는데 너무 감동해서 그냥 말해버렸다니까."

웃음이 터졌다. 상상을 초월하다니. 요시보에게 들었던 말을 다시 듣는 느낌이었다.

---

* 산화주석이나 탄산칼슘을 12~18퍼센트의 건성유로 반죽한 물질. 유리창 틀을 붙이거나 철관을 잇는 데 쓴다.

"그러고 나서 바로 이사 가버렸거든. 그래서 가게로 놀러 가거나 하지는 못했는데, 그래도 그 일이 내가 모형이랑 운명적인 만남을 한 계기가 됐어."

"운명?"

기미에가 사진을 한 장 내밀었다.

서양저택 모형 옆에 지금보다 훨씬 어려 보이는 기미에가 상장을 들고 있었다.

"이거⋯⋯."

"굉장하지?"

'돌하우스 콘테스트 우승, 미즈사와 기미에.'

상장에 그렇게 적혀 있었다.

"처음에는 아버지 따라서 배나 비행기를 만들었어. 그러다가 고등학교 때 돌하우스에 눈떴거든. 정말이지 내 인생은 돌하우스랑 같이 걸어온 셈이야. 미오가 태어난 뒤로는 계속 참고 있었는데, 그렇게 참고 참다가 폭발해서 수유하면서 결심했어. 최대한 빨리 돌하우스 가게를 차리자고."

기미에는 먼 곳을 보는 듯 시선을 던졌다. 뜨거운 열의가 깃들어 있었다.

"지금 일하는 잡화점 사람들도 응원해주고 있고, 얼마 전부터 돌하우스 샘플 제작 요청받기도 했어. 자금도 열심히 모으고 있어서 조금만 더 모으면 목표 금액에 도달할 수 있을 것 같

아. 가까운 곳에 목 좋은 데도 찾았고, 잡화점에서 노하우를 좀 더 배워서 봄에는 오픈하려고 생각 중이야."

굉장하구나.

두근거리는 마음으로 기미에를 뚫어지게 쳐다봤다. 정말 가게를 차리는 건가?

기미에는 람보르기니를 들어 올리며 다시 내게 내밀었다.

"아버지, 나랑 같이하자."

숨이 막히는 줄 알았다. 기미에가 앞으로 몸을 기울이며 말을 이었다.

"물론 아버지는 프라모델을 팔면 돼. 아니, 구석에서 만들기만 해도 돼. 그보다 더 좋은 홍보는 없으니까."

가슴을 벅차게 만드는 이야기였다. 하지만 그 두근거림에 겁이 났다.

"프라모델은 이미 유행에서 뒤처졌는데."

"우리가 다시 유행시키면 되잖아. 워크숍도 하고 그러면 재미있을 거야. 부모가 아이들 데리고 같이 참가하면 좋잖아. 돌하우스랑 프라모델을 메인으로 해서 모형 전문점을 여는 거야."

그렇게⋯⋯ 꿈같은 일이 정말 현실로 된단 말인가? 한꺼번에 너무 많은 이야기를 들어서인지 말이 나오지 않았다. 그런 내 모습을 보고 기미에가 얌전하게 말했다.

"여태까지 말 안 해서 미안해. 나도 솔직히 동네 맞선 행사에서 만난 히로토가 그 아저씨 아들인 줄 몰랐거든. 알고 깜짝 놀랐어. 기노시타라는 성씨가 딱히 드문 것도 아니고, 히로토도 아무 말 안 했거든. 상견례하러 가기 전날에 처음으로 가게 이야기를 들었어. 얼마나 놀랐는지 몰라."

"왜 여태까지⋯⋯."

기미에는 머뭇거리며 말끝을 흐렸다.

"⋯⋯히로토가 말하지 말라고 해서."

그랬구나, 하고 납득이 갔다. 어쩌겠는가? 그런 무용담을 히로토가 좋아할 리도 없고, 내가 기분 좋아지는 게 싫었겠지.

"엄청 싫어하는구나."

알고는 있었다. 하지만 기미에가 고개를 갸웃거렸다.

"글쎄, 싫어한다고 해야 하나? 나도 솔직히 의외였는데, 히로토가 전근 가는 걸로 결정 나고 내가 미오랑 이 집에서 살겠다고 말했을 때 히로토가 엄청 기뻐했어. '고마워, 마음이 놓인다. 잘 부탁해'라고 울 것 같은 표정으로 말했거든. 그 뒤로는 또 예전처럼 아무 말 없이 모르는 척하고 있지만 말이야. 진짜 기노시타 집안사람들은 아주 성가시단 말이야."

히로토가⋯⋯ 히로토가 그런 말을 했단 말인가? 기미에가 억지를 부려서 싫은데도 하는 수 없이 항복한 줄로만 알았는데. 고맙다니. 마음이 놓인다니. 정말인가?

"히로토도 프라모델이 싫은 건 아니고 그냥 질투했던 게 아

188

닐까. 어릴 때 아빠가 작업할 때 오지 마, 만지지 마, 하고 화낸 적이 있어서 마음이 아팠대. 자기는 프라모델보다 사랑을 못 받았다고. 결국은 자기 아빠를 너무 좋아했던 만큼 미워하는 마음이 커진 게 아닐까?"

아, 그 일이라면 기억이 났다. 가게를 막 열었을 때였다. 작업할 때 실수로 래커를 바닥에 쏟아버렸는데 히로토가 다가왔다. 시너 냄새가 심해서 잘못하면 어지러워할 것 같아서 오지 말라고 했었다. 칠하고 있던 프라모델을 만지려고 해서 히로토에게 만지지 말라고도 했었다. 도료가 손에 묻으면 어지간해서는 지워지지 않기 때문이다. 그런 일이 한두 번이 아니었을지도 모른다.

그렇구나. 그래서 히로토가 가게에 오지 않게 되었구나. 프라모델을 보기만 해도 짜증스러운 표정을 지었구나. 히로토를 위해서 한 일이었는데, 프라모델의 매력도 아버지로서의 애정도 제대로 전달하지 못했던 것이다.

"역시 내가…… 씨앗을 잘못 뿌린 것 같다. 금잔화도 말라 죽어버렸고."

기미에가 가볍게 고개를 가로저었다.

"씨앗이란 건 원래 자기 맘대로 날아가서 부모도 모르는 데서 자기 맘대로 피는 거잖아. 나만 그런 게 아니라 분명 그 가게를 찾아왔던 아이들이나 어른들이 지금쯤 어디선가 자기 맘대로 꽃을 피우고 있을걸?"

기미에가 내 손을 꼭 쥐고 말했다.

"그 가게에서 계속 아버지가 씨앗을 뿌렸던 거야, 아주 많이."

기미에의 손은 어디가 아픈 건지 이해가 가지 않을 정도로 따뜻하고 윤기가 났다. 말하고 싶지 않을지도 모르지만 꼭 듣고 싶었다. 기미에가 병을 고칠 수만 있다면 무슨 일이든 할 작정이다, 뭐든 간에.

"그런데 너 아픈 건……."

내가 어물어물 말을 꺼내자, 기미에는 "아우, 진짜!" 하고 팅겨내듯 몸을 돌렸다.

"그냥 넘어가려고 했는데 안 되겠네. 치질이야, 치질!"

"……치질."

기미에가 볼을 부풀리고는 속사포처럼 쏘아댔다.

"나한테도 수치심이란 게 있다고. 아버지한테는 말하고 싶지 않았는데! 진찰받는 날에 소네 씨 병문안 온 스기타 할머니한테 들켜버렸어. 종합병원 대기실이라는 게 다 오픈되어 있잖아. 내가 항문과로 들어가는 걸 들켜버렸지 뭐야."

"그래서…… 수술한다고."

"엉덩이 쑥 내밀고 있으면 의사가 손가락을 쑤셔 넣고 약 바르면 끝이야. 별거 아냐. 며칠 앉을 때 좀 아팠는데 이제는 거의 나았어. 방귀 뀔 때 조심하면 괜찮다고 그랬어. 스모선수가 땅을 딛을 때처럼 다리를 쩍 벌리고 꿔래."

"와하하하! 스모선수 아케보노가 아니라 아케미에구나."

"이거 봐, 웃잖아. 엄청 아팠단 말이야."

입을 삐죽이는 기미에는 초등학교 여자아이처럼 천진난만한 미소로 나를 바라봤다.

내가 뿌린 씨앗이 기미에 안에서 자라나, 이번에는 기미에가 누군가의 마음에 씨앗을 뿌리겠지. 그런 식으로 내가 의도하지 않은 곳으로 퍼져나가는 것인지도 모른다.

그렇다면 프라모델을 사랑하기로 하자.

어디선가 멋대로 피어날 꽃이 있다는 사실을 모른다 하더라도……

난 말이지, 비행기를 만들어.

자동차도 배도 만들고 어떨 때는 거리까지도 만들어.

내가 만든 정교한 완성품을 보고 아이의 눈이 점점 커져. 그 아이 옆에 이제는 아버지가 되어 다시 가게를 찾아온 아이가 반가운 듯 프라모델 박스를 손에 들고 있어.

돌하우스 워크숍 같은 행사에도 사람이 모이고 있어. 한 명 또 한 명.

작은 세계를 창조하는 데 모두 빠져 있어. 볼이 달아오르고 눈을 빛내면서.

지금은 아니지만, 이제부터 시작될 이야기다.

나는 그저 프라모델 좋아하는 할아버지. 그래도 이런 늙은
이 곁에도 신은 분명 늘 함께한다.

다섯 번째 잎사귀

|

한가운데

내가 보기에 가장 아름다운 것이, 누군가가 보기에는 기분 나쁜 것일 수가 있어서 무언가를 좋아한다고 말하지 않게 되었다. 누가 건드리지 못하고 더럽히지 못하게 마음속에 감추어두는 것이다.

하지만 그렇게 결심하고 나니 무슨 말을 꺼내야 좋을지 몰라서 한순간에 '말 한마디 안 하는 음침한 놈'이 되었다. 내가 실제로 그런 놈인지 아닌지 상관없이 다른 사람들이 '후카미 가즈야'라는 이름의 전학생을 그렇게 알고 있으니 나로서는 어찌할 방법이 없었다.

나도 처음에는 나름 노력했었다.

7월이라는 어중간한 시기에 전학 온 나는 여름방학이 시작하기 전 들뜬 교실에서 한 몸에 주목을 받았다. 전에 다니던 초등학교는 학년마다 한 반씩밖에 없는 데다가, 반마다 학생도 스물다섯 명밖에 없었기 때문에 담임이던 마키무라 유키 선생님이 "오늘부터 4학년 3반이야"라고 말했을 때 나는 깜짝 놀랐다. 이 초등학교에는 4학년이 총 다섯 반이고, 한 반에 40명이나 된다고 했다. 꽉꽉 들어찬 책상, 꽉꽉 들어찬 학생. 손끝이 부들부들 떨려서 주먹을 꼭 쥔 채 칠판 앞에 서서 인사를 했다. 아무 말도 없이 무표정하게 나를 쳐다보는 아이들의 시선이 부담스러웠다.

그날, 같은 반 아이들 중에 나한테 말을 건 애는 아무도 없었다. 가끔씩 슬쩍슬쩍 쳐다보는 시선을 느끼기는 했지만.

종례가 끝나고 교실 안에 남자아이 네 명이 모여서 뭐 하고 놀지를 이야기하고 있었다. 용기 내서 다가가 최대한 밝은 목소리를 내려고 애쓰며 말을 걸었다.

"저기, 나도 껴도 돼?"

두둥, 하고 분위기가 굳어버렸다. 네 명의 얼굴 속 여덟 개의 눈이 내게 집중했다. 그리고 그다음 순간 똑같은 타이밍에 여덟 개의 눈이 서로를 쳐다보며 허공에서 춤추기 시작했다.

어떡할래? 어떡할까? 어떡하지? 어쩌지?

서로 시선이 뒤엉킨 채 말 한마디 없이 이야기를 주고받았다.

실수한 건가 싶어 후회가 되었다. 가장 덩치 큰 아이가 나를 쳐다봤다.

"너네 집 놀러 가게 해주면."

나머지 세 명도 신기한 생물체를 보는 듯한 시선으로 내 대답을 기다렸다. 솔직히 그건 좀 어려운 일이었다. 엄마가 없을 때 집에 다른 사람 데리고 오지 않기로 약속했기 때문이다. 하지만 말 안 하면 모를 거야. 앞으로 친구가 될지도 모르는 아이들이 우리 집에 놀러 오고 싶다고 하니 기분이 좋았다.

그래서 우리 집 위치를 알려주고, 30분 후에 만나기로 약속한 뒤 급히 집으로 달려갔다. 어질러진 곳을 대충 치우고, 냉장고에 보리차가 들어 있는지 확인한 뒤 컵을 꺼내놓고 기다렸다.

만나서 같이 왔는지, 네 명이 한꺼번에 들어왔다. "너네 집 놀러 가게 해주면"이라고 말해준 건 오카자키라는 아이였다. 몸집이 크고 단단해 보였는데 나중에 듣기로는 어릴 때부터 유도를 한 모양이다. 오카자키를 앞세우고 슬금슬금 집 안으로 들어온 아이들은 거실에 각자 자리를 잡고 앉아 텔레비전을 켰다.

"플레이스테이션 있냐?" 하고 물어봐서 "없어"라고 대답하자 "그럼 위 같은 건" 하고 다시 물었다.

이번엔 내가 "보리차 먹을래?" 하고 물어보자 "주스 없냐?" 하고 대꾸했다.

"미안, 그것도 없어."

오카자키는 "그거 하자" 하더니 배낭에서 카드게임을 꺼냈다. 나머지 세 명도 각자 카드를 꺼내 식탁에서 게임 대회를 열었다. 내가 모르는 게임이었다. 4인용 테이블이 꽉 차서 나는 옆에서 구경만 했다. 분위기가 점점 달아올랐지만 나는 존재 자체가 사라져버린 것처럼 가만히 서 있기만 했다. 내가 정말 여기 있는 게 맞을까, 하고 팔을 꼬집어봤을 정도였다. 나도 모르는 사이에 유령이라도 된 것 같았다.

게임이 끝나자 오카자키가 일어나 집 안을 둘러보기 시작했다. 나머지 셋도 오카자키를 따라갔다. 나는 두근두근 긴장된 마음으로 네 명을 지켜봤다. "좁아"라든가, "후졌어"라든가, "더러워" 같은 말을 들을 때마다 괜히 부끄러워졌다. 결국에는 내 방으로 들어가더니 오카자키가 책꽂이에 꽂힌 만화책을 보고는 "쓸데없는 것밖에 없네" 하고 내게 말했다.

"저거 뭐냐?"

창가 서랍장에 얹어놓은 병 두 개를 가리키며 오카자키가 물었다. 기대감으로 마음이 살짝 부풀어 올랐다. 오카자키가 내 보물에 흥미를 가져주었다고 생각한 것이다.

잼병에 들어 있는 것은 전에 다니던 학교 교정에서 채집한 늦은서리이끼였다. 영산홍 나무 사이에 피어 있던 것이다. 습기가 차면 별 모양으로 귀엽게 변한다.

옆에 있는 조림병 안에 들어 있는 것은 전에 살던 집 마당에서 발견한 주름솔이끼였다. 파도 모양으로 부드럽게 퍼져 마음에 들었다. 이끼는 무척 흥미로웠다. 흙이 없어도 잎으로 공기 중의 영양분을 빨아들여서 살 수 있었다. 콘크리트나 돌담 같은 곳도 괜찮았다. 아무 곳에서나 잘 정착해서 다른 식물에게 방해되지 않고 조용하고 씩씩하게 살아갔다.

살고 싶은 곳에서 살아가는 이끼한테 미안해서 잘 채집하지 않았는데, 이 둘은 특별히 기념으로 데려온 것이었다.

"그거는 내가……."

내 설명을 듣지 않고 오카자키가 병을 집어 들고 안을 쳐다봤다.

"으악! 이거 뭐야. 이 자식 곰팡이 모은다."

다른 세 명도 오카자키한테 몰려들어 큰 소리로 난리를 피웠다.

풍선에서 바람이 빠지듯 몸과 함께 마음이 쪼그라들었다. 곰팡이가 아니야. 그거 이끼란 말이야. 엄청 소중하게 키우는 거야. 소리 질러 따지고 싶었지만 목에 뭔가가 걸린 것처럼 목소리가 나오지 않았다.

"넌 이제부터 후카미가 아니라 후카비*야."

---

* 곰팡이를 일본어로 '카비(カビ)'라고 한다.

오카자키의 말에 모두가 폭발음 같은 소리를 내면서 웃었다.

나도 웃으려고 노력했다. 웃어버리면 다른 아이들처럼 나도 아무 일도 아닌 것처럼 그냥 넘길 수 있다고 생각했다. 그런데 나도 모르게 눈물이 새어 나왔고, 그걸 눈치챈 오카자키가 김 샌다는 표정을 지었다.

"그거…… 이끼거든?"

내가 떨리는 목소리로 주장하자 오카자키가 병을 거칠게 내려놓았다.

"곰팡이나 이끼나 그게 그거지, 기분 나쁘게."

그게 그거라니. 오카자키는 이끼가 뭔지 전혀 모른다. 곰팡이는 식물이 아니라 균이거든. 곰팡이랑 이끼는 원수지간이라고. 이 아이들에게 곰팡이가 슬지 않도록 조심해서 키운다고. 좋은 점이라고는 하나도 없는 악당 곰팡이랑 전혀 해롭지도 않고 깨끗한 이끼를 같은 취급하자 마음속 깊이 화가 났다. 오카자키는 다른 세 명에게 "게임하자" 하고 말하고는 거실로 돌아갔다.

나는 창가로 달려갔다. 다행히 무사했다. 오카자키가 병을 막 흔들어서 엉망이 된 게 아닐까 걱정했는데, 천만다행이었다. 물론 곰팡이도 피지 않았다.

오카자키와 아이들은 다시 카드 게임을 시작했고, 30분 뒤 떠났다. 그리고 그날부터 나는 후카비가 되었다.

곧 여름방학에 들어갔고 새 학기가 되면 전부 괜찮아질 거라고 생각했지만, 역시나 나는 후카비인 채로 어느 누구와도 친해지지 못했다. 때리거나 괴롭히는 것처럼 눈에 띄는 것은 전혀 없었다. 은근히 따돌림을 당하는 것과도 달랐다. 하지만 아무도 말을 걸어주지 않았고, 쉬는 시간이나 방과 후에도 언제나 혼자였다.

자리 바꾸는 뽑기를 했는데, 처음 내 옆자리를 뽑은 아이가 마키무라 선생님에게 무슨 말을 듣더니 대신 오카자키가 옆자리로 왔다. 몸에 차가운 금속이 날아와 박힌 듯한 느낌이었다.

"어이, 후카비."

오카자키는 히죽히죽 웃으며 내 옆자리에 앉았다.

그때부터 지옥이었다. 오카자키는 무슨 일이든 트집을 잡아 나를 간섭했다. 내 필통을 마음대로 열어보더니 연필 개수가 부족하다며 더 들고 오라고 하지를 않나, 미술 시간에는 내 그림이 별로라며 도와준다 하지를 않나, 지긋지긋했다. 어느새 오카자키는 내 '담당' 같은 존재가 되었고, 다른 아이들은 더욱더 내게 접근하지 않았다.

왜 그럴까, 이상하게 생각했는데 그 이유를 바로 알게 되었다. 방과 후에 마키무라 선생님이 나를 불렀다.

"후카미, 학교 생활은 좀 익숙해졌니?"

마키무라 선생님은 교사가 된 지 3년이 됐는데, 학생들과 친구처럼 친하게 지내서 인기가 많았다. 항상 프릴이나 리본이 달린 옷을 입고 있었고, 뚜렷하고 커다란 눈에는 풍성한 속눈썹이 달려 있었다.

내가 살짝 고개를 끄덕이자 (그거 말고 달리 방법이 없으니까) 마키무라 선생님은 기뻐하며 두 손을 모았다.

"별명도 바로 생기고, 다들 친절하게 대해주는 것 같아서 다행이야. 후카비라니, 마스코트 캐릭터 같고 귀여운 별명이네."

다들 친절하게 대해준다고?

어쩌다 그런 별명이 생겼는지 모르는 건 어쩔 수 없다고 해도, 다들 친절하게 대해주는 줄 안다는 점에서는 상처를 받았다. 마키무라 선생님이 살짝 허리를 숙이며 말했다.

"모르는 게 있거나 어려운 일이 있으면 오카자키한테 뭐든 물어보렴. 선생님이 후카미 도와주라고 오카자키에게 부탁했으니까."

아이돌처럼 예쁜 얼굴을 한쪽으로 기울이며 마키무라 선생님이 미소를 지었다. 그래서 그랬구나. 온몸에서 힘이 빠져나가서 주저앉고 싶었다. 할 말이 다 끝났는지 선생님이 웃으며 내 앞에 그대로 서 있었다. 그제야 선생님이 고맙다는 인사를 기다리고 있다는 사실을 깨달았다.

"……고맙습니다."

"괜찮아. 쉬는 시간에 항상 혼자 있으면 불쌍하잖니."

마키무라 선생님이 만족한 표정을 보이며 멀어져갔다. 쉬는 시간에는 모여서 큰 소리로 떠드는 것보다 혼자서 얌전히 있는 게 오히려 눈에 띄는 법이다. 나는 마키무라 선생님에게 '불쌍한 학생'이었다는 것을 그때 깨달았다.

시즈오카 시골 마을에서 이곳으로 이사 오기로 결정한 것은 '아빠의 직장 사정' 때문이었다. 그것 말고는 아는 게 없었다. 다만 밤중에 아빠 회사가 위험하다는 이야기를 몰래 들은 적이 있어서, 아마도 그 이유 때문일지도 모른다고 생각했다. 여태까지 살던 2층 단독주택에서 도쿄에 있는 연립주택으로 이사 오자마자 아빠는 아는 분이 운영하는 유리 공장에서 일하기 시작했고, 엄마도 대형 할인마트에서 계산원으로 파트타임을 시작했다.

지금껏 전업주부였던 엄마는 하루 종일 서서 낯선 일을 하게 되어서 항상 피곤해했다. 그럼에도 나의 학교생활이 신경 쓰이는지 항상 "학교는 어때?" 하고 걱정스레 물어봤다. 괜찮아, 선생님도 잘 챙겨주고, 반 애들도 다 재밌어. 나는 말을 바꿔가며 대강 그런 식으로 대답했다. 쉬는 시간에 혼자 있어도 딱히 곤란하지 않았지만, 내가 친구가 없다는 사실을 알게 되면 엄마가 속상해할 것 같았기 때문이다.

아빠가 야근 근무를 하게 되어 저녁 식탁에는 할인마트에서 사온 반찬이 자주 올라왔다. 딱히 불만은 없었다. 그저 둘이서 밥을 먹으면서 엄마가 자꾸 똑같은 질문을 던지는 게 조금 짜증 났다.

"가즈야, 학교는 괜찮아? 괴롭힘당하지는 않고?"

나는 웃었다. 엄마, 정말 괜찮다니까. 괴롭힘 같은 거 안 당해. 그냥 겉도는 것뿐이야.

"그럼 다행이고. 마키무라 선생님이 이 학교에는 왕따 같은 건 절대 없다고 해서 안심이 되긴 하지만 말이야."

입을 다물고 된장국을 마셨다. 엄마가 갑자기 뭔가 생각난 듯 자리에서 일어났다.

"오늘 있지, 파트타임하는 사람한테 받았는데……."

구몬 교실 무료 체험 전단지였다.

"이 동네 아이들은 다들 학원 다니잖아. 학원은 돈이 너무 많이 들어서 못 보내주지만 구몬 정도라면 괜찮을 거 같아서. 체험은 무료라니까, 그냥 한번 가보는 게 어때?"

나는 전단지를 받아 들었다. 딱히 흥미는 없었지만 엄마의 간절한 부탁을 거절하기가 어려웠다.

"응, 갔다 올게. 다음 주 수요일 맞지?"

쾌활하게 대꾸하고 즉석 멘치카츠(メンチカツ)*를 덥석 물었다.

월요일, 조례 때 작은 사건이 벌어졌다.

여름방학 숙제로 '평화에 대한 표어 짓기'가 있었는데, 각 반마다 한 명씩 우수상이 선정되어 상장을 받게 되었다. 푹푹 찌는 체육관에서 한명 한명 이름이 호명됐고, 호명된 아이들이 단상에 나란히 늘어섰다. 학생들은 더위에 완전히 지쳐 있었다. 시간이 너무 오래 걸렸으니까.

갑자기 벽 쪽에서 누군가 앗! 하고 소리를 질렀다. 야마네 선생님이 쓰러진 모양이었다. 야마네 선생님은 체구가 작은 편이고 얼굴색이 창백해 보이는 남자 선생님인데 4학년 2반 담임이었다. 마키무라 선생님과 엇비슷한 나이였는데 그렇게 발랄한 편도 아니었다. 항상 안절부절못하고 불안해하는 느낌이었다.

바닥에 철퍼덕 엎드려 있는 야마네 선생님 주위로 선생님 몇 명이 모여 있었다. 학생들은 단상보다 야마네 선생님 쪽에 더 집중했고, 나는 깨금발을 들고 상황을 살폈다.

그때 하얗고 커다란 누군가가 엄청난 속도로 달려왔다. 순간 망토를 두른 히어로로 보였는데, 자세히 보니 흰 가운을 입은 히메노 사유리 양호 선생님이었다. 푸석한 곱슬머리에다 엄청나게 뚱뚱하고 팔다리도 굵직했다. 선생님은 쓰러진 야마

---

* 다진 고기(メンチ, mince)와 커틀릿(カツ, cutlet)을 합성한 일본식 조어로 다진 고기에 잘게 다진 양파 등을 넣어 만든 반죽에 빵가루를 묻혀 기름에 튀긴 요리.

네 선생님에게 간단히 말을 걸더니, 선생님의 몸 아래로 팔을 쑥 집어넣었다.

히메노 선생님은 공주님을 안듯이 야마네 선생님을 아무렇지도 않게 들어 올리더니 쿵쿵 걸어 나갔다. 빠른 처리에 내 눈이 동그래졌다.

체육관 지붕이 들썩일 정도로 학생들이 크게 웃음을 터뜨렸다. 선생님들도 웃었다. 하지만 나는 웃을 수가 없었다. 뭐가 재미있어서 웃는 건지 전혀 이해가 가지 않았다.

야마네 선생님은 괜찮을까? 게다가 히메노 선생님은 멋있다, 진짜 멋있다.

히메노 선생님은 체육관 구석에 야마네 선생님을 눕혔다. 문을 활짝 열어놓아 바람이 잘 통하는 시원한 장소였다. 히메노 선생님은 흰 가운을 벗어 둥글게 말아 베개를 만들어 야마네 선생님의 머리를 받쳐주었다.

"포획당했네, 야마네."

오카자키가 말했다. 그 주변에 있던 놈들이 웃음을 터뜨렸다. 문득 오카자키와 눈이 마주쳤다. 웃지 않는 아이는 나밖에 없는지 찌릿 노려봤다. 그래서 억지로 입꼬리를 끌어 올렸다. 볼이 떨려왔다.

히메노 선생님은 항상 불친절한 편이었고, 무뚝뚝한 표정을 짓고 있었다. 눈썹이 굵고 눈이 커다란 편이었으며, 가운이 꽉 끼어 앞 단추가 잠기지 않을 정도로 덩치가 컸다. 학생들이 히메노 선생님을 대하는 태도는 심각했는데 복도에서 마주칠 때마다 "앗, 지나간다" 하고 일부러 들리게 말하거나, 벽에 찰싹 붙어 피하는 시늉을 하는 아이도 있었으며, '사유리'라는 세상 둘도 없는 귀여운 이름도 학생들의 비웃음을 샀다.

이 학교에 괴롭힘은 없다고 마키무라 선생님이 말했지만 이런 게 왕따가 아닐까? 학생들끼리 문제가 생기면 심각하게 받아들이면서, 학생이 선생님에게 잔혹한 짓을 하는데 학교에서는 왜 아무런 신경도 쓰지 않는 것일까?

4교시가 끝나는 종소리가 울리자 갑자기 가슴에 뭔가가 얹힌 것 같았다. 오카자키가 옆자리로 오고 나서부터는 항상 그랬다.

급식 받을 때 못 먹는 음식을 빼달라고 하거나 양을 줄여달라고 부탁할 수 있었다. 싫어하는 음식이 딱히 많지도 않은데, 나는 요새 양을 점점 줄여달라고 부탁하게 되었다. 오늘은 한 입도 먹고 싶지 않은 기분이었다. 크림 스튜도 양배추와 참치가 들어간 샐러드도 좋아하지만 전혀 식욕이 생기지 않았다. 음식을 남기면 안 되므로 아주 조금씩만 담아달라고 부탁했다.

자리로 돌아오자 오카자키가 눈앞에 있었다. 급식 시간에는 서로 마주 보도록 책상을 맞붙이게 되어 있어서 오카자키와 어쩔 수 없이 함께 점심을 먹을 수밖에 없었다.

국어 시간에 서로 의견을 나누거나, 과학 시간에 함께 실험을 하는 조별 활동은 어떻게든 잘 넘길 수 있었다. 다른 곳을 보면서 딴생각을 하거나, 공책에 뭐라도 끄적이고 있으면 시간이 잘 갔다. 하지만 급식은 도망칠 구석이 없었다. 긴장하게 만드는 상대방을 눈앞에 두고 밥을 먹는 게 이렇게 힘든 일인지 몰랐다. 오카자키는 "후카비, 뭐냐? 그거밖에 안 먹냐?" 하고 딴죽을 걸었다.

"그거 먹고 크겠냐?"

오카자키는 어른 말투를 흉내 내며 말했다. 다른 아이들이 웃었다. 나는 고개를 숙인 채 아무 말도 하지 않았다. 이런 게 마키무라 선생님에게는 사이좋게 지내는 모습으로 보이는 거구나. 하긴 딱히 괴롭히는 것은 아니니까. 그런데 왜 이렇게 기분이 나쁜 걸까?

오카자키는 보란 듯이 반 아이들과 내가 모르는 게임 이야기를 하며 웃음을 터뜨리거나, 같은 반 친구의 험담을 하면서 나를 포함한 주위 아이들에게 동의하게 만들거나, 자기 자랑을 늘어놓으며 '대단하다'라는 대답을 억지로 강요했다. 나는 고개를 숙인 채 가능한 한 오카자키와 눈이 마주치지 않도록 노력하면서 간신히 스튜를 다 먹었다. 급식실 아주머니, 죄송합니다. 분명 맛있을 텐데, 지금 저는 아무 맛도 느끼지 못해요.

수요일, 학교가 끝나고 구몬 교실로 향했다.

전단지에 그려진 약도를 따라가자 낡은 건물 3층에 간판이 보였다. 1층은 아무도 사용하지 않는지 셔터가 닫혀 있었다.

덜컹덜컹 소리를 내는 엘리베이터를 타고 올라가 문을 열었다. 엄마가 미리 연락을 해두었는지 구몬 선생님은 나를 보자마자 "후카미 가즈야니? 이쪽으로 올래?" 하고 웃으면서 말을 걸었다.

안내받은 자리로 가자 심장이 멎는 줄 알았다. 오카자키가 눈앞에 있었기 때문이다.

"얼레? 후카비 아냐?"

오카자키 옆에 앉아 있는 아이들 몇 명이 나를 동시에 쳐다봤다. 다른 반 아이들인지, 다른 학교 아이들인지는 알 수 없었다.

"이 자식 별명이 뭔지 아냐? 후카비야. 왜냐하면……."

오카자키는 거드름을 피우듯 말했다. 하지 마. 하지 말란 말이야. 당장 집에 가고 싶었다. 애초부터 구몬 같은 거 관심도 없었다. 하지만 집에 가버리면 엄마한테 연락이 갈 테고, 그러면 엄마가 또 걱정할지도 몰랐다.

나는 말없이 자리에 앉았다. 오카자키가 엄청난 비밀이라도 되는 양 뭔가를 속닥거리자 아이들이 "진짜!" 하고 놀라면서 웃었다.

선생님이 수학 문제가 프린트된 종이를 들고 왔다. 나는 아무 말 없이 문제만 쳐다봤다. 곱셈 문제가 머릿속에 하나도 들어오지 않고 종이 위를 어지럽게 맴돌았다.

구몬 수업이 끝나자마자 오카자키와 다른 아이들이 이야기하는 사이에 서둘러 교실을 빠져나왔다. 왔던 길을 그냥 되돌아가면 마주칠지도 몰랐다. 엘리베이터가 1층에 도착하자마자 바로 건물 옆에 있는 좁은 길로 꺾어 들어갔다. 안쪽에 신사가 보였다.

신사 앞에 도착했을 때 마침 밖으로 나오는 사람과 마주쳤다. 여자와 체구가 작은 남자아이였다. 아마도 엄마와 아들인 것 같았다. 엄마는 머리카락을 하나로 묶고 하늘색 치마를 입고 있었는데 세련돼 보였다. 아들은 엄마 손을 잡고 방긋 웃고 있었다. 항상 지쳐 보이는 우리 엄마와는 비교도 안 될 정도로 여유가 넘치고 행복해 보였다. 저 아줌마는 파트타임 같은 거 안 해도 되고, 항상 집에만 있겠지? 나도 학교 안 가고 집에만 있을 수 있다면 참 좋을 텐데.

돌로 만든 도리이를 지나 오른쪽에 있는 데미즈야에서 손을 씻었다. 손수건을 깜빡해서 물기를 바지에 쓱쓱 닦았다. 신사를 한 바퀴 둘러보니 나도 모르게 안심이 되었다. 나 말고는 아무도 없었다. 날이 저물어서인지 공기가 서늘했다.

참배당 앞에 서서 있는 힘껏 방울을 울렸다. 딸랑딸랑, 하고 낮은 소리가 울렸고 신령님에게 제대로 전달이 된 것 같은 느낌이 들었다. 그런데 새전함에 넣을 동전이 없었다. 어떡하지?

두 손을 모으고 눈을 꼭 감은 채 사과부터 했다. 돈도 없으면서 소원을 빌어 죄송합니다. 하지만 꼭 제 소원을 들어주세요.

학교 가는 게 싫지 않게 해주세요.

눈을 뜨고 참배당을 봤다. 오미코시* 같은 것과 둥근 거울이 있었다. 내 소원을 들었을까? 신령님은 어떻게 생겼을까?

그대로 고개를 들어 옥상을 바라보던 나는 빙그레 웃었다. 청동 기와지붕과 참배당을 둘러싼 돌담 위에 손수건을 뒤집어 쓴 것처럼 이끼로 뒤덮여 있다. 저거 봐, 저기도 있네. 저 이끼 뭔지 알아. 구리이끼. 청동 기와지붕 아래에 자주 자라나는 이끼인데 절이나 신사를 좋아하는 취향이 고상한 친구지. 쪼그려 앉아 검지로 만져보고 있는데 내 옆으로 검은 생물체가 쓱, 하고 가로질렀다.

고양이였다. 윤기가 흐르는 새까만 털이 난 등줄기에 하얀 양말을 신은 듯한 발.

고양이는 물 흐르는 듯한 동작으로 나무 아래 빨간 벤치 위로 올라갔다. 귀와 눈 주변이 까맣고 눈썹 사이에서 목까지 세모 모양으로 새하얀 털이 나 있었다.

앞다리를 모으고 뒷다리를 접은 자세로 앉은 고양이는 근사

* 작은 신전 모양의 가마로, 마쓰리 때 어깨에 얹고 행진한다.

해 보였다. 무슨 할 말이라도 있는지 나를 지긋이 바라봤다. 나는 벤치로 걸어가 말을 걸었다.

"옆에 앉아도 돼?"

고양이가 고개를 끄덕였다.

말도 안 돼. 하지만 고양이는 정말 내 말에 대답한 것처럼 보였다. 살짝 벤치에 앉았다. 고양이는 여전히 나를 올려다봤다. 투명한 황금색 눈동자로. 문득 고민을 털어놓고 싶어졌다.

"……학교 가는 게 괴로워."

고양이는 나를 계속 쳐다봤다.

"특히 급식 시간이 너무 힘들어. 다음에 자리를 바꿀 때도 마키무라 선생님이 쓸데없는 짓을 해서 오카자키와 또 짝이 될지도 몰라. 다음 학년에 올라가려면 아직 반년은 더 참아야 하는데, 시간이 너무 많이 남았어. 게다가 내년에 또 같은 반이 되면 어떻게 하지? 그런 생각이 들 때마다 버틸 자신이 없어…….'

말하는 도중에 고양이가 내 허벅지에 머리를 비비적거려서 울고 싶어졌다. 위로해주는 거야? 살짝 손을 내밀어 고양이의 머리를 쓰다듬었다.

부드러우면서도 탄력 있는 털. 그리고 그 아래의 얇은 피부와 딱딱한 뼈가 느껴졌다. 따스한 생명체였다. 고양이는 거짓말을 모른다. 억지로 웃지도 않는다. 쓸데없이 눈치 보지도 않는다. 그리고 무엇보다 솔직하게 나에게 다가와줬다. 그런 점이 내 마음을 편안하게 만들어줬다.

뚝뚝 눈물방울이 떨어져 고양이의 등을 적셨다. 고양이는 기분이 좋은지 눈을 감고 내게 몸을 맡겼다. 우산 손잡이처럼 구부러진 꼬리가 하늘하늘 흔들렸다.

"고마워."

내가 고마워하자 고양이가 천천히 몸을 일으키더니 부드러운 미소를 지었다. 분명 이상했지만, 고양이는 사람처럼 웃었다. 그리고 벤치에서 훌쩍 내려와 나무둥치 쪽으로 향했다. 엉덩이에는 하얀색 별 모양이 도장을 찍은 것처럼 남아 있었다.

나도 일어나 고양이 곁으로 갔다. 나무는 초록 잎사귀가 울창했고 자세히 보니 여기저기 뒷면에 뭐라고 적혀 있었다. 엽서 나무다! 시즈오카 우체국에도 있었다. 긁으면 이런 식으로 갈색으로 자국이 남았다. 체험학습 때 한 장씩 받아 엽서를 써본 적이 있었다. 우표를 붙이면 진짜 엽서처럼 배달이 된다고 해서 할머니에게 삼복 문안 엽서*를 보냈었지. 생각났다. '가족 평안'이나 '리얼충**이 되고 싶다' 같은 말이 적힌 나뭇잎을 보는 사이 고양이가 나무 주변을 뚜벅뚜벅 걸었다. 신이 난 나도 뒤를 쫓아 함께 돌았다. 그러자 고양이는 회오리바람처럼 전력질

---

* 일본에는 삼복(伏中) 때 문안 인사를 드리는 전통이 있었고, 현재는 그 대신 연하장처럼 엽서를 보내는 관습이 남아 있다.
** 인터넷 은어로 '현실(real) 생활에 충실한 사람'을 가리킨다.

주하기 시작했다. 한참을 빙글빙글 돌던 고양이는 갑자기 멈춰 서더니 왼쪽 앞발을 들었다. 버튼을 누르는 것처럼 나무줄기에 발바닥의 핑크 젤리를 가져다 대자 팔랑팔랑 나뭇잎이 한 장 떨어졌다.

한가운데

"진짜 '한가운데'라는 단어 맞는 거지?"

고양이에게 물어보자 글쎄, 내가 어떻게 알아? 하고 말하는 양 고개를 갸웃거리더니 달아나버렸다. 알았다, 보물찾기구나! 이 신사 한가운데에 뭔가 숨겨져 있는 거구나!

나는 고양이 뒤를 쫓았다. 하지만 엄청난 속도로 도망쳐버리는 바람에 어디로 갔는지 알 수 없었다. 길을 안내해주는 줄 알았는데, 조금 당황했지만 그래도 기대를 안고 신사를 둘러봤다. 어디가 한가운데일까? 참배당과 엽서나무 사이에 좁은 계단이 이어지고 있는데 위에도 뭔가가 있는 것 같았다. 나뭇잎을 든 채 계단을 올려다봤다. 밑에서 보면 울창하고 푸르른 나무밖에 보이지 않았다.

혼자 있어서 조금 무서웠다. 하지만 기껏 고양이가 알려줬는데 그냥 돌아갈 수는 없어서 어금니를 꽉 깨물고 계단을 오르기 시작했다.

위로 올라갈수록 점점 싱그러운 숲 냄새가 진해졌다. 아무 생각도 안 하려고…… 그러니까 요괴나 텐구*나 산적이 숨어 있는 게 아닐까, 하는 상상을 하지 않으려고 계단을 세면서 끝까지 올라갔다. 계단은 45개였다.

계단 위에는 아래 있는 것보다 더 큰 건물이 있었다. 방울도 훨씬 훌륭하고 컸다. 양옆에는 고마이누**가 집을 지키는 개처럼 감시하고 있었다. 왼쪽에 있는 작은 언덕 위에는 사람 한 명이 겨우 지나갈 정도로 작은 도리이와 빨간 노보리***가 보였다. 주변이 커다란 나무 몇 그루로 둘러싸여서 사락사락 잎사귀 흔들리는 소리가 났다.

바스락, 하고 낙엽 밟는 소리가 나서 뒤를 돌아봤다. 곰? 깜짝 놀라서 엉덩방아를 찧고 말았다.

"아이고, 괜찮나요?"

곰이 아니었다. 파란 기모노 같은 옷을 입은 아저씨였다. 덩치는 곰처럼 컸지만 목소리는 따스했다. 아저씨는 한 손으로 나를 일으켜주었다.

"깜짝 놀라게 한 모양이군요, 미안해요."

아저씨는 한 손에 빗자루를 들고 있었다. 청소하는 분인가?

* 일본 전설에 나오는 요괴로 코가 매우 크고 얼굴이 붉다.
** 신사나 절 앞에 두는 돌로 사자나 개와 닮게 조각하여 한 쌍을 마주 놓는다.
*** 좁고 긴 천의 한 끝을 장대에 매달아 세우는 것.

"해 질 때가 다 되어가는데 집으로 돌아가지 않아도 괜찮나요?"

"저…… 물어볼 게 있는데요. 이 신사 한가운데가 어디예요?"

"한가운데? 글쎄요, 어디가 한가운데려나?"

아저씨가 손으로 턱을 잡고 진지한 표정으로 고민했다.

"고양이랑 보물찾기 하고 있어서 그런데요."

내가 잎사귀를 내밀자 "아하" 하고 아저씨 얼굴이 밝아졌다. 아저씨도 아는구나. 고양이랑 보물찾기를 해본 걸까?

"아주 좋은 걸 받았군요. 운이 참 좋네요. 하지만 보물은 이 신사에만 있다고 장담하기는 어려워요."

"무슨 말이에요? 그 고양이는 도대체 어떤 고양이예요?"

"저희는 미쿠지라고 부릅니다. 그 잎사귀는 미쿠지가 말씀을 계시한 것이니, 소중하게 간직해주세요."

"말씀이요? 보물찾기가 아니고요?"

"음, 생각했던 것과 좀 다를지도 모르지만 보물찾기란 표현에 딱 맞는다고 생각해요. 바로 찾을 수 있을지 없을지는 저도 알 수 없지만요."

까마귀가 울었다. 아저씨 얼굴이 저녁놀을 받아 빨개졌다.

"자, 이제 집에 갈 시간이에요."

아저씨가 빙긋 웃었다. 나는 미쿠지라는 그 고양이가 주변에 없는지 두리번거렸지만 모습이 보이지 않았다.

"또 놀러 와도 괜찮나요?"

"그럼요. 언제든 환영입니다."

뒤돌아 계단을 내려가려는데 동네가 한눈에 들어왔다. 아저씨와 함께 계단을 내려와 꾸벅, 인사를 하고 집으로 돌아갔다.

다음 날 아침, 오카자키가 "너 구몬 오냐?" 하고 물어왔다. 몰라, 하고 지우개를 보면서 대꾸했다. 오카자키와 말할 때 항상 아래를 보기 때문에 오카자키의 얼굴이 보이지 않았다. 오카자키와 눈이 마주칠 때는 먼저 말을 걸어올 때뿐이고, 대부분 칠판의 아랫부분이나 손에 들고 있는 공책이나 실내화를 쳐다봤다. 시선이 마주치면 긴장으로 몸이 뻣뻣하게 굳어버리기 때문이다.

나보다 월등히 큰 체격만이 아니라 오카자키가 뿜어내는 압박감 때문에 그 앞에만 있으면 자꾸 작아지는 느낌이 들었다. 동갑인데도 코끼리와 생쥐만큼 차이 나는 게 아닐까 싶을 정도였다.

마키무라 선생님이 교실로 들어와 교단 앞에 섰다.

한가운데. 미쿠지가 계시한 말씀이 생각났다. 나는 그 잎사귀를 몰래 가지고 다니는 포켓용 이끼 도감 사이에 책갈피로 끼워두었다. 한가운데란 도대체 어디를 말하는 걸까? 혹시 교실 한가운데? 학교 한가운데?

선생님이 말했다.

"오늘 조회 시간에는 음악회 지휘자와 피아노 반주자를 정할 겁니다. 반장, 사회를 맡으세요."

"네~"

반장인 오카자키가 자리에서 일어났다. 부반장 구스다도 앞으로 나갔다.

"후보로 나서고 싶은 친구, 있습니까?"

오카자키가 진행을 맡고, 서기를 맡은 구스다가 분필을 들고 칠판 앞에 섰다.

지휘자 후보가 나오지 않았다.

"후보로 나설 사람이 없으면 추천을 받아야 하는데……."

리허설이라도 한 것처럼 구사카베가 "오카자키가 좋다고 생각합니다" 하고 말했다. 내가 전학 온 날 우리 집에 왔던 네 명 중 한 명이다.

"뭐? 상관없기는 한데."

오카자키가 깜짝 놀란 척을 했지만 분명 미리 짠 각본대로일 것이다. 달리 추천할 사람이 없는지 확인했지만 아무도 손을 들지 않았다. 마키무라 선생님이 "그럼 결정됐네" 하고 박수를 치자 반 아이들이 따라서 박수를 쳤다.

나도 박수를 치다가 헉, 하고 놀랐다.

이 교실에서는 지금 오카자키가 한가운데이다. 그 사실을 알아차리고 실망했다. 결국 한가운데에 있는 오카자키 뒤를 따라다니며 그의 말에 웃어주고 동의해주면 별문제가 없을 거라는 의미일까?

보물이 이거라고?

피아노 반주자는 쉽게 결정이 나지 않았다. 후보로 나서는 아이도 없었고, 피아노를 배운다는 여자아이 둘이 추천을 받았지만 둘 다 싫다고 했다.

"마쓰자카랑 엔도 둘 중에 다수결로 결정하겠습니다."

오카자키가 강제로 진행하려고 하자 마쓰자카가 "잠깐만!" 하고 소리를 높였다.

"나, 손가락에 건초염 생겨서 피아노 쉬고 있어. 그래서 못해."

오카자키는 "아, 그래?" 하고 쉽게 물러섰다. 마쓰자카는 평소에도 똑 부러지고 활기 찬 아이였다. 딱 잘라 거절하는, 속구처럼 던진 말투에 오카자키는 딱히 딴죽을 걸지 못했다.

"그럼 엔도가 했으면 하는데?"

오카자키가 당연하다는 듯 말했다.

엔도는 깜짝 놀라 어깨를 떨면서 창백해진 얼굴로 고개를 가로저었다. 항상 말이 없고 절대로 자기주장을 내세우지도 않았다. 피아노를 배웠다고 다 잘 치는 것도 아니었고, 무조건 합창 콩쿠르에서 반주해야 하는 것도 아니었다.

"……못 해."

가느다란 목소리로 말하자 오카자키가 눈살을 찌푸렸다.

"엔도, 너도 건초염이야?"

"그건 아니지만…… 나…… 하고 싶지가……."

금방이라도 울어버릴 것 같은 엔도에게 오카자키가 겁을 줬다.

"그럼, 우리 반만 반주 없이 부르라고?"

엔도가 입을 다물고 고개를 숙였다.

"다른 학생들은 어떻게 생각합니까?"

교실에 찬물이라도 뿌린 것처럼 조용해졌다. 오카자키가 딱 잘라 말했다.

"다수결로 결정하겠습니다. 우리 반만 반주 없이 하자는 사람?"

모두가 얼어버린 듯 꼼짝도 하지 않았다.

"그럼, 엔도가 했으면 좋겠다는 사람?"

화아악, 파도가 치듯이 손이 솟아올랐다. 한가운데. 이게 한 가운데를 차지한 의견이다. 나도 손을 들어야 할까? 그래, 모두 가 똑같이 행동해야 안전하니까. 오른손을 책상 위로 10센티 미터 정도 들어 올렸다.

아냐. 이건 아니야.

손을 다시 책상 위에 내려놓았다. 오카자키가 차가운 시선을 보냈지만 고개를 숙인 채 두 손을 꼭 잡고 참았다.

앉아 있던 마키무라 선생님이 엔도 곁으로 걸어갔다.

"엔도야, 우리 반에 달리 피아노 칠 줄 아는 애가 없잖아? 이번 기회에 열심히 해보는 게 어떨까? 좋은 추억이 될 거야. 선생님도 연습할 때 같이 있어줄 테니까."

엔도는 아무 말도 하지 않았다. 선생님은 엔도의 어깨를 가볍게 두들기고는 반 아이들에게 "자, 그럼 다음은 자유곡을 정할까?" 하고 말했다. 분명 나중에 선생님은 어떤 식으로든 엔도를 설득하려고 할 것이다.

마음이 불편한 채로 남은 수업 시간을 보냈다.

급식 시간이 됐다. 오늘 메뉴는 핫도그빵, 생선가스, 호박포타주, 까치콩샐러드였다. 빵과 생선가스는 조금만 받을 수 없으니까 한 덩어리 전체를, 포타주랑 샐러드는 한 입 먹을 양만 가져왔다. 가슴에 뭔가가 얹힌 듯한 느낌이 평소보다 심했다. 빵은 몰래 가방에 넣어서 집에 가지고 갈까? 빵을 한 손에 쥐고 고민하고 있는데 맞은편에 앉은 오카자키가 물었다.

"야, 후카비. 너도 건초염이냐?"

"……아니."

"뭐야, 손 아파서 못 드는 건가 걱정했네."

무슨 뜻인지 아는지 모르는지, 옆에 앉아 있던 데즈카가 실실 웃었다. 데즈카를 딱히 좋아하지도 싫어하지도 않지만, 웃는 모습을 보자 소름이 끼쳤다. 나도 저런 식으로 웃었던 적이 있었다. 진심이 전혀 깃들어 있지 않은 채로, 그저 그 순간을 넘기기 위해 짓는 미소. 종이 위에 펜으로 대강 그려놓은 것 같은 얄팍한 미소.

더 이상은 참기 힘들었다. 이대로 있다가는 미쳐버릴 것 같았다. 몸이 멋대로 움직였다. 나는 빵을 들고 힘없이 자리에서 일어나 문으로 향했다.

"야, 후카비. 왜 그래, 갑자기!"

동요하는 아이들 가운데서 우등생을 가장한 오카자키가 나를 향해 고함을 질렀다. 그 말이 화살처럼 날아와 내 등에 꽂히지 않도록 서둘러 복도로 도망쳤다.

정신없이 달려 1층으로 내려갔지만, 어디로 가야 좋을지 몰랐다. 이대로 집으로 가버리면 일이 더 복잡해질 것이었다. 그렇다고 이제 와서 교실로 돌아갈 수도 없었다.

아직도 빵을 들고 있었다. 어떡하지? 바지 주머니에 안 들어가는데.

그냥 먹어버려야 한다. 그런데 어디서 먹지?

완전히 혼자 있을 수 있는 장소가 화장실 말고는 떠오르지 않아서 1층 끝으로 걸어갔다.

남자 화장실로 들어가려고 하는데 마침 누군가가 지나갔다. 흰 가운을 입은 양호 선생님이었다.

나도 모르게 멈춰 섰다.

"왜 그러니?"

히어로가 내게 말을 걸어왔다.

"이거 먹으려고……"

나는 아무렇게나 둘러댔다.

"여기서?"

히메노 선생님은 눈을 커다랗게 뜨고 빵을 내려다봤다. 내가 입을 꾹 다물자 선생님은 표정 하나 바꾸지 않고 말했다.

"양호실에 책상이랑 의자 있어."

성큼성큼 복도를 걸어가는 히메노 선생님의 뒤를 따라갔다. 선생님은 아무것도 묻지 않았다. 만약 "화장실은 불결하니까 음식을 먹으면 안 돼"라든가, "무슨 일 있니? 선생님한테 다 말해보렴" 같은 말을 했다면 절대로 선생님을 따라가지 않았을 것이다. 하지만 히메노 선생님은 아무렇지 않게 "책상이랑 의자 있어"라고만 말했다. 마치 "널 위한 장소가 있어"라고 말해주는 것 같아서 안심이 됐다.

양호실은 1층 맨 끝에 있었다. 밖에서 출입이 가능한 구조였다. 안으로 들어가자 긴 테이블에서 급식을 먹는 학생들이 있어서 깜짝 놀랐다. 여자아이 두 명, 남자아이 한 명이었다. 학년도 다 다른 것 같았다.

"아무 데나 마음에 드는 자리에 앉아. 쟤들하고 같이 앉아도 되고, 아니면 창가 자리에 앉아도 괜찮아."

창가 쪽에는 1인용 책상과 등받이가 없는 의자가 놓여 있었다. 책상 위에 있던 서류를 히메노 선생님이 치워줘서 그 자리에 앉아 빵을 입에 물었다. 긴 테이블에 앉은 아이들은 나를 신경 쓰지 않고 조용히 식사를 계속했지만 가끔씩 서로 대화를 나누거나 아주 살짝 웃기도 했다. 들판에서 노는 작은 새를 보는 것처럼 평화로운 광경이었다.

히메노 선생님은 훌쩍 밖으로 나가는가 싶더니 내가 빵을 다 먹을 때쯤 다시 훌쩍 돌아왔다.

"마키무라 선생님한테 '후카미는 양호실에 있다'고 전달했어. 여기 더 있어도 되고 수업 시작하면 반으로 돌아가도 되고, 편한 대로 해."

깜짝 놀랐다. 히메노 선생님과는 처음 대화를 하는 건데, 내가 4학년 3반 후카미라는 것을 어떻게 알았을까? 눈만 깜빡이고 있는데 선생님이 "실내화"라고 말했다. 아하, 그렇지. 실내화에 '4-3 후카미'라고 매직으로 써놨다.

하하하, 하고 히메노 선생님이 웃었다. 나도 따라 웃었다.

5교시가 시작한 뒤 용기를 내 교실로 돌아가 엄마한테는 말하지 말아달라고 부탁했지만, 그날 밤 마키무라 선생님에게 전화가 왔다. 엄마는 어쩔 줄 몰라 하며 수화기를 든 채 눈물을 글썽였다.

"따돌림 같은 건 아닙니다."

마키무라 선생님이 몇 번이고 반복해서 말했다.

"오카자키는 반에 빨리 적응하라고 후카미를 도와주려고 했을 뿐입니다. 하지만 너무 활발한 친구라서 후카미가 좀 놀란 것 같아요."

방과 후에 마키무라 선생님이 집요하게 캐물었지만 그저 "교실에서 급식을 먹고 싶지 않았어요"라고만 말했다. 아마도 오카자키한테도 이것저것 물어봤겠지. 나는 오카자키한테 유리하게 말하는 편이 나을 거라고 판단해 선수를 쳤다.

도중에 엄마는 나에게 전화를 바꿔주었고, 요약하자면 내가 원한다면 양호실에서 급식을 먹어도 좋다고 결론이 났다. 이유는 모르지만 마키무라 선생님은 계속 흥분한 상태였고, 그래서인지 전화를 끊고 나서는 완전히 지쳐버렸다.

아빠는 통화 내용이 무엇인지 엄마에게 묻고 나서는 화를 내기 시작했다.

"그 오카자키라는 놈이 때렸냐?"

"안 때렸어. 그냥 기분 나쁘게 할 뿐이야."

"뭘 어떻게 기분 나쁘게 하는데?"

"후카미가 아니라 후카비라고 부른다거나, 내가 좋아하는 이끼보고 곰팡이라고 했어."

부모님이 없을 때 아이들을 데려온 게 걸릴까 봐 나는 모호하게 말했다.

"그런 일로 이 난리야! 찌질하게!"

아빠가 식탁을 쾅, 하고 내리치자 국그릇 속 된장국이 출렁였다.

"어른 되면 그거보다 훨씬, 훨씬 힘든 일이 얼마나 많은데. 그 정도 가지고 기가 꺾여서 이 험한 세상을 어떻게 살려고 그래!"

이보다 훨씬, 훨씬 힘든 일이 많다니……. 힘이 쭉 빠져서 배가 고픈데도 젓가락을 움직일 기운이 나지 않았다. 엄마가 울음 섞인 목소리로 말했다.

"가즈야도 낯선 환경에서 최선을 다하고 있는 거야. 그렇게 뭐라고 하지 마. 수업은 다 하고, 급식 때만 그러는 거야. 그렇지, 가즈야?"

나는 눈물을 글썽이면서도 억지로 미소를 지으려고 노력했다. 그리고 힘차게 고개를 끄덕였다.

엄마, 미안해. 적응 잘 못 해서. 걱정 끼쳐서.

이사 온 뒤로 엄마가 진짜로 웃는 모습을 한 번도 본 적이 없었다.

다음 날 오카자키는 내게 한마디도 말을 걸지 않았다. 하지만 말을 걸어오지 않자 오히려 긴장이 됐다. 4교시가 끝났을 때는 오른팔이 뻣뻣하게 굳었다. 오카자키가 앉아 있는 쪽이었다.

급식 시간에 배식을 받아서 양호실로 향했다. 복도를 걸어가는데 왠지 모르게 마음이 가라앉았다.

아, 나는 지금 혼자서 한가운데에서 떨어져나간 거구나, 하고 생각했다. 길 한가운데에서 쫓겨나면 어떡하나 걱정했는데, 막상 길가로 벗어나 풀숲을 걸어가보니 별일 없었다. 지금쯤 교실에서 다들 내 흉을 보고 있겠지만, 그딴 건 전혀 아무렇지도 않았다. 유일하게 엄마를 생각하면 가슴이 따끔따끔거렸지만.

오늘 메뉴는 칠리콘가르네와 버섯스프, 식빵과 감자튀김이었다. 꼬르륵, 하고 배가 울렸다. 양호실에는 어제 봤던 여자아이 두 명이 긴 테이블에서 엄청 세밀한 색칠놀이를 하고 있었다. 이 아이들은 아침부터 계속 여기에 있었던 걸까?

학교를 쉬는 건지, 교실에 있는 건지 전에 본 남자아이는 없었다. 히메노 선생님은 파일이 잔뜩 꽂힌 책상에서 일을 하고 있었다. 나를 보더니 인사 대신 "어어" 하고 반응했다.

모르는 아이가 급식을 가져오더니 여자아이들 앞에 놓았다. 가져다준 거구나. 나머지 한 명도 같은 반의 누군가가 대신 가져다주겠지.

나는 창가 자리에 식판을 놓고 밖을 봤다. 아무도 없는 운동장에는 흙먼지 바람이 일고 있었다. 셔츠 밑에 숨겨둔 포켓용 이끼 도감을 꺼내 식판 옆에 두고 급식을 먹기 시작했다.

촤락, 하고 커튼을 여는 소리가 나서 뒤돌아보니 침대에서 누군가가 일어났다. 야마네 선생님이었다. 저기서 사람이 자고 있었다니, 생각도 못 했다.

"괜찮아?"

히메노 선생님이 말을 걸자, 야마네 선생님은 겸연쩍게 웃었다.

"괜찮은 것 같아요. 괜히 죄송합니다."

구겨진 폴로셔츠를 펴면서 야마네 선생님이 침대 밖으로 나왔다. 나와 눈이 마주치자 빙긋 웃었다.

야마네 선생님이 내게 다가왔다. 그리고 아주 부드럽고 친근한 말투로 물었다.

"이끼 책이네. 이끼, 좋아하니?"

나는 식빵을 우물우물 씹으면서 고개를 끄덕였다. 야마네 선생님은 "나도 엄청 좋아하거든" 하고 말하며 뭔가 회상하는 듯 눈을 감았다.

"비가 막 그쳤을 때 이끼가 젖어서 반짝반짝하는 모습이 환상적이라 푹 빠져서 바라보곤 하거든."

너무 감격해서 숨이 막혔다. 야마네 선생님도 그 광경을 본 적이 있구나. 나랑 화제를 맞추려고 억지로 하는 말이 아니었다.

"책, 봐도 되니?"

"네."

나는 신이 나서 실실 웃으면서도, 괜히 부끄러워서 감자튀김을 집어 먹었다.

"엄청 열심히 읽었구나. 이끼도 책도 분명 좋아할 거야."

야마네 선생님은 세심한 손길로 책장을 넘겼다.

나는 대답했다.

"전에 다니던 학교에서 이걸 보면서 친구들이랑 같이 찾아다니곤 했어요. 하지만 여기서는 곰팡이라고 그러더라고요. 그래서……."

슬퍼졌어요, 라고 말하려는 순간에 입을 다물었다. 선생님에게 고자질하면 일이 또 복잡해질지도 몰랐다. 하지만 야마네 선생님은 온화한 미소를 지으며 예상 밖의 말을 했다.

"곰팡이도 현미경으로 확대해서 보면 꽤 예쁘게 생겼어."

나는 감자튀김을 먹다가 멈췄다.

"정말요?"

"그럼. 인간이나 다른 동물을 곤란하게 하는 것도 있지만, 치즈를 맛있게 하거나 약이 되어 병을 고쳐주기도 하거든."

충격이었다. 곰팡이를 잘 알지도 못하면서 이제껏 싫어했다. 완전히 해만 끼치는 존재라고 생각해왔던 것이다. 그럼 나도 오카자키와 다를 게 없잖아.

야마네 선생님은 책을 돌려주며 "고마워" 하고 말했다. 얼굴이 좀 피곤해 보였다.

"몸이 안 좋으세요?"

내가 묻자 야마네 선생님이 힘없이 답했다.

"조금. 잘 자지도 잘 먹지도 못하게 되고 말았거든."

웃는 얼굴이 왠지 애처롭게 보였다.

"그럼 다음에도 또 책 보여줘."

야마네 선생님이 말하고는 히메노 선생님에게 인사를 하고 양호실을 나갔다. 왜 내가 양호실에서 급식을 먹는지 야마네 선생님도 묻지 않았다. 양호실은 이상한 곳이었다.

급식을 다 먹고 양호실을 나와 도서실로 향했다. 점심시간 도서실에는 사서 선생님 한 분이랑 앉아서 책을 보는 상급생 몇 명이 전부였다.

곰팡이 도감은 한 권 뿐이었다. 곰팡이 도감을 빌려 포켓용 이끼 도감과 함께 배에 숨기고 교실로 돌아갔다.

절대로 누구에게도 들키지 않도록.

토요일 오후, 또 그 신사로 가봤다. 미쿠지를 만나고 싶어서였다.

신사 안을 한참 걸어다녔다. 아래쪽 참배당도, 계단 위도. 신사가 잡나무숲과 이어져 있다는 사실을 알아차리고 가슴이 두근두근 뛰었다. 돌 비석과 나무줄기 여기저기에 아름다운 이끼가 자라고 있었다. 작은 연못도 있었는데 주변에 깔린 포장석에 새우이끼가 폭신폭신하게 밀집해 있었다.

쪼그려 앉아 이끼를 쓰다듬었다. 이렇게 하면 이끼랑 친해진 느낌이 들었다. 정말인지는 모르지만 쓰다듬어주면 싹이나 잎이 자라는 데 도움이 된다고 포켓 도감에서 읽은 적이 있었다.

결국 반주자는 마쓰자카로 결정됐다. 음악회까지 남은 시간이 충분해서 그동안 건초염이 나을 거라고 생각해 나선 것이다.

학교에서 돌아오는 길에 마쓰자카가 여자아이들이랑 이야기하는 것을 들었다. 애초에 건초염이 심한 건 아니었는데 하기 싫어서 한 번 거절했을 뿐이라고 말했다.

"오카자키가 억지로 밀어붙이잖아, 엔도는 울어버렸고. 분위기가 나빠지는 것도 짜증 나고, 자유곡이 〈날개를 주세요〉라고 해서 그거면 칠 수 있을 것 같더라고. 그래서 하겠다고 했어."

마쓰자카도 오카자키랑은 다른 종류의 한가운데에 서 있었다. 다시 말해 '중립'. 자신이 껴서 균형을 잡으려고 하는 것이다. 나도 아빠와 엄마 사이의 한가운데에서 가족을 화목하게 만들 수 있을까? 물론 자신은 없지만.

이제 보물찾기는 질렸다. 그냥 미쿠지랑 놀고 싶을 뿐이었다. 그 또랑또랑한 눈망울로 나를 쳐다봐준다면, 혹은 부드러운 털을 쓰다듬을 수만 있다면, 마음이 편안해질 것 같았다.

하지만 미쿠지는 만날 수 없었다. 하얀 비닐봉지를 든 할아버지 한 분이 내 뒤를 지나갔을 뿐이었다.

한 주가 지난 월요일 아침, 공지사항이 적힌 안내문을 받았다.

"야마네 선생님이 퇴직하시게 되었습니다."

마키무라 선생님이 말하자 교실 안이 술렁였다. 안내문은 보호자에게 알리는 공지사항으로 야마네 선생님이 건강 문제로 학교를 그만두게 되었고, 2반은 부담임 선생님이 담임을 맡게 되었다고 적혀 있었다.

"갑작스럽게 정해진 일이라 인사도 제대로 못 하셨다고 야마네 선생님께서 아쉬워하셨어요."

서둘러 사실만 전달한 마키무라 선생님은 소풍으로 화제를 옮겼다. 오카자키가 뒤로 돌아 실실 웃으며 데즈카에게 말했다.

"멘헤라*야, 야마네."

데즈카가 "그래?" 하고 맞장구를 쳤다.

"약 엄청 먹고 병원에 실려 갔다는대? 우리 엄마 학부모회 간부잖아. 확실한 정보야."

"헐, 장난 아닌데?"

데즈카가 흥분한 말투로 말하더니 쿡쿡, 하고 웃었다.

또 강렬한 분노가 치솟았다. 왜 이런 일을 신나서 이야기하는 거야? 전혀 이해가 가지 않았다.

---

* '멘털 헬스(Mental Health)'를 일본식으로 줄인 '멘헤루'에 '~하는 사람(~er)'을 붙인 말로, 정신 건강에 문제 있는 사람을 속되게 부르는 말이다.

그런데 야마네 선생님은 어떻게 된 걸까? 구급차에 실려 갈 정도로 위험했다면 지금은 어떤 상태인 걸까? 야마네 선생님의 창백한 얼굴이 떠올랐다.

1교시가 끝나고 교실을 나서는 마키무라 선생님을 쫓아갔다.

"선생님."

마키무라 선생님이 당황한 표정으로 나를 보더니 곧 "왜 그러니?" 하고 기상 캐스터처럼 따뜻한 미소를 지었다.

"야마네 선생님은 지금 어떤 상태죠?"

"아!"

내게서 시선을 피하더니 마키무라 선생님이 머뭇거렸다.

"입원하신 모양이야, 자세히는 모르지만."

더 이상의 질문은 피하고 싶었는지, 선생님은 밝은 태도로 화제를 돌렸다.

"그보다 후카미, 양호실에서 급식은 잘 챙겨 먹고 있니? 다른 곤란한 일이 있으면 선생님한테……."

"선생님."

"응?"

마키무라 선생님은 꽃처럼 예쁘지만, 왠지 부자연스러운 듯한 미소를 지으며 고개를 갸웃했다.

"멘헤라가 무슨 말이에요?"

선생님의 얼굴에서 꽃잎이 팔랑팔랑 떨어져 내린 것처럼 표정이 굳어졌다.

"……마음이 병들었다고 해야 할까."

그날 학교가 끝나고 신사로 향했다. 하굣길에 딴 데로 새면 안 된다는 사실을 알고 있었지만, 한시라도 빨리 미쿠지를 만나고 싶었다. 내 기분을 알아주는 건 미쿠지밖에 없다는 생각이 들었다.

책가방을 멘 채로 신사 안을 돌아다녔다.

"미쿠지!"

신사 안에 다른 사람이 없어서 큰 소리로 불렀다.

하지만 미쿠지는 모습을 드러내지 않았다.

"어디 있는 거야……."

미쿠지와 만났던 빨간 벤치에 털썩 주저앉아 머리를 감싸쥐었다. 한가운데.

나한테는 너무 어려운 것 같아, 미쿠지.

마음이 병든 사람들이란, 온 힘을 다해 노력하는 사람을 비웃거나 누군가가 소중하게 여기는 무언가를 함부로 대하는 사람들이라고 생각해.

야마네 선생님은 내가 가지고 있던 도감이 낡은 이유가 그만큼 소중하게 여겨서라는 사실을 바로 알아주었다. 자연 속에서 빛나는 이끼의 아름다움도 정확히 알고 있었다. 야마네 선생님의 마음은 병들지 않았다. 어느 누구보다도 건강하고 아름다웠다.

왜 야마네 선생님이 약을 잔뜩 먹어야만 하는 건데? 왜 학교를 그만두어야만 하는 건데? 왜 한가운데에서 튕겨 나가야 하는 건데?

팔랑, 하고 잎사귀가 한 장 떨어졌다. 잎사귀를 주워 들고 나무 위를 보니 미쿠지가 있었다. 그 황금색 눈동자로 나를 쳐다봤다.

"미쿠지!"

나는 벌떡 일어섰다. 미쿠지다. 미쿠지, 보고 싶었어!

미쿠지는 능숙하게 줄기를 타고 나뭇가지 위에서 스르륵 내려왔다. 화려한 퍼포먼스를 보는 것 같았다.

검은 몸, 하얀 발, 엉덩이의 별. 미쿠지가 가까이 다가와 내 다리에 몸을 비볐다. 미쿠지를 쓰다듬으려고 손을 뻗다가 나뭇잎을 들고 있다는 사실을 깨달았다. 잎사귀에는 아무 글씨도 적혀 있지 않았다. 그냥 저절로 떨어진 것인지도 몰랐다. 잎사귀를 바지 주머니에 넣고 미쿠지를 안아 올린 채 벤치에 앉았다.

내 가슴 언저리에 미쿠지 머리가 놓였다. 세모꼴 귀가 아래로 처졌다. 손으로 볼에서 등줄기까지 쓰다듬자 미쿠지가 내 왼팔에 두 앞발을 얹은 채 눈을 감았다. 두근두근, 하고 시계처럼 규칙적으로 가슴이 뛰었다. 윤기가 흐르는 털이 난 등에 얼굴을 묻자 나무 향이 났다.

"야마네 선생님이 학교를 그만두셨어."

미쿠지의 등에 얼굴을 묻은 채 말했다.

"이제 막 곰팡이의 아름다움을 선생님께 배웠는데 말이야. 야마네 선생님과 이야기 나누고 싶은 게 잔뜩 있었는데……."

미쿠지는 내 가슴에 머리를 세게 비벼댄 뒤 꼬리를 곧게 세운 채 무릎에서 내려왔다. 안겨 있기 지겨웠나, 하고 생각하는데 미쿠지가 바지 주머니에서 튀어나온 잎사귀 끄트머리를 쏙 물었다.

"어? 이 잎사귀에도 뭐라고 적혀 있었던 거야?"

미쿠지는 입에 문 잎사귀를 내게 내밀었다. 눈을 부릅뜨고 잎사귀를 자세히 살펴봤다.

하지만 역시 아무 말도 적혀 있지 않았다.

미쿠지는 다시 한번 나를 지긋이 쳐다봤다. 나도 얼굴을 미쿠지에게 가까이 가져갔다. 그러자 미쿠지는 역삼각형의 작은 코를 내 코에 쪽, 하고 가져다 댔다. 아주 짧은 순간 벌어진 일이었지만, 기분이 붕 떠오르고 온몸이 포근포근해지는 느낌이었다.

멍하니 있는 사이 미쿠지는 통, 하고 벤치에서 내려갔다. 그리고 2미터 정도 걸어간 뒤 나를 한 번 뒤돌아보았고, 이어서 별똥별처럼 사라져버렸다.

벤치에 혼자 남은 나는 또 쓸쓸하고 외로운 기분에 빠졌다.

미쿠지, 가버렸네.

아무것도 적혀 있지 않은 잎사귀. 이건 뭘 의미하는 걸까.

"아이고, 안녕하세요."

데미즈야 너머에 있는 집처럼 생긴 곳에서 청소하는 아저씨가 나타났다. 오늘은 목에 수건을 걸고 양동이를 들고 있었다. 내가 앉은 벤치까지 걸어와 양동이를 내려놓고 "아직도 이 시간대는 많이 덥네요" 하고 수건으로 얼굴을 훔쳤다.

"미쿠지가 방금 또 잎사귀를 주었어요."

내가 말하자 아저씨가 "네에에에에?" 하고 깜짝 놀라 소리를 질렀다.

"미쿠지를 또 만났나요? 세상에 이런 일이, 두 번 만나다니! 천 년에 한 번 있을까 말까 한 일인데!"

"하지만 아무 말도 안 쓰여 있었어요. 제 코에 자기 코를 가져다 대더니 바로 사라져버렸어요."

"코뽀뽀까지! 좋겠다아~"

아저씨는 두 손으로 입을 틀어막고 부러운 듯 몸을 비비 꼬았다. 나는 잎사귀를 내밀었다.

"이거 엽서나무 잎사귀 맞죠?"

"잘 알고 있네요. 맞아요. 정식 명칭은 다라수지만 우체국에

심어져 있어서 그렇게 부르는 사람도 있지요."

"전에 다니던 학교에서 이 잎사귀를 받았는데 할머니에게 엽서로 보냈던 적이……."

갑자기 앗, 하고 생각이 떠올랐다.

엽서나무 잎사귀. 편지로 쓸 수 있는 잎사귀.

"나중에 또 올게요! 고맙습니다!"

나는 벤치에서 일어나 아저씨에게 인사한 뒤 뛰어갔다.

야마네 선생님께.

저도 곰팡이 도감 봤습니다. 곰팡이가 페니실린이라는 약이 되어 사람 목숨을 구했고, 가다랑어포 만들 때도 도움이 된다는 걸 알고 놀랐습니다. 곰팡이는 해로운 점만 있는 게 아니라 굉장히 좋은 점도 있다는 사실을 알게 되어서 기뻤습니다. 가르쳐주셔서 고맙습니다.

— 후카미 가즈야 드림

잎사귀 뒤에 컴퍼스 침으로 편지를 쓰고 다음 날 급식 시간에 히메노 선생님을 찾아갔다. 야마네 선생님에게 보내고 싶다고 말하자, 히메노 선생님이 "알았어. 내가 꼭 전해줄게" 하고 맡아주었다.

더 전하고 싶은 말이 남았지만 손바닥만 한 잎사귀에 작은 글씨가 빼곡히 차서 더 적을 데가 없었다.

"다라수 잎에 편지를 쓰다니, 운치 있고 좋네."

히메노 선생님이 말했다.

"미쿠지라는 고양이가 알려줬어요."

"고양이?"

내가 이끼 도감에 끼워둔, 미쿠지가 처음 줬던 잎사귀를 꺼내 히메노 선생님에게 보여줬다.

"여기에 한가운데라고 적혀 있잖아요?"

히메노 선생님이 뭐라고 말하려다가 바로 입을 다물고 고개를 끄덕였다.

"그렇네, 적혀 있네."

"이건요, 제게 주어진 계시의 말씀이래요. 그래서 계속 한가운데로 가려면 어떻게 해야 좋을지 생각해봤는데 아무리 노력해도 잘 모르겠어요. 저는 구석이 딱 좋은 것 같아요. 이끼도 그렇잖아요? 도로 가장자리나 콘크리트 틈새나 화단 구석 같은 데서 자라잖아요. 전 한가운데에 있으면 너무 피곤해요."

히메노 선생님은 "응" 하고 대답했다. 그 소리는 긍정하는 '응'이 아니라 뭔가 의문을 품고 잠시 생각하는 듯한 소리였다.

"도로 가장자리가 구석이라고 느끼는 건 사람밖에 없지 않을까? 이끼는 자기가 지구의 중심이라고 생각하며 살지도 모르잖아."

쿵, 하고 무언가가 마음 깊은 곳에 착지했다. 미쿠지가 벤치에서 내려갈 때처럼.

그래. 이끼는 항상 한가운데에 있어.

내 안의 한가운데, 그게 이 세상의 한가운데야.

점심시간이 곧 끝날 것 같았다. 교실에 돌아가려고 복도를 걸어가는데 다른 교실에서 피아노 소리가 들려왔다.

음악실로 가봤다. 살짝 안을 들여다보니 엔도가 혼자서 피아노를 치고 있었다. 아주 매끄럽고 깔끔한 연주였다. 엔도는 신나게 손가락을 움직였다.

너무나 완벽한 연주여서 다 쳤을 때 나도 모르게 박수를 치고 말았다. 엔도가 깜짝 놀라 고개를 들었다. 그리고 미소를 지었다.

"엄청 잘 친다. 감동했어."

내가 말하자 엔도가 일어나 치맛자락을 펼치며 인사를 했다.

"피아노 정말 좋아해. 하지만 많은 사람 앞에서 치는 건 싫어. 나는 그냥 피아노가 좋은 건데…… 칠 줄 알면서 반주를 거절하는 거, 너무 이기적인 걸까?"

나는 힘차게 고개를 가로저었다.

왜냐하면 내가 방금 본 엔도는 피아노가 좋다, 라는 기분 한가운데에서 연주했으니까. 혹시라도 엔도가 억지로 반주를 맡았다면 좋다, 라는 기분은 구석으로 가버릴 거야, 분명히.

240

나흘 뒤, 히메노 선생님에게 하얀 봉투를 받았다. 야마네 선생님이 보낸 것이었다.

"벌써 퇴원했대. 본가인 야마가타로 돌아간다고 하시네."

히메노 선생님은 내게 말하고는 4학년 3반 교실에서 나갔다. 점심시간에 일부러 내가 있는 곳까지 편지를 전하러 오신 것이다.

남자아이 대부분이 운동장으로 나가 노는 중이었다. 여자아이들은 교실 구석에 모여서 수다를 떨고 있었다.

내 자리에 놓인 봉투를 살짝 열었다. 안에는 봉투와 같은 하얀색 수수한 편지지가 들어 있었고, 꼼꼼하고 세심하게 글자가 적혀 있었다.

후카미 가즈야에게.

잎사귀 편지를 보내주다니, 정말 고마워요. 참으로, 참으로 기뻤어요.

곰팡이 도감을 봤군요. 가즈야가 말한 대로 곰팡이가 꼭 나쁘지는 않아서 인간 편이 되어 훌륭히 힘을 발휘하기도 합니다. 하지만 곰팡이는 인간에게 고마워하라고 말하지 않고, 반대로 곤란하게 만들어주겠다고 생각하거나, 민폐를 끼쳐 미안하다고 말하는 일도 없습니다. 곰팡이는 그저 곰팡이답게 살 뿐입니다. 이것이 자연의 가장 위대한 부분이라고 생각합니다.

지구에게 가장 악한 존재는 인간이라고 생각하는 사람도 있습니다. 환경을 생각하면 가장 먼저 인간을 멸망시켜야 한다고 생각하는 사람도 있습니다. 그런 생각도 부정하기 어렵지만, 인간도 나름대로 지구를 위해 무언가 공헌하고 있는 게 아닌가 생각합니다. 어쩌면 지구가 조금씩 변화하는 가운데 인간이 정말로 역할을 다 마쳐서 도태되는 때가 올지도 모르지만 적어도 지금 이곳에 존재하는 이유가 있는 게 아닐까 하고. 왜냐하면 우리 인간도 자연의 일부니까요.

예를 들어 가즈야가 이끼가 참으로 훌륭하다고 감동하거나 "곰팡이는 기분 나쁜 점만 있는 게 아니라 굉장한 점도 있다는 사실"을 알게 된 게 지구에게도 의의 있는 진화 중의 하나라고 생각합니다. 그런 마음이 어떤 형태로든 지구를 돕는 미래로 이어지는 게 아닐까요. 그러니 앞으로도 잘 모르는 일을 더 많이 알고 싶다고 두근두근 설레거나, 좋아하는 것을 좋아한다고 느끼는 솔직한 감정을 소중히 지켜주기를 바랍니다.

갑자기 학교를 그만두게 되어서 미안해요. 남들이 바라는 대로, 남들이 요구하는 대로 따라가다 보니, 결국에는 원래 제가 바라던 모습이 무엇이었는지 모르게 됐습니다.

하지만 가즈야가 편지를 보내주어서 이렇게 답장을 쓰는 동안 생각난 것이 있습니다. 저는 아이들과 이런 식으로 이야기하고 싶어서 선생님이 되려고 했다는 것을요.

정말 고마워요. 앞으로 나답게 살 수 있는 일을 찾아볼까 합니다.

잘 지내요. 가즈야를 절대 잊지 않을게요.

—야마네 다다시 보냄

이 편지를 세 번 반복해서 읽은 뒤 이끼 도감에 소중히 끼워 두었다. 계시받은 말씀의 잎사귀와 함께.

아직 점심시간이 되려면 시간이 좀 남았다. 도서실에서 새로 빌려 온 책을 사물함에서 꺼내 책상 위에 펼쳤다.

히메노 선생님에게 잎사귀 편지를 맡긴 다음 날부터 교실에서 급식을 먹게 되었다. 부담스러운 일이 있으면 언제든 양호실로 가면 된다고 생각하니 마음이 단단해졌다.

구몬에는 가지 않았다. 엄마한테는 "학교 수업 제대로 듣고 있으니까 괜찮아"라고 말했다. 그 대신 일요일에 식물원에서 하는 고케다마* 만들기 전단지를 엄마에게 보여줬다. 마을회관 이벤트 코너에 놓여 있었다. 같이 만들자고 하자 엄마가 오랜만에 기뻐하며 웃었다.

종이 울렸다. 책을 사물함에 넣으려고 자리에서 일어났다. 그때 오카자키가 돌아왔다.

"으악, 후카비가 세균 책 본다!"

나는 무시하고 사물함으로 향했다. 옆구리에 끼고 있는 세

* 수태볼. 화분용 흙으로 식물 뿌리를 둥글게 감싸고 겉을 이끼로 감싸 철사로 고정한 인테리어용 원예.

균 도감에는 드라마틱한 것들이 잔뜩 적혀 있었다. 그렇게 기분 나빠하지 않아도 돼. 오카자키 네 배 속에도 몇억 마리나 살고 있고, 지금 이 순간에도 엄청난 활약을 보이고 있다고.

내가 아무런 반응도 보이지 않는 게 마음에 들지 않았는지 오카자키가 거칠게 말했다.

"야, 후카비! 생까지 마!"

나는 후카비가 아니야. 그러니 대꾸할 필요도 없지.

"야!"

오카자키가 내 팔을 잡아당겼다.

나는 침착한 목소리로 말했다.

"뭐?"

눈에 힘을 주고 정면으로 오카자키를 노려봤다. 오카자키의 한가운데를 똑바로.

고개를 숙이고 웅크리고 있을 때는 엄청 높은 데에 있다고 느꼈던 오카자키의 시선이 내 시선이랑 비슷한 높이에 있었다. 오카자키는 갑자기 허둥대며 눈길을 피하고는 "아무것도 아냐" 하고 내 팔을 놓았다.

이렇게 마주 서서 똑바로 바라보니 오카자키는 생각했던 것만큼 크지 않았다.

여섯 번째 잎사귀

|

스페이스

9월 초순이었지만 햇살은 아직도 따가웠다.

2시에 유치원이 끝나는 아이를 데리러 가기 위해 준비를 시작했다. 태양이 세차게 내리쬐는 시간대에 밖으로 나가려면 한층 더 준비에 힘을 기울여야 했다.

양산에 선글라스, 긴 팔 셔츠에 청바지를 입고 거리를 걷고 있는데 뒤에서 "지사키" 하고 누군가 말을 걸었다. 뒤를 돌아볼 새도 없이 내 곁으로 다가온 리호의 웃는 얼굴이 보였다.

"완벽 방어네."

리호는 밝은 노란색 티셔츠에 크롭팬츠를 입고 있었다. 내추럴 메이크업을 한 피부는 매끈하고 하얗다.

리호는 아들 유와 동갑내기인 유치원 친구 기라라의 엄마다. 나보다 열 살이나 어리지만 처음 만났을 때부터 바로 "지사키" 하고 불렀다. 유의 친구 엄마들 중 내향적이고 낯을 많이 가리는 나를 이름으로 부르는 사람은 리호밖에 없었다.*

집에서 걸어서 겨우 15분밖에 안 걸리는 유치원에 아이를 데리러 가는데 이렇게까지 자외선을 차단하는 게 유난스러울지도 모른다. 하지만 올여름에 광대 언저리에 작은 기미가 한꺼번에 다닥다닥 생겨서 공포에 떨었던 내 마음을 스물여섯 살인 리호가 아직 알 리 없었다.

"참, 지사키, 신경통은 좀 어때?"

"아, 응. 괜찮아."

가끔씩 왼쪽 갈비뼈가 아픈 게 걱정되어서 병원에 가봤더니 늑간신경통이라는 진단을 받았다. 스트레스나 피로, 안 좋은 자세를 주의하라는 말을 들었지만, 뭘 어떻게 주의하라는 건지 알 수가 없었다. 그런데 콕 집어서 '신경통'이라는 말을 듣고 나니까 나이 든 기분이 들었다. 리호도 일부러 '늑간'이라는 말을 안 붙였나, 하는 우울한 생각을 달래며 어젯밤 텔레비전 드라마로 화제를 돌렸다. 리호가 엄청 좋아하는 배우가 출연해서 그런지 바로 화제로 뛰어들었다.

---

* 일본은 아무리 친해도 성으로 서로를 부르는 관습이 있어서 이름으로 부르는 것은 가족끼리나 정말 친한 사이에서만 가능하다.

유치원에 도착하자 벌써 수업을 마친 아이들 몇 명이 놀이터에서 놀고 있었다.

유치원 건물 안에서는 유와 기라라가 퍼즐놀이 중이었다. "가자~" 하고 말하며 리호가 사물함에서 기라라의 유치원 가방을 꺼내 지퍼를 열었다.

알림장 주머니에는 선생님과 학부형이 아이의 상태를 매일매일 적으며 정보를 주고받는 알림장이 들어 있었다. 나는 꾹 참았다가 집에 가서 읽는 게 좋은데, 리호는 대개 마중 갔을 때 읽어버렸다. 무슨 일이 있으면 그 자리에서 바로 선생님과 이야기를 나누는 게 가능하기 때문이라고 했다.

알림장과 함께 동봉된 프린트물을 펼친 리호가 "귀여워~" 하고 말했다. 내가 속한 홍보반이 만든 '해바라기 소식통'이었다.

유가 다니는 유치원에서는 학부형 모두가 어떤 반이든 들어가서 활동하는 게 의무라서 나는 올해 홍보반에 들어갔다. 한 달에 몇 번씩 모여서 유치원 이벤트나 설문조사 결과, 생활의 지혜 같은 정보를 B4 용지 한 장에 정리했다. 매달 발행하기 때문에 의외로 일이 많았다.

달을 올려다보는 토끼 일러스트레이션을 가리키며 리호가 말했다.

"이거 지사키가 그린 거 맞지? 언제 봐도 진짜 잘 그린다니까."

"잘 그리긴."

내가 말하자 리호가 "진짜야" 하고 토끼를 바라봤다.

"지사키는 아예 일러스트레이터나 만화가가 됐으면 좋았을 텐데."

리호가 구김살 없이 환히 웃었다.

가는 바늘로 찌르는 것처럼 가슴이 따끔했다. 그 사실에 놀라 당황하는 사이 유가 타바타박 달려왔다.

"엄마, 오늘 나 도시락 제일 빨리 먹었다아."

"진짜? 우리 아들 최고네."

나를 올려다보는 유의 이마에 땀이 배어 있었다. 유의 눈높이에 맞춰 무릎을 꿇고 앉아 손가락으로 유의 이마를 살짝 훔쳤다.

저녁식사 설거지를 끝내고 소파에 드러누웠다. 유는 자고 있었고, 남편 다카시는 회식에서 아직 돌아오지 않았다.

만화가가 됐으면 좋았을 텐데. 리호의 말이 가슴 깊이 박혀서 집으로 와서도 계속 잊히지가 않았다. 그 말은 만화가가 이제는 되지 못하리라는 것을 전제로 했다. "만화가가 되면 정말 좋을 텐데"라고 말한 게 아니었다.

악의가 있어서 그런 것은 아니었다. 리호가 보기에 다 큰 어른이 이제 와서 어떤 새로운 일에 도전한다는 것은 불가능하다고 생각했을 테니까.

누구한테도 말한 적이 없지만 나는 십대 때부터 계속 만화가가 되는 것을 목표로 신인상에 투고해왔다.

결과는 당연히 좋지 않았다. 이십대 중반에 『추추』라는 소녀 만화 잡지에서 노력상을 받은 것이 전부였다.

그래도 그때는 정말 기분이 좋았다. 투고자에게는 신 같은 존재인 '편집자님'이 내 만화를 인정해주었으니까.

'그림체가 눈길을 뗄 수 없을 정도로 매력적이기는 하나 스토리에 독창성이 부족하다' 그 한 줄의 멘트만 있었다. 독창성을 갖추려면 어떻게 해야 좋을지 몰랐지만 '눈을 뗄 수 없는 매력'이라는 말에 도취되었다.

결혼 전에는 3개월마다 투고했는데, 결혼하고 나서는 반년에 한 번이 되었고, 유가 태어나고 나서는 원고 진행 자체가 어려웠다. 2년이나 걸려 완성한 원고가 떨어진 뒤로는 콘티 한 장 그린 적이 없었다.

내가 스스로에게 깜짝 놀란 점은 리호의 말에 그렇게나 상처를 받았다는 것이었다. 페이드아웃 되듯 사라지던 꿈이 아직 전혀 사라지지 않았구나, 하고 확신했기 때문이다.

지난달에 만 35세가 되었다.

행복하냐고 물으면 행복하다고 해야 할 것 같았다. 다카시는 눈치가 없기는 해도 진지한 사람이고, 유는 내게 세상에서 가장 예쁜 아들이다. 그래서 집안일만 잘하면 되고, 고민거리라고 해봤자 유치원 학부모들이나 시부모와 문제없이 어떻게 지낼 것인가와 하루하루 장보기를 어떻게 할 것인가와 동네 사람들과 편하게 지내려면 어떻게 해야 할 것인가…… 라고 주위에서 생각해도 어쩔 수 없다.

하지만 실은 오래전부터 내 마음속 어딘가에 맴돌고 있다는 사실을 깨닫고 있었다. 만화가라는 꿈을 이루지 못했다는 사실에서 눈을 돌리려고, 곱씹지 않으려고 노력했을 뿐이다.

소파에서 일어나 서랍장 가장 아래쪽 단을 열었다.

숨겨놓은 만화용 그림 도구가 한 세트 들어 있었다. 켄트지, 잉크, 화이트, 스크린 톤, 펜촉 그리고 펜대.

펜대를 하나 꺼내 들었다. 흑백 투톤 펜대. 이것이 내게 '만화기의 꿈'의 시자이자 상징이었다.

고등학교 2학년 때 용돈을 모아 처음으로 산 만화용 도구였다. 도서관에서 빌린 『소녀만화 입문』이라는 책을 참고해서, 스푼펜과 G펜 펜촉을 사 모으자 훨씬 만화가다운 구성이 완성되었다. 처음으로 손에 잡은 펜촉은 성스러운 기분마저 들었고, 이것만 있으면 뭐든 다 잘 그릴 수 있을 것만 같았다. 그 뒤로 펜대를 몇 번이나 갈아치웠지만 역시 이게 가장 손에 익었다. 몇 번이고 절망에 빠져 그만두고 싶어졌을 때에도 이 펜대만 손에 쥐면 처음으로 펜선을 넣을 때가 생각나서 열심히 할 수 있었다.

하지만 지금은 전혀 노력하고 있지 않았다. 육아와 잡다한 일을 매일 한다는 핑계로 눈 깜빡할 사이에 흘러가버리고 만 시간을 억지웃음을 지으며 받아들이고 있었다.

결국 재능이 없는 것이다. 하지만 결국 이 말조차도 변명인지 모른다.

꿈을 여태까지 품고 산다고 달라지는 것도 없는데, 깔끔하게 포기해버리면 얼마나 마음이 편할까?

결단을 내릴 때가 온 걸까? 하고 생각했다. 만 35세, 딱 맞아떨어지는 나이가 아닌가? 앞으로 남은 인생을 낭비하지 않고 살아야 한다. 시간도 노력도 엉뚱한 데 쓰지 않고……. 역시 현명한 판단이라는 생각이 들었다.

그래, 정리하자. 꿈 따위 버려버리자. 가능성도 없으면서 펜대 같은 거 소중히 해봤자 소용없으니, 한시라도 빨리 싹 다 버려버리자. 그러면 사람들의 말에 일일이 상처받는 연약한 나 자신과도 영원히 작별할 수 있을 거야. 이런 괴로운 마음을 안고 살지 않아도 돼. 그렇잖아? 유치원 소식지에 일러스트레이션을 그리는 걸로 충분하잖아? 그 그림을 보고 사람들이 '잘 그리네'라고 칭찬해주는 것으로 충분하잖아? 행복하잖아? 지금 이대로도 행복하니까, 더 많이 바란다면 천벌받을걸?

그래, 버리자.

펜대를 쓰레기통에 넣으려고 손을 치켜들다가 잠깐 멈췄다.

코 푼 휴지와 함께 버리기는 좀 그렇지? 그럼, 보자기에 싸서 쓰레기수거장으로 가져갈까?

하지만 상상만 해도 소름이 끼쳤다. 바퀴벌레가 기어다니고 동네 사람들이 버린 음식물 쓰레기 냄새가 나는 쓰레기수거장에 덜렁 버리고 올 수는 없었다.

쓰레기는 아니니까. 그냥 손을 놓는 거지, 버리는 게 아니니까. 내 꿈이 이렇게나 처리하기 곤란한 것이었나? 가지고 있는 것도 버리는 것도 괴로운 일일 줄이야. 어디에도 둘 곳 없는 이 펜대는 만화를 향한 내 마음과 같은 처지였다.

다음 날, 점심시간이 지난 시간에 홍보반 모임이 있었다.

모임이 끝나고 아이를 픽업해서 집에 갈 수 있도록 항상 한 시간 정도 끽각 활동실에 모이는 시스템이었다.

"10월호에는 운동회에서 지켜야 할 주의사항이 들어가야겠죠? '리빙 포인트' 칼럼 테마는 계절 옷 정리로 결정. 그리고 '바른 식생활 교육' 관련 설문조사랑 원장 선생님 인터뷰."

반장 소에지마 씨가 회의를 착착 진행시켰다. 좀 엄격한 사람이지만 덕분에 항상 회의가 순조롭다.

"시바우라 씨, 일러스트레이션 이번에도 부탁해요. 운동회 스러운 걸로."

나는 바로 "네" 하고 고개를 끄덕였다. 소에지마 씨는 빠른 템

포로 회의를 진행했다.

"운동회 기사는 제가 쓸 테니까, 옷 정리 칼럼은 데루야 파파 한테 부탁해도 되죠?"

"맡겨만 주세요."

다쿠미 아버지의 미소를 확인하고 나서 소에지마 씨가 입가에 웃음을 띠었다.

다쿠미 집은 아이 엄마가 회사에 다니고, 아이 아빠인 데루 씨가 주부이다. 호감을 주는 외모인 데다, 누구에게나 친절하게 대해 유치원 엄마들 사이에서 인기가 많다. 다쿠미는 "아빠"하고 부르는데도 유치원 엄마들은 애칭으로 '데루야 파파'라고 불렀다.

여자밖에 없는 모임에 남자가 한 명 있는 것만으로 활기가 돌았다. 다쿠미가 유치원에 들어와 데루가 드나들기 시작하면서부터 마중 나오는 엄마들이 멋을 부리기 시작했다고 원장 선생님이 웃으면서 말한 적이 있었다. 나라고 해서 예외는 아니었다. 평소에는 그렇게 의식하지 않지만 이렇게 반 활동을 하는 날에는 살짝 멋을 부렸다. 머리를 땋아보기도 하고, 마음에 드는 하늘색 치마를 입는 정도지만.

다쿠미 엄마는 광고기획사에서 일하는 커리어우먼이다. 여름방학 하기 전에 웬일로 아이 엄마가 마중을 나온 적이 있었는데 주위 분위기와 영 어울리지 않는 정장 차림이 상당히 눈에 거슬렸다. 어깨에 메고 있는 숄더백을 보고 "버킨이네요, 저거" 하고 소에지마 씨가 알려주었지만 정작 나는 숄더백보다는 어쩜 저렇게 무릎이 깨끗할 수 있는지 깜짝 놀랐다. 딱 달라붙는 치마 아래로 보일락 말락 하는 작은 언덕에는 얼룩 한 점 없었다.

아이를 키우면서 충격받았던 것 중 하나가 '나도 모르게 무릎이 새까맣게 변했다'라는 점이다. 아이를 돌보다 보면 바닥에 무릎을 대고 있을 때가 많았다. 그래서 굳은살이 생기고 까맣게 변색되는 것이다. 비누 거품으로 여러 번 문질러도 절대로 지워지지 않아서 충격이었다.

다쿠미 엄마는 아마도 나와 나이 차이가 별로 나지 않을 것이다. 그런데도 이렇게 다를 수가 있을까? 아직도 직장에서 활약하면서 어디 하나 흠 잡을 수 없이 깔끔하고 예쁘면 열등감은 전혀 느껴지지 않을 것이다. 데루 같은 남자와 결혼할 수 있었던 것도 아마 실력이 있어서겠지.

'해바라기 통신문' 10월호 회의에서는 그 외에도 바른 식사 생활에 관한 설문조사를 진행할 사람, 원장 선생님에게 인터뷰할 사람 등을 정한 뒤 모임을 마무리 지었다.

자리에 남아 잡담을 하는데 화제가 시치고산(七伍三)*으로 넘어갔다. 유나 다쿠미는 올해 만 5세라 시치고산이다. 소에지마 씨가 "루루는 세 살 때 스튜디오에서 사진 찍고 신사 가서 기도 했었어" 하고 말했다.

"어느 신사에서?"

옆에 있던 엄마가 물었다.

"녹지공원 옆에 있는 신사. 국도변에 구몬 있는 낡은 건물 있잖아? 거기 옆에 샛길로 들어가면 작은 신사가 있어. 의외로 사람이 많더라고. 가려면 예약하는 게 좋을 거야."

데루가 "아, 거기?" 하고 동의했다. 그런 데 신사가 있었던가?

"궁사님이 친절하더라고. 괜찮은 신사였어. 부적이랑 기념 젓가락도 받았어."

오호, 젓가락이라. 우리 집은 아직 아무 준비도 안 한 상태였다. 슬슬 의상 대여점에 주문해야 할 텐데…… 하고 생각하는데 문득 뭔가 떠올랐다.

신사. 맞다, 펜대를 신사에 가서 태워달라고 하자. 인형공양**처럼. 이보다 더 좋은 정답이 없다고 느껴져 소에지마 씨에게 다시 한번 신사가 어디 있는지 자세히 물었다.

소에지마 씨가 알려준 곳은 작지만 상쾌한 기분이 드는 신

---

* 아이들 성장을 축하하는 행사. 남자는 3, 5세, 여자는 3, 7세 되는 해 11월 15일에 전통 옷을 입고 마을 신사에 가서 참배한다.
** 일본에서는 사람 모습을 닮은 인형에는 영가나 기운이 깃들 위험이 있다고 보아 그냥 버리지 않고 신사에 부탁해 불에 태우는 방식으로 공양하는 관습이 있다.

사였다.

유의 손을 잡고 도리이를 넘었다.

오른쪽에 사무실이 보였다. 벨을 누르자 곧바로 파란 사무에를 입은 남성이 나왔다. 통통하게 살이 찐 귀여운 아저씨였다.

"실례합니다. 저기…… 시치고산 때 할 기도 예약을 하려고요."

우선은 구실로 삼을 용건을 전했다.

"아, 네. 잠시만요."

아저씨는 일단 안으로 들어갔다. 현관 한쪽 벽에는 '삼재 일람표'가 붙어 있었다. 표를 살펴보다가 "히익!" 하고 놀랐다.

여성의 삼재는 서른셋과 서른일곱 전후로 들삼재와 날삼재가 있다. 다시 말해 여자의 삼재는 서른둘, 서른셋, 서른넷, 서른여섯, 서른일곱, 서른여덟…… 삼십대 거의 대부분이 삼재라는 것이다. 내가 지금 만 35세니까 서른여섯, 들삼재에 해당한다. 그랬구나. 그 전에는 열아홉 살 전후로 3년 동안 삼재였다. 만화 투고가 떨어진 게 이 시기였다. 갑자기 어지러웠다.

"자, 여기에 희망하는 날짜와 시간을 적어주시면 됩니다. 이름이랑 나이도요."

아까 그 아저씨가 예약표를 가지고 왔다.

"기도는 제가 진행합니다. 잘 부탁드립니다."

아저씨는 나와 유에게 미소를 지어 보였다. 궁사님이었나?

마침 잘됐다.

정신이 딴 데 팔린 채 예약표에 필수 사항을 다 적고 난 뒤 가방에서 보자기를 꺼냈다.

"저, 여기에서 공양 삼아 태워주실 수 있나요?"

궁사가 고개를 들고 쳐다봤다.

"어떤 걸 말씀하시는 거죠?"

나는 꽁꽁 싸맨 보자기를 풀었다.

"이걸 공양하고 싶어서요."

펜대 하나를 내밀자 궁사가 곤란한 표정으로 웃었다.

"죄송합니다만 우리 신사에서는 부적만 불에 태울 수 있습니다. 플라스틱이나 금속에서는 다이옥신이 나와서요."

"……그렇군요. 죄송합니다."

생각해보니 비상식적인 부탁을 한 것 같아 부끄러웠다.

"아니요, 아닙니다. 다른 분들도 부탁하는 경우가 있습니다. 치우고는 싶은데 쓰레기통에 버리기는 좀 뭣한 한때 소중하게 생각했던 물건이 꽤 많은 모양입니다. 설날에 불에 태우는 공양을 하기는 합니다. 하쓰모데*로 오신 분 가운데 별별 물건을 불에 던지려는 분이 가끔씩 있지요."

궁사가 곤란한 듯한 표정을 지으며 말했다.

---

* 새해 첫날에 복을 기원하러 신사에 가서 참배하는 일본 풍습이다.

"비닐이나 플라스틱은 다이옥신 때문에 안 된다고 하니 그럼 종이는 괜찮겠지, 하고 생각하시는 모양입니다. 깜짝 놀랄 만한 물건도 있습니다. 꽝으로 끝난 복권 다발이라든가, 축의금 봉투 같은 것이지요. 성서도 있었던가? 그리고 옛 연인에게 받은 이별 편지도 많습니다."

알지, 너무 잘 알지. 어디 버릴 데를 찾지 못해 헤매는 그런 마음. 고개를 끄덕이는 사이 궁사가 설명하듯 말했다.

"버린다는 죄책감이나 나쁜 일이 벌어지지 않을까, 하는 두려움 때문일까요? 가까이 두고 싶지 않으면 소금이나 제주(祭酒)를 뿌리신 다음 버리시면 됩니다. 그 정도로도 충분히 공양을 마친 셈이니까요."

"네……."

죄책감이나 두려움도 틀린 말은 아니다. 하지만 또 한 가지, '아직 아끼고 있다'는 마음도 분명히 존재한다. 내 멋대로 변명하는 것이기는 하지만 마음을 담아 소중하게 다뤄온 만큼 그에 걸맞은 이별을 하고 싶은 것이다.

펜대를 다시 보자기에 쌌다. 이곳에서도 버릴 타이밍을 잡지 못했다. 소금이나 제주를 뿌린다고 해서 쓰레기통에 버릴 기분이 들지는 않을 것 같았다. 또 제대로 정리하지 못한 채 시간을 끌게 될 거라는 생각이 들었다.

부끄러움을 꾹 참고, 인사를 한 뒤 돌아가려는데 유가 "쉬~"

하고 말했다. 궁사가 미소를 지었다.

"이쪽으로 오세요. 남녀 화장실로 나뉘어 있으니까 제가 데리고 갈 테니 어머님은 여기서 조금만 기다려주세요."

"죄, 죄송합니다."

궁사는 싱글싱글 웃으며 유의 손을 잡고 화장실로 들어갔다. 소에지마 씨가 말한 대로 친절한 사람이었다.

사무실 현관에 서서 신사를 둘러보았다. 바로 옆에 참배당이 있었다. 터덜터덜 걸어가 방울을 올려다봤다.

웃고 있는 입 모양으로 구멍이 뚫린 방울에 굵게 땋은 밧줄이 달려 있었다. 지갑에서 10엔 동전을 꺼내 새전함에 던져 넣고 딸랑딸랑 방울을 울렸다.

이번엔 제대로 꿈을 포기할 수 있도록.

이상한 일이었다. 지금까지는 계속 '만화가가 될 수 있도록' 하고 빌어왔는데 이제는 포기하는 게 소원이 되다니.

괜히 기분이 가라앉아서 참배당 옆에 있는 빨간 벤치에 앉았다. 최근 들어 금방 피곤해지곤 했다. 어깨도 결리고 아침에 잠을 자고 일어나도 개운하지 않았다. 늑간신경통에 좋다는 말을 듣고 한방 치료도 시도해봤지만 효과는 딱히 없었다. 하긴 이렇게 오랫동안 삼재가 이어진다면 신경이 닳아 끊어질 만도 하지.

끄응, 하고 기지개를 켜는데 벤치 옆에 서 있는 나무의 가지가 눈에 들어왔다. 잎사귀 뒷면에 뭐라고 글씨가 적혀 있었다. 자세히 보니 적혀 있다기보다는 긁힌 자국 같았다.

'티켓 당첨!'이나 'LOVE & PEACE'나 '돌아와' 같은 말도 있었다. 여기에 마음에 드는 말을 적어도 되는 걸까? 뭔가 긁을 만한 것을 찾아 가방을 뒤지다가 비명을 질렀다.

"으악!"

어느새 옆에 검은 고양이가 드러누워 있었던 것이다. 소리 없이 다가와서 전혀 알아차리지 못했다.

고양이는 눈을 감은 채 몸을 둥글게 말고 있었다. 온통 검은색이지만 코언저리에서 목덜미까지 하앴다. 꼬리를 천천히 흔드는 모습을 보니 잠이 들지는 않은 것 같았다.

들고양이치고는 경계심이 없었다. 신사에서 기르는 고양이 겠지. 손을 뻗어 고양이 등을 살짝 만져보았다. 고양이는 깜짝 놀라지도 않고 계속 꼬리를 흔들었다.

"몇 살? 수컷이니, 암컷이니?"

고양이는 대답하지 않았다.

"고양이도 삼재가 있니? 여자 사람은 정말 너무 힘들어."

투정을 부리며 고양이 등을 쓰다듬어주자 꼬리의 움직임이 멈췄다. 그리고 눈을 번쩍 떴다. 말 그대로 왕사탕 같은 투명한 금색 눈동자였다. 눈이 마주치자 고양이가 방긋 웃었다. 마치 내가 유치원에 유를 데리러 갔을 때 인사하러 나온 원장 선생넘이 짓는 여유 있는 미소 같았다.

고양이가 웃을 리가 없잖아? 하고 생각하면서도 살짝 기분이 유쾌해져 웃음이 나왔다.

고양이가 벤치에서 스르륵 내려와 나무둥치 쪽으로 천천히 걸어갔다. 검은 엉덩이에 하얀색 별 모양 마크가 보였다. 어머, 귀여운 고양이네! 아니면 누가 저렇게 만든 건가?

그때 갑자기 고양이가 나무 주변을 빙글빙글 돌기 시작했다. 왜 그러지? 하고 생각하는 와중에도 속도를 높여 눈에 보이지 않을 정도로 질주하더니 어느 순간 갑자기 멈췄다. 그러고는 하얀 왼발로 나무를 통, 하고 건드렸다.

팔락, 잎사귀가 한 장 떨어졌다.

스페이스?

잎사귀를 주운 뒤, 물어보듯 고양이를 쳐다보니 또 방긋하고 웃어 보였다. 나도 똑같이 웃음으로 대꾸하려고 하는데 고양이가 몸을 휙 돌리더니 잽싸게 내달려 사라져버렸다.

이상한 고양이네……. 고양이가 사라진 방향을 멍하니 쳐다보고 있는데 궁사가 유를 데리고 다가왔다.

"오래 기다리셨죠? 죄송합니다. 바지 지퍼가 걸려서 시간을 잡아먹는 바람에."

유가 신이 난 얼굴로 내게 다가왔다. 손에 대나무 빗자루를
들고 있었다.

"이거 봐라~ 대나무 빗자루다~"

유는 빗자루가 신기한 듯 바닥을 쓸면서 자랑했다. 궁사가
"아이고, 잘하네" 하고 박수를 쳤다.

그 모습을 지켜보면서 내가 물었다.

"고양이를 키우시나 보네요. 신사 고양이라 그런지 좀 신비
로운 느낌이 들더라고요."

궁사가 눈을 크게 뜨고는 에둘러 대답했다.

"아니요. 저희 신사에서는 아무것도 키우지 않습니다. 고양
이가 있었나요?"

"네, 검은색에 흰색 털이 조금 섞인. 이상한 잎사귀를 줬어요."

내가 잎사귀를 내밀자 궁사가 왠지 모르게 기뻐하는 듯 웃
었다.

"아하! 운이 참 좋은 분입니다."

운이 좋다고? 내가?

"조금 전 만난 고양이는 미쿠지라고 불리는 고양이입니다.
그 잎사귀에 적힌 말은 계시된 말씀이니까 소중하게 간직해주
세요."

"스페이스가 계시된 말씀이라고요? 무슨 뜻인가요, 스페이

스가?"

"글쎄요, 스페이스라는 계시를 받으셨나 보군요. 사람마다
다 다른 말씀이 적혀 있습니다. 정말 흥미로운 일이 아닐 수 없
습니다. 그럼, 시치고산 기도 때 뵙지요. 기대하고 있겠습니다."

궁사는 후엇후엇, 하고 몸을 크게 흔들며 웃더니 대나무 빗
자루를 유에게 건네받고 참배당 옆 계단으로 올라갔다.

계시라면 좀 더 쉬운 말로 줘야 하는 거 아니야? 스페이스?
유의 손을 잡고 단서가 될 만한 게 없나 이리저리 둘러보면서
도리이를 지났다. 신사를 나설 때쯤 열한 살 정도 되어 보이는
남자아이와 지나쳤다. 의외로 아이들이 이런 힌트를 더 잘 아
는 게 아닐까, 하는 생각이 들었지만 뭔가 심각한 얼굴이어서
차마 물어보지 못했다.

'쾌적 수납, 스페이스 확보로 운세 업!'

신사에서 돌아오다 들른 편의점에서 '스페이스'라는 글자를
발견하고는, 진열대에 꽂혀 있는 여성 잡지를 꺼내 들었다. 표
지에는 '길운 특집'이라고 커다랗고 적혀 있었다.

운세 업이라니. 스페이스라는 말씀은 이걸 말하는 게 분명해.
의외로 바로 답이 나와서 안심했다. 다 떨어진 우유와 유가 좋
아하는 큐브 치즈를 사는 김에 잡지도 계산대로 가지고 갔다.

미쿠지라는 고양이가 준 잎사귀가 행운의 상징이라고 궁사

님이 그랬었지?

맞아, 그동안 나는 운이 안 좋았을 뿐이야. 이제부터 분명 좋아질 거야.

껑충껑충 뛰고 싶은 기분으로 집에 도착한 뒤 저녁식사 준비도 내팽개치고 잡지를 뒤적였다. 풍수 전문가가 등장해 방 안의 수납 방법을 바꾸어보라고 했다.

'처음에는 깨끗한 방일지 몰라도 불필요한 게 쌓이면 부정 탑니다.'

핵심을 찌르는 말이었다.

처음에는 매력적으로 느껴져 손에 넣었지만 쓸 일이 없어지고 난 뒤로도 계속 붙들고 있으면 더 이상 아름다운 것이 아닌 게 되어버린다. 물건만 그런 게 아니다. 꿈도 마찬가지……

고개를 가로저었다. 쓸데없는 생각에 잠기기 전에 바쁘게 손을 놀리자. 우선 안방으로 들어가 옷장을 열고 안을 보았다.

기사에는 여러 가지 이야기가 적혀 있었지만 결국 단샤리*하라는 말이다. 한동안 입지 않았던 옷, 선물로 받은 잡화, 혹시 몰라 버리지 않고 모아둔 옷가게 종이가방……. 실제로는 필요가 없지만 막상 버리려고 하면 망설이게 되곤 했다. 따지고 보면 쓸모없는 물건이란 없는 게 아닐까. 아무리 안 쓴다고

---

* 불필요한 것을 끊고(斷), 버리고(捨), 집착에서 벗어나기(離) 위해 물건을 처분하고 정리하는 것.

해도 굳이 버릴 것까지는 없지 않나, 하는 생각이 들었다. 괜히 버렸다가 나중에 후회하면 곤란하잖아…….

눈앞에 펼쳐놓은 옷 무더기를 두고 고민에 빠져 있는데 유가 "치즈 먹어도 돼?" 하고 물었다. 깜짝 놀라 시계를 봤다. 잠깐 딴짓을 한다는 게 벌써 7시가 지났다. 옷을 그대로 두고 부엌으로 갔다.

쌀을 급속 취사로 세팅을 하고 서둘러 된장국을 끓이는데 다카시가 돌아왔다.

"어, 밥 아직 안 됐어?"

"미안, 유치원 반 활동이 길어져서. 그리고 시치고산 기도 예약하러 신사에도 다녀왔거든."

서둘러 변명을 늘어놓으며 된장을 풀었다. 다카시는 흥미 없다는 투로 "어" 하고 대꾸하고는 넥타이를 풀며 안방으로 향했다.

"으악! 뭐야 이거?"

다카시가 깜짝 놀라 소리를 질렀다. 나는 부엌에서 큰 소리로 말했다.

"정리하는 중이야. 나중에 치울게."

무응답.

된장국을 완성하자마자 양파를 썰었다. 달걀과 닭고기만 있으면 간단히 만들 수 있는 오야코동을 하기 위해서다.

티셔츠로 갈아입은 남편이 거실로 나왔다. 남편은 무슨 일이 있어도 절대로 소리 지르거나 빈정거리는 법이 없었다. 하지만 마음에 들지 않는 일이 있을 때면 삐쳐서 입을 다물었다. 일을 마치고 피곤한 채로 돌아왔는데 저녁 준비도 안 되어 있고, 방도 엉망진창으로 어질러져 있어서 화가 난 모양이었다.

"미안해……."

나는 작게 중얼거렸다. 다카시는 아무 말 없이 소파에 누워 있었다. 다카시는 회사에서 돌아오면 밥 먹고, 씻고, 화장실 다녀올 때를 제외하고는 대부분 소파에 늘어져 있었다.

저녁식사를 끝내고 유를 목욕시키고 나온 다카시는 소파에 앉아 꾸벅꾸벅 졸았다. 술을 한잔해서 그런지 얼굴이 새빨갰다.

문득 이 집에서 내 자유를 느낄 만한 스페이스가 별로 없다는 생각이 들었다. 투룸 아파트라서 안방에서 가족 셋이 모여 자고, 나머지 방 하나는 다카시가 책을 읽거나 컴퓨터를 하거나 취미인 낚시 도구를 손질하는 '서재'로 쓰고 있었다.

유가 초등학교 들어가면 제대로 된 아이 방도 만들어줘야할 텐데.

결혼 전에는 만화가가 되고 싶다는 내 꿈을 다카시도 응원해주었다. 하지만 지금은 만화가를 꿈꾸는 게 말도 안 된다고 생각할지도 모르고, 나한테 더 이상 관심이 없는 것처럼 보이기도 했다.

268

유를 재우고 난 뒤 식탁에 앉아 잡지를 뒤적였다. 운세 업 특집은 수납 방법 외에도 여러 가지가 실려 있었는데 파워 스톤이나 자신의 사주를 직접 계산할 수 있도록 생년월일에 따른 운세의 흐름도 도표로 그려져 있었다.

양쪽 페이지를 가득 채운 인터뷰 기사도 있었다. 스이세이 줄리아라고 요즘 텔레비전에 자주 나오는 점쟁이였다. 점이 잘 맞는 편은 아닌데 입담이 좋아서 예능 토크쇼에 항상 나왔다. 활발한 성격과 화려한 패션과는 어울리지 않게 표정에는 어딘가 비밀스러운 분위기가 풍겼다.

이런 부류의 사람들은 태어날 때부터 스페셜했겠지? 신이 선택한 사람이겠지, 아마도. 신은 도대체 어떤 기준으로 사람을 고르는 걸까? 역시 이 세상에 태어나기 전부터 성공할 사람을 정해놓는 걸까? 그럼 처음부터 그렇다고 알려주면 좋을 텐데. 너는 선택받지 못했으니까 그냥 편하게 너 하고 싶은 대로 살아, 하고. 딱 한 번이기는 해도 굳이 노력상 같은 걸 주니까 기대를 못 버리는 거 아냐…….

다음 날 유치원이 끝나고 돌아오는 길에 리호가 초대해 유와 함께 집으로 놀러 갔다.

내가 들고 간 아이스크림을 다 먹어치우고 나서야, 유와 기라라는 레고를 가지고 놀기 시작했다. 나는 리호와 식탁에 마주 앉아 새로 생긴 마트 이야기를 하고 있었다.

"아! 지사키, 새치 있다! 뽑아줄까?"

"어? ……응."

리호가 새삼 자리에서 일어나 내 옆으로 걸어왔다. 달콤한 샴푸 향이 진하게 풍겼다. 얼굴 가까이 리호의 풍만한 가슴이 다가와 당황해하는 사이, 리호가 머리카락 한 올을 힘차게 잡아 뽑았다.

"아야!"

"어떡해, 실수로 검은 머리도 뽑아버렸어! 아하하."

흑백. 두 가닥 머리카락을 건네받은 나도 웃음밖에 나오지 않았다. 이거야말로 가지고 있어야 아무 쓸모없는 물건이라서 불쌍한 검은 머리카락과 함께 새치를 쓰레기통에 버렸다.

퍼스널 스페이스라는 말을 들은 적이 있는데, 리호는 그런 것에 전혀 신경을 쓰지 않는 사람이었다. 이때 스페이스는 '거리'를 뜻한다. 나는 리호가 거리를 무시한 채 다가와도 거부하지 못했다. 물리적으로도 정신적으로도. 유의 소중한 친구의 엄마와 마찰을 일으키고 싶지 않다는 마음이 결국 중심에 서고 만다. 라인 메신저로 보내는 메시지에도 엄청 신경을 썼고, 사소한 제안조차 거절하지 못했다.

리호는 부엌으로 가 물을 끓이기 시작했다.

"나 있지, 기라라가 초등학교 들어가면 직장에 복귀해서 본

격적으로 일해보지 않겠냐는 말을 들었어. 지금 다니는 가게가 내년에 2호점을 연다나 봐."

리호는 네일리스트였다. 임신하기 전까지 다니던 네일숍에서 가끔씩 파트타임으로 일하고 있었다. 기술이 있으면 역시 다르구나.

"하지만 고민이야. 둘째를 언제 가질까 생각해보면, 더 미루면 기라라와 나이 차이가 너무 많이 나는 거 아닌가 싶어서. 하지만 일도 더 이상 공백 기간을 두고 싶지 않고. 지금 둘째를 낳으면 복귀는 최소 5년 뒤에나 가능할 것 같은데……."

홍차 잎을 티팟에 넣으며 리호가 말했다. 5년 뒤에도 아직 리호는 서른한 살이다. 선택지도 가능성도 무한대로 남아 있는 게 아닌가, 하는 생각이 들었다.

나는 이대로 쭉 전업주부로 살게 되려나? 재취업하기엔 아슬아슬한 나이였고, 둘째를 가지는 것도 마찬가지였다. 임신한다고 하더라도 키울 생각을 하면 나이적으로나 체력적으로나 한계를 느낄 게 뻔했다. 하지만 이런 말을 다카시한테 먼저 꺼내기도 껄끄러웠다. 요즘 들어 다카시는 계속 신경이 날카로운 상태라서 말을 걸 분위기가 아니었다.

적어도 앞으로 내가 무슨 일을 할지, 둘째를 가질지 말지, 이 두 가지 문제는 확실하게 짚고 넘어가야 한다는 생각이 들었다. 가능한 한 빨리. 하지만 어느 쪽도 어떤 결정을 내려야 할지 자신이 없었다.

"지사키는 어떻게 할 거야?"

"아, 일? 나도 슬슬 결정해야 할 타이밍이기는 한데."

나는 둘째 문제를 화제로 삼지 못하도록 일 문제로 한정해서 말했다.

하지만 생각한다고 해도 내가 뭘 할 수 있을까?

나는 전문대를 졸업한 뒤로 쭉 문구 제조회사에서 사무직으로 일했고, 결혼한 후에도 한동안 일을 계속하기는 했지만 임신 6개월 때 퇴직해서 경력은 그걸로 다였다. 리호처럼 전에 다니던 직장으로 돌아가기란 현실적으로 무리고, 6년이나 공백이 있는 서른여섯 살에게 사무직 채용은 현실적으로 어려우리라. 유치원 종일반도 오후 4시까지라서 풀타임 근무는 어려운 데다, 유는 자주 열이 나서 항상 챙겨야 한다.

찌릿, 하고 왼쪽 갈비뼈가 아팠다. 살짝 얼굴을 찌푸리는 나를 보고 리호는 느긋한 목소리로 "왜 그래?" 하고 말했다.

신경통이라는 걸 들키고 싶지 않아 모호하게 웃었다.

"아침부터 살짝 두통이 있어서."

"정말? 괜찮아?"

"별거 아니니까 신경 쓰지 마."

그래? 하고 말한 리호는 홍차가 든 귀여운 잔을 내 앞에 두었다. 스트로베리 향이 나는 홍차가 왠지 나와 잘 어울리지 않는다는 느낌이 들었다.

야근으로 늦는다는 다카시의 연락을 받고, 유를 일찍 재우고 나서 서재 컴퓨터를 켰다. 뭔가 나도 할 수 있는 일이 있는지 인터넷으로 찾아보기로 했다.

마음대로 컴퓨터를 쓰면 화내겠지? 책상 위의 물건을 만지지 않도록 신경을 곤두세우면서 마우스를 움직였다.

내가 일할 수 있는 시간은 유를 유치원에 보낸 몇 시간밖에 되지 않았다. 가능한 한 집에서 가까운 곳으로, 매일은 무리고 주 3일 정도로. 장소와 조건을 입력해보았지만 좋은 결과가 나오지 않았다.

음식점이나 공장, 간병인 일이 눈에 들어왔다. 자격증이 있다면 선택지가 늘어났을 텐데.

하지만 이제 와서 학원을 다니기는 어려웠다. 자격증 취득을 돕는 온라인 강의 사이트에 접속해보니 강의 목록이 주르륵 나타났다.

의료사무, 케어 매니저, 택지건물 거래 상담사……. 따기만 하면 바로 취업에 도움이 될 수 있는 자격증 말고도 볼펜 글씨 교정, 패치워크 입문 같은 강의도 있었다. 마술 관련 강의도 재미있을 것 같은데? 하고 살펴보는데 '일러스트레이션' 강의가 눈길을 사로잡았다.

일러스트레이션은 딱히 '자격증'이랄 게 없을 텐데. 역시 이

온라인 강의에서도 취미 목적으로 가르치고 있었다. 하지만 그렇기 때문에 더더욱 이 일을 직업으로 삼는다는 게 얼마나 어려운지 보여준다고 할까? 미대를 나온 것도 아니고 만화 동아리에 들어간 적도 없는 내가 애초부터 독학으로 만화가가 되려고 한 시도 자체가 무모했던 것인지도 모른다.

멍하니 일러스트레이션 관련 일자리를 찾아 검색하고 있는데, 특집 기사 하나가 눈길을 끌었다. "앞으로 꽃피울 재능이 집결!"이라는 제목을 보고 기사를 열어봤더니, 7월에 교토에서 열렸던 그룹전 소식을 사진과 함께 소개하고 있었다.

화랑 주인이 재능 있는 예비 아티스트를 모아서 전시회를 연 모양이었다. 한명 한명 프로필 사진과 작품이 소개되어 있었다. 아무 생각 없이 스크롤을 내리다가 "아, 이 그림 괜찮은데!" 하고 시선을 멈췄다. 언뜻 보기에는 판타지 느낌이 나는 풍경화인데, 자세히 살펴보면 여러 가지 요소가 숨어 있는 트릭 아트였다. 상상력이 풍부해서 그림을 보는 재미가 있었다.

작가 프로필 사진을 살펴보던 나는 "헉!" 하고 소리를 지르며, 모니터에 얼굴을 바싹 붙였다.

……데루?

이름을 확인하니 'Teruya'라고 되어 있었다. 프로필에 별다른 정보 없이 인스타스램 링크가 걸려 있었다. 클릭하자 데루가 그린 작품들이 한눈에 펼쳐졌다.

팔로워 수, 3만 명. 대단하다. 데루의 팬이 3만 명이나 된다니. 나는 두근두근하는 마음으로 그림을 한 장씩 열어보며 후우, 하고 길게 한숨을 내쉬었다.

데루를 대단하다고 여기면서도 동시에 약간의 씁쓸함이 느껴졌다. 우리와 함께 유치원에 모여 '해바라기 통신문'을 만들면서, 주부라는 가면 뒤에 세상에서 인정받는 아티스트의 모습을 숨기고 있었다니. 그렇게 대단한 사람이었구나…….

아냐. 따지고 보면 데루한테는 주부가 숨겨진 모습이고, 아티스트가 진짜 자신의 모습일지도 몰라. 데루도 역시나 선택받은 사람이었구나. 그와 거리감을 느끼는 것 자체가 뻔뻔한 생각일지도 모른다.

마음을 다잡고 다시 일러스트레이션 관련 일자리를 검색하다가 '급구! 만화 어시스턴트'라는 글을 발견했다. 쓰유부키 히카루라는 만화가의 어시스턴트를 구하는 모집 공고였다.

쓰유부키 히카루 만화라면 몇 번 읽어본 적이 있었다. 어른들이 즐겨 보는 휴머니즘 스타일의 만화를 그리는 사람이었다. 검색해보니 쉰네 살. 사람 좋아 보이는 인상을 가진 여성 만화가였다.

어시스턴트 일은 업계에 인맥이 있거나 신인상을 받은 사람에게만 기회가 주어지는 것이라고 생각했었다. 그래서 지금까지 어시스턴트로 일해보겠다는 시도조차 하지 못했다. 인터넷에 모집 공고가 실려 있다는 사실 자체가 놀라웠다.

장소는 집 근처 역에서 두 정거장 떨어진 곳에서 내려 도보 10분이라고 적혀 있었다. 모집 조건은 만 18세 이상 남녀 불문, 근무일은 주 2~3일, 근무 시간은 협의. 협의라는 말은 근무 시간을 어느 정도 조율할 수 있다는 말일지도 모른다. 또 18세 이상이라고만 되어 있고, 별다른 자격 조건도 적혀 있지 않았다. 생각이 여기까지 미치자 갑자기 가슴속이 뜨거워졌다. 어시스턴트라면 도대체 어떤 일을 하게 되는 걸까? 어시스턴트라고 할지라도 내게는 벌써 '만화가의 세계'처럼 느껴졌다.

응모 방법에는 '전화 연락을 한 뒤 건물이나 군중을 그려서 가지고 와주십시오'라고 적혀 있었다. 군중이란 영화로 말하자면 엑스트라가 잔뜩 모인 배경을 말한다. 주인공이 거리를 걷고 있을 때 길거리를 지나가는 사람이라든가 스포츠 관전 장면에서 관객을 가리키는 것이다.

그 그림이 쓰유부키 선생님 마음에 들기만 하면 나도 제자로 들어가 만화가의 길에 한 걸음 더 다가가게 되는 걸까?

마음만 앞선 와중에 문득 정신을 차렸다. 나 같은 사람도 응모가 가능하다는 말은 나보다 훨씬 젊고 실력도 한참 앞서가는 사람들이 잔뜩 응모할지도 모른다는 말이기도 하다.

나도 참…… 그렇게 쉽게 일이 풀릴 리가 없잖아?

그렇게 생각하며 검색 이력을 지우고 컴퓨터를 껐다.

다음 날 오후 싫어하는 유를 데리고 치과에 갔다.

아이스바를 먹으면서 "아파" 하고 말하기에 입을 벌려보라고 했더니 어금니가 썩어 있었다. 미리 예약하지 않아서 한참을 기다려야 한다고 했다.

"앗, 유다!"

대기실에 들어가자마자 바가지 머리를 한 남자아이가 유를 향해 소리쳤다. 자세히 보니 다쿠미였다.

"안녕하세요."

다쿠미 옆에는 다름 아닌 데루가 있었다. 평소와 다름없는 차분한 모습으로 앉아 산뜻한 미소를 지어 보였다.

"……안녕하세요. 다쿠미도 충치인가요?"

"네, 신경을 쓴다고 했는데도 썩었네요. 초콜릿을 너무 많이 먹어서 그런가. 단걸 좋아하거든요."

유가 옆에 앉자 다쿠미가 가지고 있던 그림책을 펼쳤다.

"이거 있지, 비행기! 타는 거다~"

다쿠미와 유는 긴 벤치에 앉아 사이좋게 책을 읽었다. 자연스럽게 나와 데루도 옆에 나란히 앉게 되었다. 내가 먼저 말을 꺼냈다.

"저기, 어제 우연히 발견했어요. 데루 인스타그램."

데루가 갑자기 얼굴을 붉혔다.

"아이고, 들켰네요."

"대단하던데요? 왜 자랑 안 하셨어요?"

"자랑할 만큼은 못 돼요. 그냥 좋아하는 일을 하고 있는 것뿐이니까. 그리고 자랑하려고 그 일을 시작한 것도 아니고요."

나는 숨을 삼켰다. 데루의 눈 깊은 곳에서 빛나는 무언가를 느꼈기 때문이다. 주위 사람들에게 허영을 부리는 게 목적이 아니라 더 높은 곳을 바라보고 있는 '이상' 같은 것.

나는 솔직히 털어놓고 싶은 기분이 들었다. 오랫동안 만화가를 꿈꾸고 있었다고. 하지만 아무리 노력해도 잘 안 풀려서 이제는 다 포기하고 싶었는데 마침 어시스턴트 모집을 한다는 걸 발견하고 기대에 부풀어 있다고.

하지만 이내 그 생각을 포기했다. 팔로워 3만 명인 사람에게 내 이야기를 해서 뭘 어쩌겠다는 것인가.

"시바우라 씨도 일러스트 잘 그리잖아요."

데루가 먼저 말을 꺼내서 헉, 하고 놀랐다. 그래, 이런 사람을 제쳐두고 부탁을 받자마자 주제도 모르고 신이 나서 그림을 그린다고 했으니.

"……부끄럽네요."

"아니, 왜요? 시바우라 씨 그림 멋진걸요? 뭔가 스토리가 느껴져요."

데루의 말에 고개를 숙였다. 괜히 인사치레로 하는 말이 분명할 거야. 그런데도 기쁜 마음이 들었다.

"그건 데루에게 이미지를 떠올리는 능력이 있으니까 그런 거 아닐까요? 어떻게 하면 그런 그림을 그릴 수 있어요?"

"멍 때리면 돼요."

"네?"

"신이 깃들 스페이스를 만드는 거예요."

순간 세계가 멈춰버린 듯한 기분이 들었다.

데루, 방금 뭐라고 했어? 응? 신이 깃들 스페이스?

"산책할 때나 다쿠미를 재울 때 멍 때리다 보면 문득 아이디어가 내려온다고 해야 할까요? 아, 신이 들어왔네, 하고 느껴지거든요. 그 순간을 놓치지 않으려고 해요. 완성된 그림을 보고 정말 내가 그린 게 맞을까, 하고 신기할 때가 있거든요."

우와, 뭔가 대단해. 이런 말을 아무렇지 않게 하는 걸 보면 역시 데루는 보통 사람이 아닌 것 같아.

"하지만 그건 데루가 신에게 선택받은 예술가라서겠죠."

데루가 고개를 갸웃거렸다.

"그런가요? 신은 사람을 고르거나 하지 않아요. 저는 오히려 모두가 각자의 신을 불러오는 거라고 생각하는데요."

신을 불러온다고?

그때 접수처에서 다쿠미를 불렀다. 데루가 일어났다.

"저는 시바우라 씨 그림 좋아해요. 그럼, 실례할게요."

내 그림을 좋다고 해주는 사람이 있다니.

그래, 그냥 응모만 해보자. 천벌받을 일도 아니잖아.

다음 날, 쓰유부키 히카루 작가 사무실에 전화를 걸어 응모하고 싶다고 말하자, 스태프인 것 같은 여성이 "내일모레 2시에 면접 보러 올 수 있어요?" 하고 말했다. 정신없이 허둥지둥 이력서를 준비하고 유의 유치원에 4시까지 보육 연장 신청을 했다.

건물이나 군중 그림은 남편이 있는 거실에서 그릴 수 없어서 저녁식사를 마치고 식탁 위에서 그렸다.

"뭐 하는 거야?" 하고 물어봐서 "홍보반 일"이라고 거짓말을 했다. 다행히 다카시는 더 이상 관심을 두지 않았다.

오랜만에 펜을 잡았지만 바로 감을 되찾았다.

나는 군중을 그리는 걸 좋아했다. 주인공에게 향할 시선을 빼앗지 않도록 너무 강한 캐릭터는 피했다. 평범하게 그리는 게 오히려 친근감이 들었다. 아무도 주목하지 않기에 얼굴조차 대강 그리는 '기타 다수'의 사람들. 하지만 이 사람들에게도 각자의 인생이 있다. 그런 이미지를 떠올리며 그림을 그렸다.

뭐가 됐든 선을 긋고 있으면 마음이 텅 비었다. 켄트지 위를 미끄러지는 펜촉의 감촉. 역시 만화 그리기가 너무 좋아.

면접 시간에 맞춰 면접 장소로 향했다. 아파트에 도착하자 머리카락을 꽉 당겨 묶은 여성이 나왔다. 민낯에 눈썹만 그렸

느데, 눈 밑 다크서클이 심했다. 쓰유부키 선생님은 아니고 가장 경력이 많은 어시스턴트처럼 보였다.

나보다 나이가 어려 보이는 어시스턴트는 내가 가져온 도구 세트를 쓱 훑어보았다.

"음, 어시스턴트라던가 지면에 실린 경험은요?"

"없습니다. 하지만 10년 전에 『추추』에서 노력상을 탄 적이 있기는 한데……."

나는 상을 받은 원고의 복사본을 내밀었다. 어시스턴트는 슬쩍 쳐다보더니 원고에 대해서는 더 이상 아무 말도 하지 않고 이렇게 물었다.

"지금도 만화가 지망?"

"네."

"오…… 그래요?"

아니요, 라고 말하는 게 더 좋았으려나. 단지 어시스턴트를 하고 싶을 뿐이라고. 눈살을 찌푸리고 있는 어시스턴트의 속마음을 읽을 수가 없었다.

"하루에 8천 엔인데, 시간은 언제부터 언제까지 일할 수 있어요?"

"10시부터 3시까지는 가능한데……."

어시스턴트가 무시하듯 말했다.

"통근할 거면 최소한 여덟 시간은 일해줬으면 해요. 그리고 여기는 점심나절은 되어야 겨우 엔진에 시동이 걸려서 야근하는 경우도 많고요."

비웃는 듯한 어시스턴트의 얼굴이 나를 슬프게 했다. 그는 연이어 충격타를 먹였다.

"원격 어시도 가능한데, 클튜 쓸 줄은 알아요?"

무슨 말인지 알아들을 수가 없어서, 괜히 더 위축되었다.

"원격 어시…… 요?"

억지로 웃으며 물었다. 클튜는 또 뭐지? 전혀 이해할 수가 없었다.

어시스턴트는 어이없다는 표정을 지었다. 이제는 비웃는 것도 모자라 나를 안쓰럽게 여기는 것 같았다.

"컴퓨터로 어시스턴트 재택근무하는 거요. 컴퓨터 프로그램을 쓸 줄 알면 집에서 배경에 색 까는 거나 톤 보정 정도는 맡길 수 있겠다고 생각했는데."

"……죄송합니다. 제가 그런 쪽은 잘 몰라서요."

"클튜는 클립 스튜디오 페인트 프로. 드로잉 프로그램이에요."

친절을 베푸는 것이 아니라 아예 바보 취급을 하는 말투였다. 나는 어쩔 줄 몰라 아랫입술을 꽉 깨물었다. 어시스턴트는 내가 건넨 도구 세트를 짐 싸듯 정리하며 말했다.

"그럼, 일단 도구랑 원고는 맡아둘게요. 아님 돌려줘요?"

"아뇨, 괜찮습니다."

"그래요?"

어시스턴트는 도구 세트를 캐비닛 위에 툭 던져놓았다. 이미 다른 원고 몇 장이 아무렇게나 놓여 있었다. 다른 면접자가 가지고 왔겠지. 놀라울 정도로 너무 잘 그렸다.

이렇게 잘 그리는데도 아직 프로가 아니라니…….

"결과는 3일 안에 채용자한테만 연락합니다. 수고 많으셨어요."

어시스턴트는 나보다 먼저 자리에서 일어나 가버렸다.

집으로 돌아가는 전철 안에서 신사에 갔던 날을 떠올렸다.

그동안 잊고 있었다. 그때 "제대로 꿈을 포기할 수 있도록"이라고 빌었었지. 미쿠지가 그 소원을 이루어준 것인지도 몰랐다.

"만화가가 될 수 있도록"이라고 빌지 않았던 것을 후회했다. 그건 결국 아직도 꿈을 포기하지 못하고 있다는 것을 의미했다.

나는 유에게 "엄마는 옛날에 만화가가 되고 싶었어"라고 말할 수 있을까?

싫어, 그렇게 말하고 싶지 않아. 과거형으로 남겨두고 싶지 않아.

나는 만화가가 되고 싶어.

이렇게 엉망진창으로 상처를 받았는데도 만화가를 향한 꿈이 강해진다는 게 아니러니했다. 더 빨리, 더 열심히 했더라면 좋았을 텐데. 이 나이가 될 때까지 뜨뜻미지근한 행복에 젖어 있었던 것이 후회됐다.

역에 도착하자 리호가 라인 메시지를 보냈다.

'오늘 연장 신청했던데? 전에 두통이 있다고 해서 병원에 갔나 싶어서. 혹시 지사키 갱년기 아니야? 이번 기회에 산부인과 검진도 받는 게 좋을 것 같아서. 건강 조심해.'

……오지랖 넓네.

리호의 섬세하지 못한 천진함이 신경을 건드렸다.

진심으로 걱정하는 거겠지. 나쁜 뜻은 없을 거야, 하고 생각하면서도 자꾸만 짜증이 났다.

나는 답장하지 않았다. 어른스럽지 못하다는 행동이라는 것을 알았지만, 지금 답장을 했다가는 머릿속 지뢰가 터질지도 몰랐다.

마치 영원히 나이 먹지 않을 것 같은 리호의 말 한마디 한마디에 신경 쓰이는 이유는 내가 여자로서 자신이 없기 때문이다. 웃어넘길 여유가 있다면 이렇게 화가 나지는 않을 것이다.

안절부절못하면서 스마트폰을 가방에 집어넣자 나를 불쾌하게 만드는 일들이 가슴속에서 슬금슬금 모습을 드러내기 시작했다.

나를 깔보는 듯한 어시스턴트의 얼굴 표정. 나한테 아무런 관심이 없는 남편. 좀처럼 낫지 않는 늑간신경통.

한심하게 일이 잘 안 풀리면 죄다 남 탓, 아니면 나이 탓만 하다니.

언제부터 이렇게 비비 꼬인 사람이 돼버린 걸까? 옛날에는 그냥 만화 그리는 게 즐거웠는데, 지금은 비굴한 마음과 질투심이 꿈보다 더 크게 자라버렸다.

아마 엄청난 액운이 끼거나 부정 탄 게 분명해.

유를 데리러 가기 전까지 시간이 조금 남았다. 나는 신사로 향했다.

사무실 벨을 울려보았지만 아무런 응답이 없었다.

참배당 쪽에도 인기척이 없어서 계단을 따라 위쪽으로 올라가보았다. 숨이 차서 도중에 몇 번이고 걸음을 멈췄다. 한심하게 느끼며 올라가보니 훌륭한 본당이 나왔다.

시간이 별로 없다. 서두르자, 얼른 찾아야 한다.

본당 뒤쪽으로 가보니 파란 사무에를 입은 통통하고 둥근 등이 보였다. 궁사는 집게로 종이 쓰레기를 줍고 있었다.

"궁사님."

내가 말을 걸자 궁사가 뒤를 돌아보며 부드러운 미소를 지었다.

"아이고, 안녕하세요."

"한참 찾았어요."

"미쿠지 말씀입니까?"

"아뇨. 미쿠지가 아니라 궁사님을 만나고 싶었어요."

"네? 저를요?"

"지금 당장 액막이를 해주세요. 제게 들러붙은 이 시커먼 것을 떼주세요."

궁사는 나를 지긋이 쳐다봤다.

"액막이를 하려면 준비할 시간이 걸립니다만 그래도 괜찮으시겠습니까?"

손목시계로 시간을 확인했다. 아무 생각 없이 말하기는 했지만 막상 마중 가야 할 시간까지 30분밖에 남지 않았다. 앞뒤 생각 안 하고 무작정 덤벼드는 성격 때문에 항상 일을 망치는 것인지도 모른다.

"시간이 없다면 나중에 다시 오시지요. 지금 당장 꼭 하시겠다고 하면 스스로 할 수 있는 액막이 방법을 알려드리죠. 제가 그냥 만든 것이기는 하지만."

"아…… 부탁드립니다."

"그럼, 같이 해볼까요?"

궁사는 집게와 비닐봉지를 땅에 내려놓았다. 그리고 내 앞에 똑바로 서서 움직이지 않았다.

우선 가슴을 활짝 펴고 등을 곧게 편 뒤 턱을 당기라고 말했다. 이런 자세만으로도 내장이 펴지면서 편안해지는 것 같았다. 지금까지 얼마나 몸을 웅크리고 살았던 걸까? 늑간신경통에 걸린 것도 안 좋은 자세 때문이라는 생각이 들었다.

"그다음은 항문을 꽉 조이세요."

"네? 항문을요?"

궁사는 진지한 얼굴이었다. 어떻게 조이는 건지 몰라서 엉덩이 전체에 힘을 주자 이상하게 정신이 바짝 차려지는 듯한 느낌이 들었다.

"배꼽 아래 단전에 힘을 주세요. 우선 숨을 가능한 한 전부 다 내뱉은 다음에 천천히 숨을 들이쉬고 천천히 내뱉고. 이걸 세 번 하세요."

스으으읍, 하아아.

세 번 반복하자 궁사가 갑자기 "에에에에익크!" 하고 소리 질렀다.

그 고함 소리에 놀라 나도 모르게 뒷걸음질 쳤다. 어느새 온화한 모습이 사라지고 궁사는 엄청난 박력과 함께 에너지를 내뿜었다.

"자, 따라 해보세요."

부끄러워할 새도 없이 궁사가 내 어깨를 툭 치며 재촉했다.

"에잇!" 하고 있는 힘껏 소리를 지르자, 갑자기 몸이 붕 뜨는 것처럼 가벼워졌다. 즉시 효과가 나타나는 것 같아 신기해하고 있는데 다시 온화한 미소를 되찾은 궁사가 말했다.

"자, 됐습니다."

"기합으로 액운이나 잡귀를 물리치는 거로군요?"

상쾌한 기분으로 내가 말하자 궁사가 천천히 고개를 가로저었다.

"아니요. 물리치는 게 아니라 어디까지나 떨쳐내는 것입니다. 싸우는 게 아닙니다. 새로 좋은 기운을 받아들이려면 일단 내보내야 하지요. 들어올 틈을 만들어야 해요."

"……신령님이 들어올 스페이스?"

"그렇죠, 그렇죠. 아주 재미있는 표현이군요. 일상생활을 하면 청소를 해도 해도 먼지가 쌓이고 쓰레기도 나오지요. 마찬가지입니다. 우리는 살아 있는 동안 다른 사람으로부터 뿜어져 나오는 부정적인 감정을 품게 되고 말지요. 그럴 때마다 자신 안의 스페이스를 깨끗하게 비우는 게 중요합니다."

결국 다들 똑같은 말을 하는구나. 풍수 전문가도, 데루도, 궁사님도.

나는 울고 싶은 기분을 꾹 참고 대꾸했다.

"하지만…… 스페이스는 너무 좁은걸요. 그래서 쓸데없는 걸 버리려고 해도 자꾸만 소중한 마음이 들어서 버리지도 못하겠어요. 게다가 부정적인 감정은 내보내봤자 금세 다시 돌아와 버리더라고요."

궁사가 살짝 고개를 끄덕인 뒤 사람 좋은 미소를 띠며 대답했다.

"그럼, 일단 그 잘못된 생각부터 뚫도록 하죠."

"잘못된 생각이요?"

"그렇습니다. 자기 스페이스가 좁다고 어떻게 확신하는 거죠? 스스로가 그렇게 정해버린 게 아닐까요? 아무도 좁다고 한 적도 없는데."

"……어떻게 그 막힌 곳을 뚫죠?"

"가장 먼저 '결국엔 다 소용없겠지'라는 생각부터 벗어 던지세요. 그리고 그 생각 위에 '아직 아무것도 정해진 건 없어'라는 생각으로 덮어씌우세요."

궁사는 쓰레기 집게를 다시 집어 들고 영화 촬영장에서 쓰는 슬레이트처럼 딱딱 소리를 냈다.

"모든 게 다 지금 이 순간부터입니다."

그러고 보니 이제까지 늘 그렇게 생각하며 지내왔었다.

내가 일할 만한 데가 있을 리가 없지.

다카시한테 무슨 말을 하든 다 소용없지.

리호가 보기에 내가 아줌마 같아도 어쩔 수 없지.

나는 그날 밤 오랜만에 일찍 퇴근한 다카시에게 말을 걸었다. 다카시는 저녁을 먹으면서 맥주를 마시고 있었다.

"저기…… 나 오늘 면접 보고 왔어."

"면접? 무슨 일?"

다카시가 놀란 얼굴로 나를 쳐다봤다. 여기까지는 예상한 대로였다.

진심을 말하면 바보 취급 할지도 몰라…… 라는 쓸데없는 걱정을 떨쳐버리고 사실 그대로 솔직하게 털어놓기로 했다.

"만화가 어시스턴트."

다카시는 눈을 부릅뜨고 마시던 맥주잔을 내려놓았다.

"대단한데."

대단하다고?

"유 낳고부터 당신이 하고 싶은 일도 못 하고 재능만 썩히는 것 같아 나도 마음이 안 좋았거든. 이제 만화는 그리지 않는 건가 싶어서. 하지만 내가 먼저 얘기 꺼내면 괜히 당신을 몰아세우는 게 아닐까 싶어서 가만히 있었어. 좋네, 어시스턴트. 잘 결심했어."

다카시가 이런 말을 해주다니. 오히려 내가 더 놀라고 말았다. 왠지 기뻤다.

하지만…… 무조건 떨어질 거야, 하고 말하려다가 입을 다물었다. 나는 언제나 안 된다는 잘못된 생각에 집착해 스스로를 얽매어왔다. 아무것도 정해진 건 없다, 아무것도. 나는 고개를 들었다.

"결과가 어떻든 간에 도전해보는 게 좋을 것 같아. 아무리 생각해봐도 난 역시 만화 그리는 걸 좋아하는구나, 하고 깨달았거든."

다카시가 "응" 하고 무언가 떠올린 듯 미소를 지었다.

"얼마 전에 그렸던 그림 혹시 면접용이었어? 식탁 말고 서재 책상에서 그리지 그랬어. 여기서 그리면 집중 안 되지 않아?"

"뭐? 그래도…… 돼?"

"거기가 딱히 내 방도 아니고 뭐 어때. 그리고 말 나온 김에 이야기하는 건데 유가 초등학교 들어갈 타이밍에 좀 더 넓은 데로 이사 가는 게 좋을 것 같다고 생각하고 있었어. 유도 자기 방이 필요할 테고…… 슬슬 둘째 생각도."

허를 찔린 것 같았다. 그동안 그런 생각을 하고 있었던 거야?

"난…… 당신은 더 이상 가족한테 관심이 없는 줄 알았어. 뭐랄까, 요새 계속 화난 것처럼 보여서."

다카시는 이마에 손을 올리며 미안하다는 말투로 말했다.

"요새 제대로 대화도 못 나눠서 미안. 반년 전부터 큰 프로젝트를 맡아서 너무 정신이 없었어. 그래도 당신이 뭔가에 열심이라서 왠지 나도 힘이 나는 것 같아. 알려줘서 고마워. 나도 열심히 일할게."

뭐야, 나야말로 열심히 일하는 다카시를 응원하고 지켜봐주는 마음을 잊어버리고 있었잖아. 내 문제만 생각하느라 그동안 시야가 좁아져 있었다. 다카시는 맥주를 쭉 들이켰다.

"일도 큰 고비를 넘겨서 슬슬 자리를 잡은 것 같아. 월말쯤에는 오랜만에 푹 쉴 수 있을 것 같은데 어디 놀러 갈까? 일에 치여서 너무 빡빡하게 살면 자기 모습을 잊어버리는 법이니까⋯⋯. 뭐든 여백이 있어야 하는 것 같아, 역시."

여백.

그 말에 나는 고개를 힘껏 끄덕였다. 맞아, 스페이스가 있어야지.

가와구치 호수 근처의 호텔로 향하는 전철 안에서 유가 그림책을 펼쳤다.

다쿠미가 가르쳐줬던 『난다』라는 그림책이다. 유는 그림 하나하나를 손가락으로 가리켰다.

"나비, 새, 천사."

그림 귀엽네. 색채도 센스 있고. 이 선은 좀 더 가늘었다면 분위기가 더 살 것 같은데⋯⋯. 머릿속으로 가는 선으로 바꾼 그림의 이미지를 떠올려보다가, 그런 나에게 웃음이 터지고 말았다.

조금 검색해보니 온라인 강좌에 '디지털 일러스트레이션' 항목이 있었고, 어시스턴트가 말했던 '클튜'라는 프로그램을 사용해 만화 그리는 법을 배울 수 있다는 사실을 처음 알았다. 나는 바로 신청을 하고 시간 날 때마다 서재에 틀어박혀 컴퓨터 화면과 마주했다. 처음에는 무슨 말인지 알아듣지 못해서 패닉 상태였지만 펜 태블릿 쓰는 법도 조금씩 감을 잡아갔다. 편리하고 신기했다.

물론 펜대도 소중하게 보관하고 있었다. 하지만 디지털에 익숙해지면 앞으로 할 수 있는 일의 범위도 넓어지고, 만날 수 있는 사람의 폭도 넓어질 것 같다고 생각했다.

면접 이틀 뒤, 전화가 걸려왔다.

합격자만 연락 준다고 했는데, 나는 채용 불가였다. 충분히 예상하고 있어서 실망하지는 않았지만, 대신 다른 일로 깜짝 놀랐다.

"작품을 봤는데 나쁘지 않네요. 이야기 전개는 뻔한 느낌이 들지만…… 당신이 평소 발견한 신기한 장면들을 좀 더 넣으면 아주 좋아질 것 같은데, 어떻게 생각해요? 그리고 군중 신도 좋았어요. 군중 개개인에게 각자의 드라마가 있다는 느낌이 드는 걸 보니 당신 안에 그런 생각이 있었던 것 같아요."

알아봐주었어. 그 사실이 무엇보다 기뻤다.

"이번에 어시스턴트 경험이 있고 시간 여유가 있는 사람으로 채용하기는 했지만, 만화가 지망한다고 했었죠? 응원하고 싶어서요. 나도 마흔 넘어 데뷔했어요. 그러니까 힘내요."

전화를 끊은 뒤에도 스마트폰을 손에 꼭 쥔 채 한없이 울었다. 구직에는 실패했지만, 앞으로 조금 더 나아간 느낌이었다.

유가 기대와서 같이 그림책 페이지를 넘겼다.

"비행기, 로켓."

마지막 페이지를 넘긴 유가 말했다.

"스페이스 셔틀."

나도 모르게 "아하!" 하고 소리를 높였다.

그렇구나.

스페이스.

우주라는 뜻도 있었지. 내 안에 스페이스는 분명 우주처럼 끝없이 펼쳐져 있을 거야.

호텔에 짐을 두고 나와 점심시간이 될 때까지 자전거를 탔다. 체크인하고 낚시하러 간 다카시와 유를 배웅하고 나는 호텔에서 시간을 보내기로 했다.

다카시가 제안한 아이디어였다. 혼자서 보낼 시간을 선물하고 싶다며. 나는 감사히 선물을 받았다.

잘 정리된 일본식 다다미방은 넓어서 기분이 좋았고, 창문 밖으로 후지산이 보였다. 테이블 위에는 화과자와 녹차를 마실 수 있는 차 세트가 놓여 있었고, 옆에는 아름다운 붓글씨로 '환영합니다. 시바우라 님, 잘 오셨습니다. 부디 편안한 시간 보내시기를 바랍니다'라고 쓴 카드가 보였다. 짧은 메시지에서도 환영받고 있다는 느낌이 전해져서 좋았다.

녹차를 한잔 마시고 유카타를 들고 노천탕으로 향했다.

리호에게 "괜찮아"라고만 라인 메시지를 보내고 고마움을 표시하는 이모티콘을 붙였다. 눈치를 보거나 기분을 맞추려고 변명이 잔뜩 담긴 장문의 메시지를 보내올 것 같아서 깔끔하게 끝을 맺었다.

여태껏 주고받은 라인 메시지를 보면 내가 얼마나 리호에게 비굴하게 굴었는지 확연히 보였다. "이제 나이 먹었으니까"라든가 "리호는 젊잖아" 같은 자기 자신을 비하하는 말을 계속 보내서 부끄러웠다. 리호에게 '지사키는 아줌마'라는 인상을 준 사람은 다름 아닌 나 자신이었다.

싸우지 않아도 돼. 누구와도, 나 자신과도. 불필요하다고 생각하는 감정이 솟구칠 때마다 그때그때 떨쳐버리면 되니까.

여탕 안으로 들어가보니 탈의실에서 젊은 여성 두 명이 이야기를 나누며 물기를 닦고 있었다. 나는 입고 있던 옷을 모두 벗고 목욕탕으로 들어갔다. 사람이 많은 시간대를 피한 덕분인지 다른 손님은 없었다.

나쁜 기운을 씻어내듯 뜨거운 물로 몸을 한번 가볍게 씻어낸 뒤, 미끄러지지 않게 살금살금 걸어서 노천탕으로 향했다. 아직 해가 중천에 떠 있었다. 나는 무서워서 계속 피하고 있던 밝은 빛 아래 몸을 드러냈다. 지금 이 순간만큼은 담뿍 받아들일 작정이다.

천천히 탕 안으로 몸을 담갔다. 하늘을 올려다봤다. 투명한 파란색에 빨려들어갈 것 같았다.

처음에는 너무 뜨거웠지만 탕의 온도에 점점 익숙해지자 몸과 마음이 편안해졌다. 검게 변한 무릎을 안쓰러운 듯 쓰다듬었다. 이건 열심히 육아에 전념해 받은 훈장인 거야. 온몸이 녹아내릴 것 같은 느긋한 기분이 들어 눈을 감았다.

그 신사에서 미쿠지에게 다라수 잎을 받고 난 뒤 짧은 시간 동안 뭐라 말할 수 없는 이런저런 일이 일어났다. 데루의 또 다른 얼굴도 알게 되었고, 어시스턴트에 도전도 해봤고, 궁사에게 셀프 액막이 방법도 배웠고…… 면접 때 만난 어시스턴트 태도에는 상처를 받았지만 덕분에 클튜 배울 계기를 얻게 되었으니 지금 와서는 고마운 감정이 더 크다. 나와는 면접을 보느라 10분 정도 이야기한 게 전부이지만, 그 어시스턴트는 아마도 쓰유부키 선생님에게 인생 깊숙한 곳까지 얽혀 있는 '소중한 수제자'일 것이고, 분명 내가 모르는 그만의 인생 드라마가 있을 것이다.

데루도 마찬가지다. 아내랑 어떻게 만나고 어떻게 결혼하게 되었을까? 궁사님은 그 신사에서 어떤 유년기를 보냈을까? 참 재미있다니까, 사람 사는 이야기라는 게. 각자의 일상이 있고 역사가 있고 생각이 있고 감정이 있고…….

그 순간 퐁, 하고 물방울이 터지듯 영감이 떠올랐다.

작은 신사에 모인 고민이 많아 방황하는 사람들의 이야기. 이상한 고양이. 통통한 궁사님.

어디에나 있을 법한, 하지만 실제로는 오직 한 곳에만 있는 우리.

그중 캐릭터 한 명이 멋대로 내 머릿속에서 움직이기 시작했다. 말하고, 화내고, 울고, 웃는다. 캐릭터가 또 다른 캐릭터를 데리고 온다. 지금이라면 그릴 수 있는, 지금이니까 그릴 수 있는 이야기를 그리고 싶다. 아직 어디에도 존재하지 않는 이야기를.

데루가 말한 대로, 휑 하니 텅 빈 공간에 신령님이 들어왔다. 나는 아무도 없어서 다행인 탓에서 혼자 하늘을 향해 두 팔을 벌리고 받아들였다.

환영합니다. 신령님, 잘 오셨습니다.

일곱 번째 잎사귀

|

가끔, 우연히

사람들은 오늘 밤은 초승달이라는 둥 보름달이라는 둥

이러쿵저러쿵 떠들며 달을 올려다보지만

실제 달은 항상 둥글고

우리는 태양이 달을 비추어 빛나는 부분을 보고 있다

그러니까 달은 어떤 모습으로 하고 있더라도 일부분일 뿐이다

그리고 모순되어 보이지만 어떤 달이든 다 진짜 달이다

사람이 사람을 볼 때도 비슷하다고 생각한다

어떤 모습을 보이더라도 다 일부분일 뿐이고

또 모순되어 보이지만 어떤 모습도 다 진짜 그 사람이다

……라고 어젯밤 블로그에 적은 이유는 오랜만에 누가 트위터에서 내 이야기를 썼기 때문이다.

"점쟁이 스이세이 줄리아를 편의점에서 목격. 냉장고 안쪽에서 우유 꺼내고 있었다"라는 내용이었다. 가짜 뉴스는 아니고 사실이었다. 이게 뭐가 재미있다고 리트윗이 네 자릿수를 넘겼다. 친절하게 조악한 사진까지 돌아다니는 게 완전 범죄자 취급이었다. 텔레비전 방송 녹화할 때 모습 그대로 택시를 타고 집에 가다가 아무 생각 없이 마스크도 안 하고 편의점에 들른 게 문제라면 문제였다.

나라고 편의점에서 우유도 못 사? 우유마다 유통기한이 하루 정도 차이가 나니까 안쪽에 있는 신선한 걸로 고르는 게 당연한 거고. 이게 뭐 이상하다고 이 난리를 치고 악플에 시달려야 하는 건데. 예능 방송에 나오는 연출된 모습이 아니고, 내게도 마흔여섯 살 먹은 독신 여성으로서의 평범한 일상이 있는 것이다. 나름 항의의 표시로 블로그에 그런 글을 올리기는 했지만 제대로 알아봐주는 사람이 얼마나 될지는 미지수다.

"그러니까 내가 항시 말하잖아. 제대로 기획사 들어가서 매니저 도움 받으라고. 우유 정도는 대신 사달라 하고."

도모양*이 추하이**에 자몽을 짜면서 말했다. 반달처럼 노란

---

* 일본에서 애칭으로 성이나 이름 일부 뒤에 '양'을 붙이기도 한다.

과일에서 쭉쭉, 힘차게 즙이 튀었다. 담배 연기나 숯불 연기로 꽉 찬 좁은 실내는 오늘도 시끌벅적 정신이 없었고, 우리 이야기에 귀를 기울이는 사람도 없었다.

"싫다니까. 삥이나 뜯기고 자기네 맘대로 부리기나 하잖아."

자, 하고 그는 500밀리 잔을 내밀었다. 도모양의 엄청난 악력 덕분에 과육과 과즙을 제대로 착즙한 주시(Juicy)한 추하이를 나는 고맙게 받았다.

"……돈 벌려고 시작한 일은 아니긴 한데."

추하이를 입 안에 부어 넣자 자몽 씨가 혀에 남았다. 남김없이 다 마셔버리자, 이번엔 도모양이 맥주를 들이켰다.

"일이 들어올 때 확실하게 바짝 돈을 당겨야지. 나는 인터넷 덕분에 일자리가 많이 줄었단 말이야."

도모양이 흐엉, 하고 울음을 터뜨리며 책상에 쓰러져 울었다.

그는 세무사다. 그러고 보니 종합소득세 신고가 인터넷을 통해 간단하게 처리하는 게 가능해져서 세무사와 상담하지 않더라도 신고를 마치는 사람이 늘어난 모양이다.

그러나 이 문제는 일단 제쳐두고, 도모양의 경우 리젠트 스타일의 머리***부터 바꾸면 손님이 조금 늘어날 것 같았다. 하

** 탄산이 들어간 희석소주. 사와(sour)라고도 한다.
*** 엘비스 프레슬리 머리 모양. 앞머리를 높이 위로 빗어 넘기고, 옆머리를 뒤로 빗어 붙인 스타일을 말한다.

는 김에 그 페이즐리 무늬 셔츠도 포기한다면 사무실 문을 열자마자 놀라서 돌아가버리는 사람이 줄어들 것이었다. 하지만 도모양 왈, "리젠트 스타일 하는 연예인은 다들 젊게 살잖아".

도모양은 짙은 쌍꺼풀과 날카로운 눈빛 그리고 뚜렷한 송충이 눈썹과 곧게 뻗은 높은 콧대를 가지고 있었다. 과도하게 뚜렷한 이목구비 때문에 무서운 사람으로 보였다. 이렇게 나를 위해 자몽즙을 짜주는 착한 사람인데. 도모양은 사람들의 괜한 오해 때문에 손해를 보며 살고 있는지도 모른다.

도모양과 나는 고등학교 동창이다. 3학년 때 같은 반이었고, 수학여행 때 한 팀으로 같이 다닌 적도 있었다. 기후의 벽촌 학교를 졸업한 뒤로 한 번도 연락한 적이 없었던 도모양과 다시 만나게 된 곳은 1년 전 도쿄의 어느 작은 선술집이었다.

텔레비전이나 잡지에 나올 때만 풀메이크업을 하고 헤어스타일도 올림머리로 완벽히 세팅하고, 장식이 잔뜩 달린 드레스를 입었다. 드레스는 그렇다 치고, 쌩얼에 콤플렉스가 있어서 고등학교 졸업 이후로는 메이크업하지 않고 밖에 나간 적이 거의 없었다. 전반적으로 이목구비가 흐릿한 편이다. 눈도 눈썹도 입술도. 그래서 걸어서 1분밖에 안 걸리는 코인 세탁소에 갈 때도 얼굴에 뚜렷한 색과 선을 얹지 않고서는 현관문 밖으로 나가지 않았다.

어느 날 아침, 늦잠을 자서 쓰레기차가 올 시간을 아슬아슬하게 놓치는 바람에 급한 마음에 쌩얼로 그냥 나갔던 적이 있는데 아무도 내 정체를 눈치채지 못해서 오히려 김이 샐 정도였다. 쓰레기봉투를 들고 뛰는 모습이야말로 네티즌에게 좋은 먹잇감이었을 텐데. 완전 쌩얼에 머리도 풀고 티셔츠에 트레이닝 바지만 입고 있는 내 모습을 스이세이 줄리아라고 생각하는 사람은 없었다. 시험 삼아 그대로 근처 빵집에도 가봤지만 내 얼굴을 확인하려는 사람은 한 명도 없었다. 물론 나를 못 알아보는 사람들 때문에 상처받기는 했지만, 진정한 '변장'의 끝은 쌩얼이다! 라는 깨달음을 얻었다.

그 뒤로 마음이 편해졌다. 누구에게도 들키고 싶지 않은 날에는 메이크업도 하지 않고 티셔츠에 청바지만 입고 머리카락은 그냥 풀어 헤친다. 여기에 안경까지 쓰면 완벽하다.

그런 꼴로 선술집 카운터에 혼자 앉아서 저녁으로 닭꼬치와 사와를 실컷 즐기고 있는데 누군가 말을 걸어왔다.

"니코?"

반사적으로 고개를 돌려 뒤를 보니 리젠트 머리를 한 무섭게 생긴 사람이 서 있어서 어깨가 움츠러들었다. 포마드를 발라 반질반질 윤이 나는 헤어스타일도 익숙하지 않았고 끝이 뾰족한 껄렁해 보이는 구두 모양을 보니 더더욱 거리를 두고 싶어졌다.

나를 '니코'라고 부르는 사람은 기후에만 있을 텐데. 내 본명은 '에미코'인데 한자로는 '笑子'라고 쓰기 때문에 초등학교 때부터 고등학교 때까지 '니코'*가 별명이었다.

과거의 나를 알고 있는 사람이 확실했지만 누군지 전혀 기억나지 않았다. 당황함과 두려움이 섞인 표정이 얼굴에 드러나자 눈앞의 남자가 어깨를 팡팡, 두드리며 반가운 척을 했다.

"나 기억 안 나? 도모야! 도모야 시게루!"

"어? 아하, 도모양!"

야구부라서 항상 삭발이었던 기억 속 도모양과는 너무나 달라진 모습에 깜짝 놀라며 "엄청 변했네" 하고 말했더니 도모양은 "니코, 넌 하나도 안 변했다!" 하고 웃었다. 그런 말을 듣자 기뻐서 코끝이 찡해졌다.

도모양은 내가 스이세이 줄리아라는 것을 몰랐다. 고향에서는 꽤나 사람들이 화제로 입에 올리는 모양인데, 도모양은 오랫동안 기후와 연이 끊어지다시피 해서 그 사실을 전혀 모르고 있었다고 했다.

나고야에 있는 대학을 나와 도쿄로 와서 지금은 세무사가 되어 혼자 사무실을 운영하고 있고, 나와 똑같이 이혼 경력이 한 번 있는 돌싱이라는 점 말고는 도모양이 내게 알려준 정보는 없었다. 점을 봐달라고 부탁한 적도 없어서 생일조차 몰랐

---

* 우리말로 '방긋'이라는 뜻의 의태어다.

다. 하지만 가끔 이렇게 도모양은 쌩얼인 나와 술 한잔을 하곤했다. 대부분 푸념을 들어주지만, 가끔은 세금을 절약하는 방법을 알려주거나 2월에 하는 소득 신고를 도와주기도 했다. 물론 세무사 상담료를 받고서. 내가 몸도 마음도 모두 있는 그대로 내보일 수 있는 사람은 도모양뿐이다. 손잡아본 적조차 없지만.

고등학교 졸업 후 취직한 식품회사 상사와 스물여섯 살에 결혼했지만 성격도 잘 맞지 않고 아이도 생기지 않아 서른여섯 살에 이혼한 뒤 토킹바*에서 일을 시작했다. 대화를 나누며 맞장구를 쳐주거나 분위기를 띄우거나 술 마시고 노래하는 것에도 큰 불편함은 없었다. 단조로운 하루하루가 나름 재미있게 느껴지기도 했다. 하지만 언제까지나 이렇게 살 수 없다는 불안감은 어쩔 수 없었다.

내 인생을 180도 변화시킨 터닝포인트는 토킹바에 있던 탁상 점괘 자판기였다. 제비뽑기로 별점을 치는데, 자기 별자리가 그려진 투입구에 100엔 동전을 넣고 손잡이를 당기면 룰렛이 회전하며 돌돌 말린 종이가 나오는 기계였다.

* 스낵바. 일반적으로 작고 좁은 공간에 조리대 좌석과 테이블 몇 개와 노래방 시설을 갖춘 아주 작은 무대를 갖추고 간단한 식사(스낵)를 제공하는 일본 특유의 바(bar) 형식. 보통 '마마'라 불리는 여성 가게 주인과 종업원이 손님의 말동무를 하는 특징이 있다.

술에 취한 손님이 100엔 동전을 넣고 작은 종이 두루마리를 꺼내 펼쳐 보고는 거기에 적혀 있는 말에 휩쓸려 좋아하고 낙담하는 모습이 아주 흥미로웠다. 나이가 지긋한 아저씨도 미래에 무슨 일이 벌어질지 알고 싶어 어쩔 줄 몰라 했다. 귀여워. 어쩜 저렇게 귀엽지?

이런 것은 누가 어떻게 쓰는 거람? 별점이라는 건 어떻게 하는 거지? 문득 흥미를 갖고 도서관에 가서 서양 점성술에 대해 조사해봤다. 그때는 숫자가 어쩌고 표가 어쩌고 무슨 말인지 전혀 이해가 가지 않았다. 점성술이라는 게 이렇게 복잡한 거였구나, 하고 단순히 그렇게만 느꼈다.

하지만 열두 개로 쪼개진 원 안에 행성을 배치하는 '홀로스코프 차트'라고 불리는 도표를 봤을 때 별을 표시하는 마크가 여기저기로 움직이는 느낌이 들어서 "어머?" 하고 놀랐다. 계속 관심이 가서 결국 독학으로 조금씩 홀로스코프 해석법을 익히기 시작했다. 안 풀리던 실마리가 어느 순간 스르륵 풀리면서 "아, 이런 말이구나!" 하고 깨달음을 얻었다. 학교 공부에도 별 관심이 없었는데 점성술 공부에 빠져서 한동안 정신을 차리지 못했다.

공부를 하면서 생년월일과 출생지를 입력하면 단숨에 홀로스코프 차트가 나오는 컴퓨터 프로그램이 있다는 사실을 알게 되었고, 나는 그 프로그램을 사용할 목적으로 노트북을 구입했다. 그리고 가게 여자들이나 단골손님에게 차트를 뽑아서 재미 삼아 성격이 어쩌고 운세가 어쩌고 운세 풀이를 해주게 되었다. 물론 무료였다.

내가 상상한 것보다 훨씬 많은 사람들이 점쳐주기를 바랐다. 특히 타고난 소질이나 인생 방향을 알려주면 "그래서?" 하고 관심을 보였다. 동서고금 점술이 망한 적이 없는 이유는 아마도 유일하게 '당신'에 대해 이야기하기 때문이 아닐까? 텔레비전이나 영화나 책으로 다양한 타자의 이야기를 방관하듯 지켜볼 수는 있다. 하지만 점은 '당신' 자신에 대한 이야기를 풀어간다. 나는 별점을 보면서 많은 사람들이 자기 자신에 대해 궁금해한다는 것을 알 수 있었다.

손님 사이에서 점점 인기를 끌자 가게 주인의 부탁으로 매주 화요일은 점치는 날로 정해서 유료로 점을 봐주게 되었고, 주인은 그 대가로 20퍼센트의 수수료를 받았다.

가명도 정했다. 스이세이 줄리아. 좋아하는 곡의 제목을 변형했을 뿐이다. 입소문을 타면서 젊은 여성 손님이 일부러 점을 보려고 찾아오게 되었다. 나는 2년 동안 대략 200명이 넘는 사람의 운세를 봐주었다. 그때 이미 나는 마흔을 넘겼고, 그 사실이 오히려 플러스로 작용했다고 생각한다. 나이를 먹으면서 쌓아온 인생의 경험치는 점의 결과에 신빙성을 실어주었다. 똑같은 설명을 하더라도 어떻게 비유하느냐에 따라 상대방의 반응이 크게 바뀌기 때문이다. 내 말에 울고 웃는 손님들이 개운한 표정으로 가게를 떠나는 모습을 보는 것이 보람 있게 느껴졌다.

나중에는 주인이 아예 가게 한쪽에 파티션을 설치해 작은 부스를 마련해주었다. 손님 중에는 '인생이 잘 안 풀린다'고 투덜대는 사람도 있었다. 그러나 이야기를 들어보면 대부분 '인생이 안 풀리는 사람'이 아니라 '인생이 안 풀린다고 생각하는 사람'이 많았다. 그들은 '나 말고는 다 잘 풀리고 있다'라고 남을 질투하지만, 멀리 떨어져서 전체를 바라보면 그들의 인생도 나름대로 잘 풀리고 있었다.

이른바 열두 별자리가 똑같아도 각자 태어날 때 별의 위치는 다 다르다. 제각각 독특하고 개성적이어서 내가 보기에 '평범한 사람'은 한 명도 없었다. 그 사실은 내가 점성술 풀이로 얻은 가장 큰 깨달음이었다.

어느 날 나고야의 이벤트 회사에서 일하는 어느 손님이 출장으로 기후에 왔고, 내가 점을 봐주는 것을 보고 "이번에 기업 파티가 있는데 거기 출장 와서 점을 봐주지 않을래요?" 하고 말했다. 당황한 나는 "그렇게 큰 장소에서는 못 해요. 안 맞는다고 혼날 게 뻔해요"라고 거절했더니 그가 웃으며 말했다.

"맞고 안 맞고는 중요한 문제가 아니에요. 당신 캐릭터가 참 독특해요. 미스터리한 분위기를 풍기면서도 이야기는 엄청 재미있거든요."

점을 치는데 안 맞아도 된다니 그래도 되는 건가, 하고 생각하면서 그 순간 나의 운세를 별자리의 움직임으로 살펴보았다. 새로운 일을 시작하기에 딱 좋은 타이밍이니 들어온 제안은 무조건 받아들이라는 느낌이다. 별이 그렇다고 말하니까 한번 해볼까, 하고 결심했다. "파티에 가능한 한 화려한 옷차림으로 왔으면 좋겠어요" 하는 요청이 있어서 그렇게 했다.

그 뒤로 눈 깜짝할 사이에 일이 진행됐다. 그 기업 파티라는 것이 알고 보니 텔레비전 방송국과 관련 있는 곳이었고, 어느 프로듀서가 지방 방송국에서 점술 코너를 진행해보지 않겠느냐고 내게 제안했다. 그 방송 출연을 계기로 키스테이션(Key station) 방송국*에서도 출연 제의가 들어오게 되었다.

기후와 도쿄를 오가며 방송을 하는 사이에 얼굴과 이름이 알려져서 길을 가다가 나를 알아보고 말을 걸어오거나 힐끔힐끔 쳐다보는 일이 많아졌다. 갑자기 길 반대편에서 "지진을 예언해봐!" 하고 소리 지르거나 경마신문에 빨간 펜으로 우승마

---

* 일본은 공영방송인 NHK와 일명 '키스테이션'이나 '키쿄쿠(キー局)'라고 불리는 도쿄의 주요 민영방송국 5개(니혼테레비 방송망, 테레비 아사히, TBS 테레비, 테레비 도쿄, 후지 테레비)로 나뉘어 있다. 민영방송국은 네트워크를 조직해 각 지역의 지방방송국을 묶는다. 지방방송국도 자체 방송 제작 및 판매도 하나, 키스테이션의 비중이 상당히 커서 지역에 따라 도쿄나 오사카와 같은 대도시의 방송을 보지 못하거나 녹화방송으로 보는 경우도 많다. 그만큼 키스테이션 제작 방송에 출연하면 전국적으로 인지도가 높아진다.

에 동그라미를 쳐달라고 요구받기도 했다. 반대로 지나가면서 못 볼 것을 보았다는 듯 눈살을 찌푸리는 사람도 있었다.

그래도 계속 토킹바에 나가며 가끔씩 차트를 보고 직접 풀이를 해주었는데, "스이세이 줄리아가 이렇게 말했다"라며 잘못된 해석을 인터넷에 퍼뜨리는 일이 가끔씩 일어났다. 전혀 그런 말을 한 적이 없지만, 점점 제멋대로 퍼져나가는 이상한 유언비어들을 멈출 방법이 없었다. 내가 자각하고 있는 것 이상으로 '스이세이 줄리아'라는 이름의 영향력은 컸다. 게다가 진짜로 고민이 있어서가 아니라 '이런 어려운 문제를 던지면 어떻게 대답하려나?' 하고 나를 시험하기 위해 찾아오는 사람들이 늘어나면서 나는 완전히 피폐해졌다.

키스테이션 메인 패널로 고정 출연하면서 잡지 인터뷰뿐만 아니라 단행본 출간 제안도 들어왔다. 나는 다시 한번 내 별자리 차트를 봤다. 또 다른 전환기를 맞이하고 있으니 움직이는 편이 좋다고 나왔다. 그래서 결국 거의 출근을 못 하고 있는 토킹바를 그만두고 원룸을 얻어 도쿄로 왔다.

나는 더 이상 차트 리딩은 하지 않고, 대중이 점성술을 더 재미있게 즐기도록 유도하는 쪽으로 방향을 바꾸었다. 예능 방송에서는 같이 출연하는 연예인이 언제 결혼할지 타이밍을 예언해달라거나 아니면 언제쯤 유명해질 수 있는지 예언해달라는 공중파에 실려도 괜찮을 정도의 범위에서만 질문이 오갔다. 나는 잡지나 책에 '불특정 다수의 독자'를 대상으로 원고를 쓰기로 결심했다.

도쿄에서 살아가기 위해 입은 '스이세이 줄리아'라는 갑옷은 때로 나를 지켜주지만, 때로 너무 무거워 넘어질 것처럼 나를 짓눌렀다.

그래서 줄리아를 벗어던지고 니코의 모습 그대로 허름한 선술집에서 무슨 이야기든 편하게 할 수 있는 도모양이 있다는 것이 내게는 가장 큰 버팀목이 됐다. 나는 옆에 앉아 오징어를 씹고 있는 도모양을 감사의 마음이 담긴 눈빛으로 바라봤다.

"전부터 생각했던 건데 스이세이 줄리아의 '줄리아'는 '체커즈'에서 가져온 거야?"*

도모양이 물었다. 술이 별로 센 편이 아닌 도모양은 맥주 한 병에 바로 눈이 풀렸다.

"들켰네."

세 잔째 추하이를 벌컥벌컥 마셨다. 기분 좋게 몸이 풀리면서 졸음이 오기 시작했다.

도모양 말대로 '줄리아'는 우리가 십대 때 유행한 체커즈의 노래에서 따온 이름이다.

---

* チェッカーズ(THE CHECKERS). 1980~1992년 활동한 일본의 남성 7인조 팝밴드. 〈줄리아가 준 하트브레이크(ジュリアに〈ハ一トブレイク〉)는 우리나라의 남성 듀오 컨츄리 꼬꼬가 2000년에 〈Oh, my Julia〉라는 제목으로 번안해 불렀다.

"나 있지, 〈줄리아가 준 하트브레이크〉야말로 체커즈 노래 중에서 가장 명곡이라고 생각하거든."

"체커즈 엄청 좋아했잖아. 니코 너 방송부 권력 이용해서 점심시간마다 체커즈 틀지 않았나?"

"맞아, 좋아했어. 내 청춘과 함께한 게 체커즈인 거지."

테이블에 철퍼덕 엎어져 눈을 감고 〈줄리아가 준 하트브레이크〉를 흥얼흥얼 불렀다. 뭐랄까, 슬픈 곡을 이름으로 골라버렸네. 옛 연인 줄리아를 향해 품은 애절한 마음을 노래하는 동시에 우리는 대도시에서 소중한 것을 잃어버리고 말았다는 노래였다. 교실 한구석에서 열창할 때는 무슨 뜻인지 전혀 모르고 불렀을 텐데, 왜 그리도 마음을 울렸던 걸까? 30년 전의 나야, 내 목소리 들려? 30년 뒤의 나는 지금 네가 상상도 못 할 만큼 멀리 와버렸어.

그때, 물 좀 주세요, 하고 부탁하는 도모양의 목소리가 머리 위로 스쳐갔다.

도모양이 열이 심하게 난다는 메시지를 라인으로 받은 것은 다음 주 아침이었다. 9월이라도 혹시 몰라 독감 검사를 했는데 음성이라고 했다. 그냥 감기인 것 같았다. 바이스러스도 균도 얼씬 못 할 것 같은 센 차림새로 다니면서 이외로 항상 감기를 달고 살았다.

도모양은 원룸을 구하기는 했지만 사무실이 훨씬 넓어서 거기에 있는 소파에서 먹고 자는 때가 많다고 했다. 미안하지만 먹을 것 좀 사다 줘, 하고 도모양이 처음으로 부탁을 해왔다.

항상 선술집에서 만나서, 사무실에 간 적은 없었다.

오후에 도쿄에 있는 호텔에서 토크 이벤트가 있기는 한데, 점심시간 전까지는 시간이 괜찮을 것 같았다. 도모양에게 전달받은 주소를 들고 처음으로 도쿄 외곽으로 갔다. 도모양의 사무실은 역에서 걸어서 15분 정도 거리에 있는 다 쓰러져가는 다용도 건물 4층에 있었다. 창문에 '도모야 세무사 사무소'라고 커다랗게 스티커가 붙어 있었다. 3층에는 구몬, 2층과 1층에는 아직 입주자가 없었지만 셔터가 반쯤 열려 있었다. 내부 공사 중인 모양이었다.

열려 있는 사무실 문을 밀고 들어가자 도모양이 소파에서 솜이불을 둘둘 말고 자고 있었다. "나 왔어" 하고 말을 걸자 살짝 눈을 뜨고 "어" 하고 아픈 목소리로 대꾸했다. 윤기 없는 푸석한 앞머리가 이마를 가리고 있었다. 리젠트 머리가 아닌 도모양을 보는 것은 처음이었다.

전자레인지와 냉장고만 있다고 해서 닭가슴살을 넣은 간단한 채소스프를 만들어 왔다. "먹을래?" 하고 묻자 "조금 있다가"라고 대답했다. 꽤나 힘든 것 같았다.

"포카리스웨트는?"

"응, 주라."

도모양이 소파에서 몸을 일으켜 앉았다. 내가 포카리스웨트를 잔에 따르자 꿀꺽꿀꺽, 소리를 내며 반을 마셨다. 목젖이 위아래로 크게 움직였다.

"또 필요한 거 있어?"

"스가키야의 크림 젠자이(ぜんざい)* 먹고 싶다."

나는 웃음을 내뿜었다. 스가키야는 도카이 지방**을 중심으로 서일본†에 가까운 지역 푸드 코트에만 있는 라멘 체인점이다. 아직 간토(關東)†† 지방에는 진출하지 않았다. 내가 고등학교 다닐 때는 라멘이 180엔이었다. 젠자이 위에 소프트크림을 얹은 크림 젠자이는 140엔이었던 걸로 기억한다. 고등학교 바로 옆에 있는 대형 할인마트 푸드 코트에도 있어서 학교 끝나고 친구들과 모이기 딱 좋은 장소였다.

"미안, 아무래도 더 자야 할 것 같아."

도모양은 소파 위로 쓰러졌다. 내가 솜이불을 덮어주자 눈을 감은 채 잠꼬대 같은 말을 중얼거렸다.

"먹은 지 진짜 오래된 것 같아. 스가키야의 소프트크림은 다른 데랑은 뭔가 다르거든. 맛있어."

---

* 콩이나 팥에 설탕을 넣고 달콤하게 끓인 음식. 떡이나 경단, 밤 조림 등과 함께 먹는 경우가 많다.
** 도쿄에서 교토까지, 해안선을 따라 나 있는 도시와 도시 사이를 잇는 큰길(東海道)에서 유래해 도쿄, 시즈오카, 나고야, 교토, 오사카, 고베 여섯 지역을 가리킨다.
† 시즈오카와 니가타를 기준으로 서쪽에 있는 규슈나 간사이(교토, 오사카, 고베 등) 지방을 가리킨다.
†† 도쿄 및 주변의 이바라키, 도치기, 군마, 사이타마, 지바, 가나가와 지역을 말한다.

"……기후에는 안 간 지 오래됐어?"

"응."

도모양이 몸을 뒤척였다.

기후에서 무슨 일이 있었는지는 알지 못했다. 하지만 도모양에게도 이런저런 상처가 있는 거겠지, 하고 짐작할 뿐이었다. 나라고 뭐 다른가? 이혼하고 토킹바에서 일하기 시작했을 때도 그랬지만 점쟁이가 되어서 방송에 나오게 된 뒤로는 완전히 가족과 친척과는 연이 끊기고 말았다.

뭐랄까…… 어른스러워졌네, 우리 둘.

그렇게 생각하며 도모양의 뒷머리를 바라봤다.

"이제 갈게."

"응. 와줘서 고마워."

"사과랑 바나나도 두고 갈 테니까 챙겨 먹어."

"잘 먹을게. 고마워."

좀 그런가, 하고 망설이다가 새로 산 속옷이랑 티셔츠도 과일과 함께 테이블 위에 올려놓았다.

나는 도모양의 머리에 손을 살짝 대고 세 번 정도 쓰다듬은 뒤 "또 올게" 하고 말하고는 사무실을 나섰다. 포마드가 묻지 않은 도모양의 머리카락은 땀으로 다 젖은 어린아이 같았다.

건물을 나와 역으로 향하려는데 건물 옆으로 난 좁은 골목길이 시야에 들어왔다. 안쪽에 도리이가 보였다. 신사가 있는 모양이었다.

무의식적으로 그쪽을 향해 발이 움직였다. 석조 도리이 앞에서 1배 하고 안으로 들어갔다. 왠지 모르게 가정적인 느낌이 드는 작은 신사였다.

데미즈야에서 손을 씻고 입을 헹군 다음 참배당 앞에 섰다. 방울을 울리고 두 손을 모았다.

나는 항상 신사에 오면 아무것도 빌지 않았다. 그저 눈을 감고 마음을 고요하게 가라앉혔다. 군이 말하자면 별 탈 없이 살게 해주셔서 감사합니다, 라는 마음만 전하곤 했다.

신령님이 소원을 들어주는 존재인지 아닌지는 모르겠다. 그저 저 위에서 싱글싱글 웃으며 우리를 지켜보거나, 툭 튕겨버리거나, 변덕스럽게 괜히 이 사람과 저 사람을 싸움 붙이는 등 의외로 장난치기를 좋아하는 게 아닐까, 하고 생각했다.

신화에서도 쓰레기 같은 신령님이 잔뜩 나온다. 일본만 그런 게 아니라 그리스 신화에도 신들이 잔혹하고 질투가 심하고 에로틱하기까지 하다. 전지전능한 신 제우스는 말이 안 될 정도로 여성 편력이 심하다. 아주 오래전부터 입에서 입으로 전해져온 신들이란 어쩐지 상당히 인간적인 냄새가 났다.

신령님이 부탁을 모두 들어주었다면 나는 지금 기후에서 착한 남편이랑 귀여운 아이들에게 둘러싸여 있어야 한다. 어떤 소원도 이루어지지 않은 채 그냥 흘러가는 대로 떠밀려온 끝에 나는 점쟁이로 텔레비전에 나오고, 독신 여성의 삶을 꾸려가고 있다. 뭐가 더 좋았을까, 가끔 생각하곤 했다.

갑자기 피곤함이 몰려와 집으로 돌아가려고 참배당에서 등을 돌렸는데, 커다란 다라수가 눈에 들어왔다. 몇 년 된 나무일까? 굵기로 미루어볼 때 100년은 넘었을 것이다. 얼마나 많은 참배객을 여기서 지켜봤을까?

나무에 다가가 올려다보니 몇몇 잎사귀 뒷면에 글씨가 적혀 있는 게 눈에 띄었다. '복권 1억 엔 당첨!' '여친 당장.' 하여튼 사람이란 욕심이 끝이 없다.

그런데 갑자기 나무줄기 위에서 불쑥 고양이가 고개를 내밀었다.

"구로베!"

나도 모르게 소리를 지르며 쭈그려 앉았다. 구로베, 이런 데 있었던 거야!

……아니네.

등과 얼굴의 절반이 까맣고 이마 아래로 산을 그리듯 하얀 털이 나 있는 하치와레 고양이. 생김새는 비슷해도 구로베 코는 핑크색이었다. 이 아이의 코는 붓글씨 쓸 때 사용하는 묵처럼 새까맣다. 게다가 자세히 보니 귀 모양이나 얼굴 윤곽도 달랐다.

구로베가 아닌 게 당연했다. 구로베는 내가 고등학생 때 만났던 고양이니까 이제 이 세상에 있을 리가 없었다.

고양이는 나를 지긋이 올려다봤다. 샴페인 골드색 눈동자.
내가 웃음을 짓자 고양이도 웃음으로 답했다.

오, 웃었어?

거리에서 우연히 친구와 마주쳤을 때처럼 친근한 미소였다.

왜 그런 걸까? 자연스럽게 입에서 말이 튀어나왔다.

"구로베, 잘 지내?"

고양이는 뭔가 알고 있다는 듯 고개를 *끄*덕였다. 가슴속 깊
이 안도감이 들었다. 이승인지 저승인지 아니면 다른 어디에 있
는지는 몰라도 구로베는 건강하게 잘 지내고 있는 듯했다. 왠지
이 아이는 다 알고 있을 것만 같았다.

"걔, 외롭지는 않았대?"

그렇게 말하자 눈가가 뜨거워졌다. 오랜 시간 마음 한구석
에 가시처럼 박혀 있던 상처였다.

구로베는 들고양이였는데 처세술이 좋아서 이집 저집 돌아
다니면서 밥을 얻어먹었다. 시골이다 보니, 키우는 고양이도
아무 때나 집을 나가 아무 때나 집으로 돌아오는 게 당연했고,
모두가 '우리 고양이'라고 생각하고 마을에서 함께 키우는 느
낌이었다. 나는 구로베라고 불렀지만 아마 다른 이름이 잔뜩
있었을 것이다.

학교 끝나고 돌아오는 길에 공원 진달래나무 아래에 웅크리

고 있는 구로베와 눈이 마주친 게 시작이었다. 처음에는 서로 모른 척하고 지나쳤지만 몇 번 만나는 사이에 낯이 익기 시작했고, 말을 걸면 "냐옹" 하고 무심한 듯 대꾸하면서 조금씩 거리를 좁혀나갔다. 벌렁 드러누워 배를 보일 만큼 친해졌을 때에는 부엌에서 건어물을 가져다주려고 하다가 엄마한테 엄청 혼나기까지 했다.

"쓰다듬어주는 건 좋은데, 먹이는 주지 마. 우리 집은 아파트라서 못 키우니까. 책임지지 못할 거면 애초부터 어중간하게 애정을 줘서는 안 돼"라는 게 엄마의 생각이었는데, 이제와 돌이켜보면 지극히 맞는 말이었다. 하지만 그 당시에는 뭐랄까, 도무지 이해할 수가 없었다. 애정을 어중간하게 줄 수 있다는 것이, 쓰다듬어주기만 하고 먹을 걸 주지 않으면 애정을 쏟지 않는 게 된다는 것이, 게다가 책임지지 않아도 된다는 것이.

잘은 모르겠지만 엄마가 시키는 대로 먹을 것은 주지 않고 구로베와 더욱 친하게 지냈다.

기분이 우울한 날에는 구로베를 만지면, 그것만으로 힐링되는 기분이 들었고, 말은 못 하지만 구로베가 '모든 걸 다 알고 있다'는 표정으로 나를 쳐다보는 게 믿음직스러워서 구로베만 친구로 지내주면 다 괜찮아, 하는 마음이 들었다.

그런 날들이 1년 정도 이어졌을까? 한 달 정도 모습을 보이지 않던 구로베와 다시 진달래나무 아래에서 만났다. 나를 알아보고 기다렸다는 듯 자리에서 일어나 천천히 다가왔다.

"오랜만이네" 하고 내가 쪼그려 앉자 구로베가 내 허벅지에 힘차게 몇 번이나 박치기를 했다. 게다가 평소와 다르게 거친 동작으로 머리를 꾹꾹 눌러댔다. 화가 난 것 같았다.

왜 그래? 하고 말하자, 구로베가 머리를 떼고 나를 올려다보며 한 번 울었다. 고양이 말을 알아들을 수 있으면 좋을 텐데. 내가 구로베의 머리를 쓰다듬어주자 눈을 감았다. 그리고 얼마 지나 무언가를 납득한 듯 눈을 뜨고는 스윽 등을 돌려 가버렸다.

내가 구로베를 본 것은 그게 마지막이었다. 어른이 된 뒤로 어쩌다 본 인터넷 기사에서 "고양이가 박치기를 하는 것은 아주 좋아한다는 애정 표현"이라는 문장을 읽고 나서 울음을 터뜨렸다. 그게 마지막 작별인사였다.

살 곳을 정하지 않고 여러 곳을 떠돌아다녔던 구로베. 자유로이 살면서 많은 이에게 사랑받았던 구로베.

하지만 한편으로는 미움도 많이 받았다는 사실을 나는 알고 있었다. 다람쥐나 햄스터 같은 작은 동물을 키우는 집이나 마당에 텃밭을 가꾸는 집에서는 경계했을 것이고, 집으로 돌아가는 길에 친구한테서 "들고양이는 지저분해서 만지고 싶지 않아"라는 말도 여러 번 들었다.

물론 누구도 탓할 수는 없었다.

귀여워하는 사람도, 거꾸로 미워하는 사람도. 구로베가 들고양이로 살아가기로 선택한 마음을 이해할 수 있을 것 같았다. 누구 한 명과 어느 한 장소와 안정적인 관계를 맺지 못하는 나 자신과 닮아 있어서 그런지, 도쿄로 온 후 몇 번이나 구로베를 떠올렸다.

나는 다시 한번 물었다.

"있잖아, 구로베는 정말 쓸쓸하지 않았어?"

고양이는 대답 대신 나를 곁눈질로 바라보며 느긋하게 나무 주위를 한 바퀴 돌았다. 우아한 발걸음. 물음표 모양으로 구부러진 꼬리가 흔들렸다. 스타일 좋은 고양이다. 엉덩이에 하얀색으로 오망성(伍芒星)* 무늬가 보였다. 나도 모르게 쳐다보고 있는데 고양이가 갑자기 발걸음을 서둘렀다.

슝슝, 속도를 높여 나무 주위를 뛰어다니더니, 어느 순간 우뚝 멈춰 서서 왼발을 들었다. 통, 하고 나무에 발을 대자 잎사귀가 하나 떨어졌다.

타마타마.

---

* '다섯 개의 가시가 달린 별'이란 뜻의 도형으로 서양 점술과 마법에서 중요한 상징으로 사용한다.
** '타마타마'에는 일본어로 두 가지 뜻이 있는데 하나는 '가끔, 이따금'이며 다른 하나는 '우연히, 때마침, 어쩌다'라는 뜻이다. 그리고 '타마'에는 구슬, 옥, 달걀, 알, 진주, 아름답고 귀한 것 등의 뜻도 있다.

뭐지? 이 고양이 이름인가?

"이게 뭐야?"

잎사귀를 주워 고양이에게 물어보려 하니 모습이 보이지 않았다. 급히 주위를 둘러보자 참배당 옆 계단을 오르고 있는 사람이 보였다.

나는 마음을 가라앉히려고 나무 아래에 놓인 빨간 벤치에 앉았다. 그 고양이의 행동이 무언가와 닮았다고 생각했는데, 이젠 뭔지 알겠다. 타로점이었다. 나는 주로 별점만 보지만 기후에서 토킹바에 다닐 때는 참고 삼아 다른 프로 점쟁이에게 찾아가 이런저런 점술로 내 운세를 봐달라고 했었다. 물론 나도 점을 친다는 사실은 숨기고.

타로를 섞고 한 장 뽑는다. 원 오라클이라는 기법이다. 무작위로 뽑은 타로가 때로는 그 사람에게 그 순간 가장 필요한 메시지를 전달하는 법이다. 방금 일어난 일도 마찬가지다. 그 고양이는 분명 보통 고양이처럼 보이지 않았으니까.

타마타마. 무슨 말이지?

캔 따개로 연 통조림 뚜껑처럼 끝이 뾰족하고 울퉁불퉁한 녹색 잎사귀를 손에 들고 바라봤다. 여기에 좀 더 머무르면 좋겠는데 벌써 시간이 다 됐다. 나는 자리에서 일어나 고양이가 준 '메시지 카드'를 수첩에 끼우고 역으로 향했다.

호텔에 도착하니 담당 편집자 시미즈 씨가 로비에서 기다리고 있었다. 항상 깔끔하게 멋을 부리는 사람으로 오늘도 각이 잡힌 코발트블루 원피스 차림이었다.

토크 이벤트는 이번에 출판한 책에 붙은 응모권에서 서른 명을 추첨해서 진행하는 행사인데, 신청자가 꽤 많았던 모양이다. 책에 적혀 있는 내용을 중심으로 서양 점성술의 상징과 구조에 대해 이야기하기로 되어 있었다.

"중간중간 관객에게 말을 걸거나 질문을 던져서 분위기를 띄워주세요" 하고 시미즈 씨가 말했다.

행사장에 들어가자 박수가 터져 나왔다. 이삼십대로 보이는 젊은 여성이 압도적으로 많았다.

화이트보드에 오늘의 홀로스코프 차트를 그리고 앞으로 올 목성 이동의 흐름을 해설한 뒤 지난주부터 수성이 역행하는 타이밍에 들어가는 것을 테마 중 하나로 삼았다.

"수성 역행이라는 게 1년에 세 번 정도 있는데, 이 시기에 일어나기 쉬운 일이 몇 가지 있어요. 교통 흐름이 나빠지거나 통신기기의 상태가 나빠지거나 사람의 건망증이 심해지거나. 그러니 이 시기에는 그런 일이 있어도 아하, 수성의 역행 때문에 그렇구나, 하고 넓은 마음으로 받아들이는 게 좋아요. 하지만 사람마다 각자 가지고 태어난 별이 다르니까 역행이 주는 영향도 사람마다 받아들이는 방식이나 현상이 다 다를 거라고 생각합니다."

책을 사서 응모에 당첨된 사람들은 모두 눈을 반짝거리면서 열심히 내 말에 귀를 기울이거나, 메모를 하기도 했다.

"만약에 안 좋은 일이 있을 때 여러분은 어떻게 대처하나요? 네, 앞쪽에 계신 분!"

가장 앞줄에 앉은 열정이 넘쳐 보이는 젊은 여성을 가리켰다. 포니테일 머리를 흔들며 자리에서 일어나 힘차게 대답했다.

"한바탕 뛰어서 잊어버립니다!"

제자리에서 달리듯 양팔을 흔드는 여성의 몸짓을 보고 모두 웃음을 터뜨렸다. 좋다, 분위기를 띄우는 유쾌한 반응이 고마웠다.

"그렇죠. 기분이 개운해지죠"라고 말하고, 다음 참가자를 고르려고 하는데 포니테일을 한 여성이 말을 이었다.

"하지만 잊어버리려 무리하지 않아도 된다는 사실도 잊지 않아야 하겠죠."

나는 허를 찔린 듯 여성을 쳐다봤다.

"왜 그렇게 생각하죠?"

"지금은 괴롭기만 한 감정도 시간이 지나면 훌륭한 것으로 변할지 모르니까요."

그녀는 상큼하게 웃었다. 젊음으로 빛이 나는 것 같았다.

"저는 보조 미용사인데요, 좋은 미용실에서 일하니까 꼭 와주세요."

그녀가 다른 참가자를 향해 미용실 이름을 말했다. 웃음과 함께 박수가 터졌다.

"영업을 엄청 잘하네요."

내가 말하자 혀를 날름 내밀며 포니테일 머리의 여성이 자리에 앉았다. 갓 스무 살을 넘긴 것 같은 그녀에게는 수없이 많은 '앞으로'가 있다. 괴로운 과거도 멋진 미래로 바뀔 수 있는. 건강하고 밝은 모습을 보면 사회 초년생이고 분명 친구도 많을 것이다. 지친 모습도 찾아볼 수 없었다. 젊고 건강한 모습이 너무나 부러웠다.

나는 호흡을 가다듬고 이야기를 이어나갔다.

"수성 역행은 안 좋은 일만 일어나는 게 아니라 좋은 일도 일어요. 시간이 거꾸로 흘러가는 듯한 상황이니까 잃어버린 물건을 찾게 된다거나 그리워했던 사람과 다시 만나게 된다거나 하는 일이요."

실제로 그렇다. 이건 내가 직접 경험한 건데 도모양과 선술집에서 재회한 것도 수성 역행 때였다.

그렇다고 누구에게나 다 일어나는 것은 아니다. 여태까지 몇 번이고 수성 역행 기간이 찾아왔지만 전 남편과 관계를 되돌릴 수 있는 징후 같은 것은 단 한 번도 나타나지 않았다. 다시 만날 필요가 있는 사람에게만 수성은 힘을 전달하는 게 아닐까.

"이 시기에 동창회에 참석하면 커플 될 확률이 높아요"라는 이야기를 하자 부끄러움을 감추려는 듯한 작은 웃음소리가 행사장 여기저기서 들려왔다. 모두 각자의 방식으로 사랑을 하고 있겠지. 웃음소리에 호응하듯 내 가슴도 두근거렸다.

이벤트가 끝나고 대기실에서 옷을 갈아입으려는데 누군가 노크를 했다. 문을 열어보니 시미즈 씨였다.

"죄송해요, 줄리아 씨. 참가자 가운데 한 명이 꼭 줄리아 씨를 만나고 싶다고 하셔서……."

"혹시 나 아는 사람이래요? 이름은 물어봤어요?"

"그게…… 이분이에요. 타마키 씨."

시미즈 씨는 참가자 리스트를 내게 보여주며 손가락으로 짚었다.

"타마키 타마키?"

"네, 할머니예요. 개인적으로 차트 리딩을 해주셨으면 좋겠다고 부탁하셨는데, 그런 것은 안 한다고 말씀은 드렸거든요."

그러고 보니 행사장 한쪽에 노부인이 한 명 있었다. 기모노 차림에 기품 있는 할머니였다.

타마키 타마키.

타마타마……?

고양이에게 받은 잎사귀의 글자가 떠올랐다.

"들여보내주세요."

시미즈 씨가 의외라는 표정을 지으며 "알겠습니다" 하고 말한 뒤 문을 닫고 나갔다.

얼마 지나지 않아 찾아온 '타마키 타마키' 씨는 부담스럽고 겸연쩍을 정도로 예의 바르게 허리를 굽혀 인사를 하고는 "정말 죄송합니다" 하고 몇 번이나 사과를 했다.

"저는 하야마에서 온 타마키 타마키라고 합니다. 올해 여든넷입니다."

"하야마에서……. 먼 곳에서 여기까지 찾아와주셔서 정말 감사합니다."

"타마키 타마키라는 이름은 시집 성이 타마키여서 어쩌다 보니(타마타마) 그리되고 말았습니다."

타마키 씨가 부드럽게 웃었다. 자기소개를 할 때마다 일부러 그 말을 사용했을 것이다. 살짝 웃으면서 반응하는 편이 더 나으려나? 나는 일단 "처음 뵙겠습니다" 하고 인사하며 미소를 지었다.

"저명한 점술가 선생님이라고 들어서 오늘 제가 큰 기대를 품고 찾아왔습니다. 나카가와 씨가 읽던 책이 어떤 건지 궁금해서 저도 훑어봤는데 응모권이 붙어 있지 않겠어요? 나카가

와 씨에게 이게 뭐냐고 물어보니 출판사에 보내면 스이세이
줄리아 선생님을 직접 볼 수 있다는 이야기를 듣게 되었고, 실
은 제가 예전부터 점술가분을 만나보고 싶다는 생각을 했었기
에, 그래서 응모권을 보내게 되었습니다."

나카가와라는 사람이 타마키 씨와 어떤 관계인지는 모르겠
지만, 다시 말해 타마키 씨는 내 책을 읽지 않았고 점성술에 대
해서도 딱히 관심이 있는 사람도 아니었다. 그냥 점쟁이를 한
번 만나보고 싶었을 뿐이다. 좋지 않은 예감이 스쳤다.

"오늘 강연은 어떠셨나요?"

내가 묻자, 타마키 씨가 신이 난 듯 고개를 저었다.

"맞습니다, 하나도 알아듣지 못하겠더군요. 하지만 마침 운
이 좋다고 해야 할까, 제가 고민하고 있는 타이밍에 이렇게 생
각지도 못하게 직접 뵙게 되어서 설레는 마음으로 이곳에 오
게 되었습니다. 오늘 말씀을 듣고 저는 줄리아 선생님께라면
이야기해도 괜찮을 거라는 확신을 얻게 되었습니다."

"괜찮다는 말씀은 어떤 뜻이신지?"

타마키 씨는 만족스럽게 미소 지으며 나를 봤다.

"선생님, 제가 아주 소중한 열쇠를 잃어버렸답니다. 혹시 어
디 있는지 점쳐주실 수 있으실까요?"

나도 모르게 눈이 감겼다. 아차, 괜히 들어오라고 했네. 타마
타마 메시지랑 관련이 있나 싶어서 긴장을 너무 풀었어.

눈을 뜨고 텔레비전이나 잡지에 나올 때만 보이는 줄리아 영업용 미소를 지었다.

"죄송합니다. 저는 현재 개인 리딩은 하지 않고 있습니다."

"네, 상관없습니다. 열쇠가 어디 있는지만 알려주신다면요."

코미디 프로처럼 어이가 없어서 소파째 뒤로 넘어질 뻔했다. 나는 자세를 고쳐 앉았다.

"열쇠라고 하셨는데, 어떤 열쇠를 말씀하시는 거죠?"

타마키 씨는 흠, 하고 헛기침을 한 번 하더니 핸드백에서 낡은 흑백사진을 한 장 꺼냈다.

"이 열쇠입니다."

열 살 정도의 여자아이가 앤티크풍 주얼리 박스로 보이는 나무상자를 들고 미소 짓고 있었다. 종교 성화 같은 부조가 새겨져 있고 뚜껑 부분에 열쇠 구멍이 보였다. 누가 봐도 부잣집 아가씨로 보이는 귀여운 소녀는 타마키 씨인 걸까?

"선생님께 보여드리려고 옛날 사진을 뒤져서 가져왔습니다. 상자는 여기로 가지고 오기 좀 그래서 금고에 넣었고요. 상자 채로 도둑맞았다가는 큰일이니까요. 열쇠는 그림으로 그린 것을 가지고 왔습니다. 진주가 붙은 열쇠지요."

엽서 정도 되는 종이를 한 장 내밀었다. 연필로 세밀하게 그린 귀족 가문 문양이 새겨진 열쇠 그림이었다. 꼼꼼하게 'TA-MAKI'라고 사인까지 적혀 있었다. 타마키 씨가 직접 그린 듯

했다. 안 보고 이 정도로 세밀하게 그리다니, 정말로 소중한 물건인 것 같았다.

"아아, 그 열쇠가 없으면……."

타마키 씨가 갑자기 오열하기 시작했다. 나는 깜짝 놀라서 자리에서 일어났다.

"저기, 다시 한번 잘 찾아보시는 게……."

"아무렴요, 찾아보고말고요. 몇 번이나 찾았지만 찾지 못했어요. 저 혼자 찾는 것은 한계입니다. 신령님의 도움이라도 받지 않는 한 상자 안의 물건을 꺼내는 일은 불가능할 테니까요. 누가 알기 전에 어떻게든 열쇠를 찾아야만 해요."

타마키 씨는 레이스 달린 손수건을 꺼내 얼굴을 묻었다. 손가락에는 커다란 에메랄드 반지를 끼고 있고 손목시계도 무척 비싸 보였다. 이렇게 부자 할머니가 그 정도로 소중하게 여기는 물건이라면 도대체 얼마나 고가란 말이지? 아무리 그렇다고 해도 점을 쳐서 열쇠를 찾는 것은 불가능한 일이었다.

"걱정이 많이 되실 거라고 생각은 합니다만 개인적인 상담은 받지 않고 있습니다. 도움이 못 되어 죄송합니다."

내가 고개를 숙이자 타마키 씨는 "그러십니까……" 하고 중얼거리며 손수건을 갰다. 그리고 품에서 종이를 꺼내 펜으로 무언가를 적었다.

"여기 제 주소와 전화번호를 적었습니다. 언제든 좋으니 부디 연락 주시기 바랍니다."

개인 상담을 받지 않는다는 내 말을 귓등으로 흘려들었는지 타마키 씨는 내게 종이를 건네더니 자리에서 일어나 꾸벅 인사를 했다.

다음 날은 쉬는 날이어서 점심시간 전에 도모양에게 "괜찮아?" 하고 메시지를 보내봤더니 "열 내림"이라고 답장이 왔다. 가볍게 장을 봐서 사무실로 가니 내가 가져다준 셔츠로 옷을 갈아입고 있었다. 조금 개운해진 얼굴이었다. 통에 담아 갔던 채소스프는 다 먹어서 텅 비어 있었다. 바나나도 하나 먹은 모양이었다.

"에이, 그건 아니지. 상자에 들어 있는 게 꼭 돈 되는 물건이라는 법은 없잖아."

타마키 씨의 이야기를 들은 도모양이 말했다. 앞머리가 들러붙어 귀찮은 모양인지 고무밴드로 묶어서 상투머리를 만들었다.

"돈 되는 게 아니라면 뭘 거 같아? 예를 들어본다면?"

"추억 같은 거?"

도모양은 아이스크림을 스푼으로 떠먹으면서 말했다. 진짜 보면 볼수록 로맨티스트한 세무사라니까.

"열쇠가 없어서 상자를 못 열게 되었고 추억이 담긴 물건을 더 이상 손에 넣을 수 없게 되면, 나라도 울 것 같은데……. 이

거 맛있다!"

통조림 젠자이 위에 바닐라 아이스크림을 얹어서 줬더니 도
모양은 더할 나위 없이 감격했다.

"니코의 아이스크림 젠자이. 맛있지? 그치?"

똑같이 만들어서 나도 먹었다. 소프트 아이스크림은 테이크
아웃해 와도 금방 녹아버려서 보통 아이스크림을 올려야 하는
게 아쉬웠다.

스푼으로 쿡쿡 찌르듯이 아이스크림을 젠자이에 섞고 있는
데 도모양이 내 얼굴을 쳐다봤다.

"왜 이렇게 다운되어 있어?"

"……들켜버렸네."

어제 토크 이벤트 자체는 성황리에 끝났다. 적어도 나는 그
렇게 생각했고 시미즈 씨도 "좋았어요!" 하고 칭찬해주었다.
집에 들어가 바로 감사 인사를 담은 후기를 블로그에 올리고
오늘 아침에 일어나 보고 경악했다.

블로그에 악플로 도배가 되어 있었다. 댓글이 스무 개 정도
달렸는데, 호의적인 감상도 있었지만 거의 대부분이 욕이었다.
텔레비전에서 볼 때보다 못생겼다는 둥, 성형을 했다는 둥, 화
장이 너무 진하다는 둥. 솔직히 외모를 가지고 욕하는 것은 참
고 넘어갈 수 있었다. 문제는 점에 관한 악플이었다.

—뭔가 볼 수 있는 사람은 아니네요. 말을 잘하는 거지 영적

인 능력 따위는 없는 것 같아요. 돈 아깝네요.

—그딴 게 무슨 점술이래? 연예인병 걸려가지고. 책 냈다고 잘난 척 좀 하지 마!

'보인다'라는 말은 '영적인 것이 보인다'라는 말로 점술을 좋아하는 사람들이 흔히 입에 올리는 말이다. 차트 리딩과는 약간 다른 뜻이다. 간단히 말해 '영혼을 본다'는 것이다. 아니면 기운이나 오라를 느끼거나 미래를 내다보거나 사람의 마음을 투시하거나.

그런 질문을 한다면 "네, 보인다고 한 적도 없는데요?" 말고는 할 말이 없었다. 애초에 나는 영능력으로 점을 치는 게 아니니까. 그런 현상이 있다는 것을 부정할 생각도 없고, 별점과도 완전히 관계가 없는 것은 아니지만, 나는 서양 점성술을 학문으로 받아들이고 그 수수께끼를 풀어나가면서 얻은 지식을 사람들에게 말로 전하려고 했던 것이다.

텔레비전으로 나를 본 사람들은 나에 대해 무슨 말이든 할 수 있다고 생각한다. 보고 싶지 않아도 우연히 채널을 돌리다가 볼 수도 있으니까. 하지만 일부러 응모해서 찾아온 사람들을 불쾌하게 만들었다니. 슬프고 괴로운 동시에 화가 났다. 나 자신한테도 손님한테도.

"참가한 사람들 다 좋아하는 줄 알았는데, 이렇게 평판이 안 좋을 줄이야. 전혀 생각도 못 했다니까⋯⋯."

내가 중얼중얼 말하자 도모양이 젠자이를 다 먹고 그릇을 티테이블에 놓더니 컴퓨터를 켰다.

"댓글 IP주소 봤어?"

"아이피?"

"제정신이야? 너 그렇게 무방비로 블로그 하고 있었어?"

도모양이 즐겨찾기로 내 블로그에 들어갔다. "딴 데 보고 있을게, 로그인 좀 해봐" 하고 말했다. 고개를 돌리고 있는 도모양 옆에서 암호를 입력했다. 마이 페이지가 표시되자 도모양은 몇 번 클릭하더니 '댓글 관리'로 들어가 댓글 일람을 확인했다.

"여기에 있는 IP가 뭐냐면, 이 숫자거든? ……이봐, 내 이럴 줄 알았지. 악플 쓴 거 다 동일인이야. 주소가 똑같잖아. 이름이랑 문체만 바꿔서 한 사람이 같은 컴퓨터로 쓴 거야."

"그렇구나……."

"악플 쓴 놈도 전부 들킨다는 걸 전혀 모르는 멍청이 같은데? 게다가 진짜 이벤트에 왔던 사람인지도 모르잖아. 온 척하고 평소 울분 풀려고 엉뚱한 데다가 화풀이하고 있을 가능성도 있어."

갑자기 기운이 쭉 빠진 나는 도모양이 자던 소파 반대편에 푹 쓰러졌다.

"그런 식으로 나를 미워하는 사람이 많다는 말이네. 나한테는 안 보이는 데 숨어서."

"미워한다기보다…… 상처받은 걸로 보이는데, 나는."

"상처받았다고?"

"이 악플 쓴 놈은 점술가거나 점술가가 되고 싶었는데 되지 못했거나 점술가는 아니어도 점술 자체를 엄청 좋아하는 사람이겠지. 그런데 자기랑 니코 너랑 별 차이도 없는 것 같다고 생각하는 거고. 행동으로 옮기냐 아니냐는 다른 문제지만 그런 마음 자체는 이해되지 않는 건 아니야. 니코 너한테 증오를 쏟는 것처럼 보여도 실은 자신의 운명에 상처받은 거라고나 할까? 왜 이 자식만 잘나가고 난 이 꼴이야? 내가 점술을 더 좋아하는데, 왜? 이런 식인 거지. 그래서 너한테 상처를 줘야만 공평하다고 느끼는 거지. 지울까?"

나는 고개를 가로저었다.

"아냐, 그냥 냅둬. 고마워."

도모양이 고개를 끄덕이며 "로그아웃해"라고 말하고 컴퓨터 앞에서 일어났다. 내가 말없이 마우스를 움직이는 사이 도모양은 솜이불을 개면서 말했다.

"우리는 말이야, 인터넷이 없던 시절을 알잖아. 누군지도 모르는 사람의 의견이 세상을 대변하는 목소리라고 옳다고 믿게 되는 분위기, 난 늘 기분 나빴어. 그런 거에 휘둘리지 않아도 돼, 니코 네가 뭔가 문제가 있다면 모를까. 인터넷에서 익명으로 악플이나 다는 놈들 사이에 무슨 인간관계 같은 게 있겠냐?

힘없는 놈들이 드냥 똥칠하러 오는 거지. 기분 나쁘겠지만 그냥 그 정도 문제인 거야."

도모양은 재채기를 한 번 하더니 솜이불을 소파에 올려두고 티슈로 코를 풀었다.

담담하게 이야기를 이어가는 도모양의 목소리는 솜이불처럼 나를 감싸줬다. 나를 알지도 못하는 사람들의 똥칠은 짜증나는 일이지만 눈앞에서 나를 응원해주는 도모양의 콧물은 더럽게 느껴지지 않았다. 바로 옆에 있는 사람의 숨소리가 왠지 모르게 나를 안심시켜주었다.

"응…… 고마워."

로그아웃을 하고 다시 한번 블로그 기사를 열어 냉정하게 댓글을 읽어보았다. 따뜻한 감상도 아주 많은데, 이상한 악플만 신경 쓰느라 제대로 읽어보지 못했던 걸 반성했다.

도모양이 걱정스레 말했다.

"하지만 그런 거 싫으면 블로그 하지 마."

"아냐. 요즘 같은 시대니까 더더욱 누구한테 간섭받지 않고 의사표현할 수 있는 공간이 필요한 거야. 그리고 말이야, 인터넷이란 게 기쁜 만남도 만들어주잖아. 누군지도 모르고 나이도 직업도 상관없이 혼과 혼이 직접 이야기를 나누는 그런 느낌?"

시선이 느껴져 도모양을 보자 따스한 눈길로 나를 바라보고 있었다. 눈길이 마주쳤다. 나는 바로 얼굴을 돌렸다. 가슴이 두근거리는 걸 들키지 않으려고.

나는 최대한 도모양을 그런 식으로 보지 않으려고 노력해왔다. 고등학생도 아니고. 쉽게 만났다 헤어질 수도 없고, 이렇게 소중한 친구를 잃고 싶지도 않았다. 혹시라도 도모양이 젊은 여자랑 새로운 인생을 걸어갈 때가 온다 하더라도 잘됐다, 하고 웃으면서 축하할 수 있는 포지션을 지키고 싶다.

문득 추억이 떠올라 "잠깐만 컴퓨터 써도 돼?" 하고 물었다. 어제 타마키 씨에게 받은 채로 그냥 둔 종이를 수첩에서 꺼냈다.

주소를 받았을 때 본 건물 이름이 인상에 남아 있었다. '그랑 블루 하야마.' 처음에는 아파트 이름인가 싶었는데 갈수록 신경이 쓰였다.

'그랑 블루 하야마'를 검색하자 바로 홈페이지가 나타났다. 역시나 예상했던 대로 고급 실버타운이었다. 아름다운 바다가 보이는 누가 봐도 '상류층'스러운 시설. 여기서 사는 타마키 씨를 상상해봤다. 열쇠가 없다, 열쇠가 없어, 하고 곤란해하는 타마키 씨. 관리인에게 그렇게 이야기하고 다닐까? 아니면 아무도 모르게 입을 다물고 있을까?

수첩에는 고양이에게 받은 잎사귀도 있었다.

"저기, 도모양. 이거 어떻게 생각해?"

도모양이 가까이 다가와 잎사귀를 손에 들었다. 앞 뒤를 뒤집어가면서 잎사귀를 살펴보았다.

"뭐가? 무슨 나뭇잎인데?"

"글자 적혀 있잖아."

"으~음?"

도모양이 얼굴을 찌푸리며 어려운 문제를 풀듯 눈에 힘을 줬다.

그에게는 안 보이는 건가. 아니, 아마 나 말고는 누구에게도 보이지 않는 거겠지?

"타마타마라는 말 듣고 뭐 생각나는 거 없어?"

"뭐? 그야……."

도모양은 히죽히죽 음흉한 웃음을 지었다.*

"에이, 변태."

나는 도모양을 살짝 때리는 시늉을 했다. 다행이다, 컨디션이 좋아진 모양이다.

"글쎄, 뭐랄까. 나한테는 타마라고 하면 역시 야구공(타마)이 가장 먼저 떠오르지."

야구 이야기가 나오면 고등학교 야구부 포수 출신인 도모양은 항상 글로브로 공 받는 자세를 취한다.

"난 말이지, 야구도 물론 좋아하지만 공 닦는 걸 엄청 좋아했었어. 묵묵히 공을 닦다 보면 마음도 깨끗해지는 느낌이 들었

---

* 일본어로 고환을 속되게 이르는 말은 '긴타마(金玉)' 혹은 줄여서 '타마'라고 한다.

지……. 아, 맞다!"

도모양이 책상 서랍에서 종이를 꺼냈다.

"진구 구장에서 하는 야쿠르트 대 주니치 전 티켓 두 장 생겼는데, 가자!"

"좋지, 가자!"

앞머리 상투를 튼 도모양이 야간 시합 티켓 두 장을 들고 웃었다.

눈꼬리에 깊은 주름. 면도를 안 해 돋아나기 시작한 후추를 뿌린 듯한 수염. 나랑 같은 시간을 살아온 도모양. 사랑스러워서 깨물어주고 싶은 마음을 꾹 참았다.

도모양이 밀린 일을 한다고 해서 나는 저녁시간이 되기 전에 사무실을 나섰다.

9월도 하순에 접어들어 바람이 제법 가을답게 변했다. 확 바뀐 공기 속에서 나는 다시 한번 신사로 발을 옮겼다.

하치와레 고양이는 있을까? 하지만 왠지 모르게 더 이상 그 고양이와는 만날 수 없을 것 같다는 느낌이 들었다. 일생에 단 한 번 만날 인연인 것이다.

어제는 아래쪽 참배당만 들렀지만 고양이가 올라간 계단 위에 분명 본당이 있을 거야.

나는 계단을 오르기 시작했다. 이 계단을 사람들은 어떤 마음으로 오를까? 어떤 사람은 하루 일과로, 어떤 사람은 마음 절절한 소원을 담아, 또 어떤 사람은 축복을 받고 싶어서, 또 다른 이는…… 어쩌면 자기가 자기에게 건 저주에 속박당한 채.

계단을 다 올라가니 역시 본당이 보였다. 엄격하고 정적에 싸여 있었다.

마주 본 고마이누를 바라보는데 안쪽에서 통통한 남성이 나타났다. 파란 사무에를 입고 신사 이름이 적힌 양동이를 들고 있었다. 내가 살짝 고개를 숙이자 "안녕하세요" 하며 웃는 얼굴로 답했다.

"참배당 벤치 옆에 있는 나무 이름이 뭔가요?"

"아, 그거요? 다라수라는 나무입니다. 재미있죠? 잎사귀를 긁으면 변색되어 보존이 돼요. 예전에는 저 잎사귀에 불경을 새기거나 편지를 주고받거나 했습니다. 아, 맞다. 점치는 데도 쓴 모양입니다."

"점술…… 에도요?"

나도 모르게 웃어버렸다. 궁사가 한숨 섞인 목소리로 말했다.

"점술가분들도 고생이 많겠어요."

내가 스이세이 줄리아라고 알아차린 건가, 하는 생각이 들어서 몸이 살짝 굳었다. 하지만 그런 눈치는 보이지 않았다. 궁사는 허공을 바라보며 이야기를 꺼냈다.

"스피리추얼(Spiritual)이라는 말이 요즘 유행하기 시작하면서 솔직히 말씀드려서 조금 불쌍한 점술가분들이 늘어난 느낌이 듭니다. 평범한 인간으로 보지 않고 막대하는 사람이 많아진 것 같아요. 저도 가끔씩 영능력자라고 오해받을 때가 있습니다. 돌아가신 분이 뭐라고 말하고 있나 알려달라고 하지를 않나, 액막이를 해달라고 해서 해드렸더니 원하는 결과가 나오지 않았다며 항의하시는 분도 있어요."

"아, 잘 알죠. 정말, 뭐랄까⋯⋯."

궁사의 손을 꼭 잡고 싶은 기분이 들었다. 내 마음이 전해졌는지 궁사의 말투가 점점 온화하게 변했다.

"어쩌면 다른 분들보다 신의 배려를 민감하게 받아들이는 감수성이 높을지도 모릅니다. 하지만 그게 학교에서 교실 무슨 담당, 무슨 담당처럼 그냥 맡은 역할 같은 거라고 생각합니다. 칠판 정리 담당이 칠판에 분필 글씨가 잔뜩 적혀 있는 걸 누구보다 먼저 알아차리고, 양호실 담당이 양호 선생님과 이야기할 기회가 다른 학생보다 비교적 많은 것처럼 말이죠. 딱히 특별한 일이 아니에요. 우리는 평범한 학생인데 초자연적인 현상을 일으켜달라고 부탁하면 입장이 난처합니다."

궁사에게도 여러 사정이 있겠구나, 왠지 모르게 흐뭇한 기분이 들었다.

"아이고, 이런 이야기까지 꺼내 죄송합니다. 왜 그럴까요, 말씀을 나누다 보니 저도 모르게."

머리를 긁는 궁사에게 다시 물었다.

"다라수 잎을 어떻게 점에 사용했나요?"

"자세히는 모릅니다만 불에 그을려서 나온 모양으로 점을 쳤던 모양입니다."

"그럼, 이것도 불에 그을린 걸까요?"

내가 수첩에서 나뭇잎을 꺼내자 궁사의 얼굴이 즐거움으로 반짝였다.

"혹시 고양이가 주었나요?"

궁사도 그 고양이를 알고 있구나.

"네. 하치와레 고양이예요. 메시지를 받았습니다."

"하아, 참 운이 좋은 분입니다. 미쿠지라는 고양이랍니다. 그 말씀은 당신에게 내리는 계시라는 것을 바로 알아차리셨군요. 참으로 통찰력이 있으십니다."

미쿠지라고 하는구나, 그 아이. 나는 고개를 끄덕였다.

"어쩌면 저도, 그런 담당자일지도 모르겠습니다."

내 말에 궁사는 나를 이삼 초 동안 응시했지만 깊이 캐묻지 않고 "그러시군요" 하고 미소 지었다. 이번에는 내 쪽에서 말이 튀어나왔다.

"하지만 저 나름대로 담당 일을 열심히 하려고 하는데 모든 사람이 똑같이 받아들여주지는 않는 것 같다는 사실을 깨달았어요. 제가 하는 일이 누군가를 기쁘게 해주는 한편 누군가를 화나게 하거나 부정적인 감정을 일으키기도 하더라고요. 그러면 제 안에서도 온갖 감정이 튀어나와버려요. 축 처진 기분이나 반성도 튀어나오기는 하지만 동시에 분노라든가 짜증이라든가 상반된 감정도 같이."

이야기를 쭉 들은 궁사는 온화하게 말했다.

"신도에서는 혼을 크게 '아라타마'와 '니기타마' 두 가지로 나누어 생각하거든요?"

가슴을 꾹 찔렀다. 두 개의 '타마'.

궁사는 쪼그려 앉아 땅바닥에 손가락으로 '荒(거칠 황)'과 '和(화할 화)'라고 적었다.

"아라타마는 한자로 '荒魂'이라고 씁니다. 거친 영혼, 다시 말해 용감무쌍하고 강한 에너지를 가리키지요. 하지만 너무 거칠게 몰아붙여서 재앙을 일으키는 면도 있지요. 한편 니기타마는 한자로 '和魂'이라고 씁니다. 화합하는 영혼, 다시 말해 평화나 겸손, 헌신을 가리키지요. 상냥한 영혼입니다만 그만큼 너무 약해지면 앞으로 나아가지 못하지요. 이 두 가지 모두가 필요하고 당연히 있어야 합니다."

궁사는 땅 위에 나란히 쓴 각각의 한자에 동그라미를 쳤다.

"어떤 순간에 처했을 때 어떤 '타마(魂)'를 어떻게 활발하게 할 것인가에 따라 인생이 바뀌는 것인지도 모릅니다. 타마는 두 개 다 평소부터 잘 갈고 닦아야 하지요."

"영혼을 갈고 닦아야 하는군요."

맞아요, 맞아, 하고 궁사가 웃었다.

아라타마, 니기타마. 어느 쪽도 놓치지 않아야 한다면 두 타마는 서로 부딪치면서 갈고 닦아지도록 세트로 묶인 게 아닐까? 그렇다면 아마도 어떤 기분이나 감정이 들더라도 다 의미가 있다는 말이다.

이승에서 플레이하기 위한 소중한 공(타마). 우리는 모두 두 공을 가지고 태어난 것이다. 내가 담당한 일을 더 열심히 해보자. 나는 잎사귀를 바라봤다.

집에 돌아오고 나서 계속 타마키 씨 생각을 했다.

실은 엄밀히 말해 점성술로 물건을 찾는 게 완전히 불가능하지는 않다. 잃어버린 타이밍 같은 걸로 점을 치는 방법이 있기는 하다. 그러나 어디 있는지 명확하게 장소를 짚어낸다기보다 '높은 데'나 '물 근처' 같은 키워드에서부터 찾아가는 방식이다. 게다가 지금은 수성 역행 중이라 잃어버린 물건을 찾기 쉬운 흐름이기는 하다.

하지만 그렇다고 절대적으로 찾을 수 있다는 보장도 없고, 잘못 이야기가 퍼져서 '스이세이 줄리아가 잃어버린 물건을 점성술로 찾아준다' 같은 말이 돌면 일이 곤란해진다. "책임도 못 질 거면 애초부터 어중간하게 애정을 줘서는 안 돼"라는 어머니의 말이 머릿속을 스치고 지나갔다.

이 감정이 어중간한 애정인지는 잘 모르겠다. 하지만 내 마음 깊은 곳에 있는 심지 같은 게 흔들리면서 생각이 머릿속에서 사라지지 않았다.

타마키 씨는 아직도 울고 있을까? 도모양이 말한 것처럼 보석이나 돈보다 중요한 것, 예를 들어 추억 같은 무언가라고 한다면 상자를 열지 못하게 된 것이 그녀의 인생에서 얼마나 커다란 슬픔일까? 혼자서 찾는 데 한계라고 했었지. 주변에 있는 다른 누구에게도 말하지 않은 게 분명하다.

나는 영능력자가 아니다. 탐정은 더욱 아니다. 타마키 씨의 열쇠를 찾아내지 못할 수도 있다.

설령 그렇다 하더라도 타마키 씨 곁에서 같이 찾아볼 수는 있다. 가족이나 실버타운 사람들에게는 말하지 못한 것도 아무 이해관계가 없는 나라면 편하게 이야기할 수 있을 것이다. 혹시 못 찾더라도, 타마키 씨가 열쇠를 되찾기를 염원하는 사람이 바로 여기 있다는 사실이 전해지기만 한다면 잠깐이나마 그 눈물을 거둘 수 있지 않을까?

결심한 나는 타마키 씨가 준 종이를 수첩에서 꺼냈다.

쌩얼로 갈까 망설인 끝에 결국 풀메이크업을 하고 머리도 올리고 하야마로 향했다.

택시를 타고 그랑 블루 하야마에 도착해 접수처에서 마스크를 벗으며 "실례합니다"라고 말을 했을 뿐인데 젊은 여성 스태프가 헉, 하고 놀란 얼굴로 나를 쳐다봤다.

"나카가와 씨, 스이세이 줄리아가!"

아무 말도 안 했는데도 내가 누군지 알아봐서 편했다. 역시 쌩얼로 오지 않길 잘했지. '님' 자조차 붙이지 않고 반말로 말했다는 걸 깨닫고 겸연쩍었는지 스태프가 손으로 입을 틀어막고 "줄리아…… 님이" 하고 고쳐 말했다.

접수처 안쪽에서 쇼트커트 머리를 한 체구가 작은 여성이 나왔다. 나이는 60세 정도 되었으려나? 바른 자세로 빠릿빠릿하게 걸어왔다. 나카가와 씨라고 불린 그 여성은 나를 보자 "우와, 진짜다" 하고 나를 신기한 듯 쳐다봤다.

"처음 뵙겠습니다. 시설장 나카가와라고 합니다."

"스이세이 줄리아입니다. 갑자기 죄송합니다. 타마키 타마키 씨를 만나려고 왔는데요."

"타마키 씨는 어떤 일로……."

나카가와 씨가 갑자기 불안한 표정을 지었다. 내가 황급히 활짝 웃으며 대답했다.

"어제 도쿄에서 이벤트가 있었는데 즐겁게 이야기를 나누었거든요. 그때 여기에 계신다고 말씀을 들어서 '때마침' 근처까지 온 김에 인사라도 드리려고 이렇게……."

나카가와 씨가 눈을 번쩍 떴다.

"네? 타마키 씨가 정말로 줄리아 선생님과 이야기했다고요? 만났다고 하긴 했는데 설마 대화를 나눴을 줄은 상상도 못 했는데!"

역시 실버타운 사람들에게는 열쇠 이야기를 안 했구나. 나카가와 씨는 내선으로 타마키 씨에게 내가 왔다는 소식을 전하고 복도로 걸어가며 안내해주었다.

"실은 원래 제가 줄리아 선생님 팬이거든요. 다 읽은 책을 독서실에 놓았더니 타마키 씨가 흥미롭게 여기더라고요."

"감사합니다."

"이벤트에 당첨되었을 때 타마키 씨한테 알려주지 않고 내가 가버릴까 하고 생각했을 정도로 팬이에요. 하지만 타마키 씨가 응모했으니까 당첨되었겠지 하는 생각이 들어서요. 이런 게 신의 보이지 않는 손으로 필요한 사람에게 기회가 전달되는 거겠죠?"

나카가와 씨는 '타마키 타마키'라는 명패가 걸린 문 앞에 서서 노크를 했다. 미닫이문이 열리고 타마키 씨가 나타났다.

지난번에 봤던 기모노와는 다른 남색 천에 하얀 물방울무늬가 들어간 원피스를 입고 있었다.

"어머, 정말이네요? 나카가와 씨가 저를 놀리는 줄로만 알았지 뭐예요? 선생님, 직접 찾아와주셨네요."

"좀 더 타마키 씨와 이야기하고 싶어져서요."

그렇게 말하자, 타마키 씨는 "들어오세요" 하고 친절하게 내 팔에 팔짱을 끼고 안으로 안내했다. 나카가와 씨가 가볍게 인사하고 물러났다.

미닫이문을 닫고 방 안을 둘러보았다. 창문 밖으로 바다가 보였다. 일반적인 아파트와 거의 차이가 없는 따스한 크림색 벽지 그리고 마룻바닥. 다만 여기에 여든넷의 할머니가 살고 있다고 믿기 어려울 만큼 소녀풍이었다. 커튼은 오렌지색 깅엄체크 무늬이고 목제 테이블 세트도 소녀 취향의 디자인이었다. 침대는 작은 꽃무늬가 들어간 연한 핑크색 커버로 덮여 있고 서랍장 위에 사진 액자가 몇 개 놓여 있었다. 마치 중학교 여학생 방 같은 느낌이었다. 유일하게 침대 옆에 놓인 작고 검은 금고가 있다는 것만 빼면.

테이블 위에는 하얀 퀼팅 천이 깔려 있었고 뭔지 모를 '구슬(타마)'이 열 개 정도 놓여 있었다. 타마키 씨는 "잠깐만 기다려 주시겠어요?" 하고 말하면서 주변 정리를 시작했다. 테이블 위에 있던 구슬 하나가 떨어져 굴러갔다.

"어머나, 이런. 죄송합니다."

나는 떨어진 구슬을 주웠다. 유리구슬인가?

"유리구슬 맞히기를 하면서 놀고 있었어요. '가끔씩' 나카가와 씨와 같이 하기도 하지요."

타마키 씨는 유리병에 유리구슬을 채워 넣기 시작했다. 나도 도왔다. 퀼팅 천 위에 아무렇게나 놓아져 있는 유리구슬은 정리하는 손길을 피해 이리저리 달아나는 것만 같았다. 실수로 또 한 개가 바닥에 떨어졌다. 타마키 씨가 양갓집 규수처럼 차분하게 말했다.

"밟으면 큰일 나요, 넘어지면 아프니까요. 선생님, 조심하세요."

타마키 씨가 더 큰일 날걸요, 하고 생각하면서 유리구슬을 주웠다. 이렇게 불안정한 물건을 가지고 혼자서 놀다가 혹시라도 한두 개 흘리면 타마키 씨가 위험하지 않을까? 바닥을 쓱 훑어보며 안전한지 확인했다.

"열쇠는 찾으셨나요?"

내가 묻자 타마키 씨는 조용히 고개를 가로저었다.

"아마도 이제는 그 상자에 무엇이든 넣어서는 안 된다는 뜻인지도 모르겠습니다."

타마키 씨는 금고에 손을 뻗어 번호를 누르기 시작했다. 보면 안 된다고 생각해 고개를 옆으로 돌렸다. 혹시 번호를 잊어버렸으면 어떡하나 걱정하고 있는데 별문제 없이 금고 문이 열리는 소리가 났다. 돌아보니 타마키 씨가 침대에 걸터앉아 상자를 손에 들고 있었다.

"이 상자는 있죠, 아버님께서 프랑스에 갔다 오시면서 사다 주신 선물이랍니다. 제가 여덟 살 때 주셨지요."

타마키 씨가 황홀한 표정으로 상자를 쓰다듬었다.

"열어보면 자주색 천이 깔려 있답니다. 어찌나 예쁜지 몰라요. 저는 정말 너무 마음에 들어서 매일 열어보곤 했답니다. 시집오고 나서도 계속……."

"아주 소중한 상자였군요."

"네, 정말로."

타마키 씨의 웃음에는 애절함이 담겨 있었다. 안에 들어 있는 물건도 물론 소중하겠지만 타마키 씨에게 있어 이 상자 자체가 무엇과도 바꿀 수 없는 소중한 보물인 것이다. 열쇠를 잃어버려 못 열게 되었다고 해서 상자를 부수거나 해서는 절대로 안 될 정도로.

나는 가방에서 노트북을 꺼냈다.

"열쇠를 찾는 데 도움이 될지는 잘 모르겠습니다만, 같이 말씀을 나누면서 별에게 질문을 던져보지요. 뭔가 조금이라도 힌트가 되면 좋겠습니다."

"어머, 재미있네요. 별님이 알려주시는 건가요?"

"어느 정도는요. 하지만 별의 말은 복잡하기에 제가 통역하는 셈이 됩니다."

타마키 씨는 기뻐하며 손을 마주 잡았다.

나는 차트 제작에 필요한 정보를 타마키 씨에게 질문하기 시작했다. 그 열쇠를 항상 어디에 두었는가? 마지막으로 사용한 것은 언제였는가? 없어졌을 때 알아차린 점은 무엇인가? 대화를 나누는 사이 분위기는 점점 더 부드럽게 풀려갔다.

타마키의 이야기는 지루했고, 기차가 탈선하듯 점점 주제에서 벗어났으며, 같은 말을 반복하기도 했지만 그래도 상관없었다. 키워드를 찾는 데 필요한 단서는 생각지 못한 곳에 숨어 있는 법이다. 안에 뭐가 들어 있는지는 아무리 물어도 대답하고 싶지 않은 것 같아서 더 이상 화제로 삼지 않도록 주의하면서 별의 배치를 채워나갔다. 어디까지나 열쇠를 찾는 게 내 목적이다.

열쇠는 항상 서랍장 맨 위 서랍 속에 넣어놨다고 했다. 마지막으로 사용한 것은 일주일 전 실버타운에서 정기적으로 진행되는 건강진단이 끝난 뒤였다고 타마키 씨가 말했다.

타마키 씨에게는 자식이 둘 있었다. 아들과 딸 각각 한 명. 둘 다 가정을 이루고 있는데 아들은 도쿄에서 사장을 하고 있고 딸은 해외에서 살고 있었다. 남편과 둘이 살다가 혼자가 되어 이곳으로 오게 된 게 5년 전 일이었다. 대화 중에 '아유미'라는 이름이 자주 나왔는데 아무래도 며느리인 모양이었다.*

"아유미 씨는 정말 착한 사람이에요. 항상 찾아온답니다."

---

* 일본어에는 직접 부를 때나 제3자에게 며느리를 지칭할 때 사용하는 '아가' '새아가' '어멈'과 같은 말이 없어서 타인을 부를 때와 마찬가지로 '~씨'라는 뜻인 '~상(~さん)'이라 부른다.

"좋은 며느리를 두셨네요."

"정말 감사한 일이에요. 1년에 한 번 얼굴을 비춘답니다."

"……1년에 한 번이요?"

"네. 즈시에 별장이 있는데 말이지요, 여름이 되면 가족이 별장에 가는데 그 김에 제게도 찾아와 15분 정도 있다 간답니다."

15분. 뭐라 반응해야 좋을지 몰라 그저 미소 지으며 고개를 끄덕였다.

"별장에는 아유미 씨가 귀여워하는 요크셔테리어를 데리고 온답니다. 여기 올 때는 그 강아지가 별장 지키미를 하고 있어서 혼자 놔두면 불쌍하다고 얼른 별장으로 돌아가요. 참 착한 사람이에요, 그렇죠?"

착하다니, 정말 착하다고 생각하고 하는 말일까? 캐묻고 싶어져서 "그건……" 하고 말을 걸었지만 타마키 씨가 말을 막기라도 하듯 웃었다.

"하는 수 없지요. 저는 아무런 도움도 되지 않는 할머니이고, 이야기도 재미가 없으니까요."

아, 이런. 문득 떠올랐다. 나는 아무런 도움이 되지 않아, 아무런 가치가 없어, 라는 라벨링. 잘 안 풀려, 난 안 돼. 지금까지 살면서 나는 도대체 이런 식의 말을 얼마나 잔뜩 들어왔던가.

"하지만 저는 이 실버타운에 있는 게 행복하답니다. 선생님께서는 어디 사시나요? 가족은요?"

354

타마키 씨가 말하는 '가족'이 친형제를 말하는 건지 결혼 했나 안 했나를 말하는 건지 몰라서 순간 머뭇거렸지만, 어느 쪽이어도 대답은 똑같다는 사실을 바로 알아차렸다.

"혼자예요. 도쿄에 있는 아파트에서 살고 있습니다."

"그렇군요. 일하실 때는 커다란 점술관 같은 데서 하시는 거죠?"

"아뇨, 저는 어디에도 소속되어 있지 않습니다. 의뢰가 있으면 제가 찾아가는 느낌이랄까요? 유리구슬처럼 불안정한 점쟁이랄까요?"

나는 컴퓨터를 만지며 대답했다. 내 이야기가 중요한 게 아니잖아? 빨리 타마키 씨 열쇠부터 찾아야지.

타마키 씨는 노래하듯 말했다.

"구슬(타마)은, 단단하다네."

마우스를 움직이던 손을 멈춘 나는 타마키 씨를 보았다.

타마키 씨가 "후훗" 하고 천진난만하게 웃었다.

"어릴 때 아버님께서 자주 말씀하셨어요. 구조상 가장 단단한 형태가 구체라고요. 밖에서 오는 충격에도 지지 않는 데다가 거기에 그치지 않고 다른 이에게 상처 입히는 일도 없지요. 늠름하고 씩씩하면서도 온화하고 또 아름다워요. 그런 사람이 되기를 바란다고 타마키라는 이름을 지으셨다고 했어요."

"……좋은 이야기네요."

"유리구슬 같은 점술가라고 하신 것도 참으로 좋은 이야기가 아닐 수가 없어요. 여러 색으로 빛나면서도 이리저리 자유로이 굴러가고 때로는 어디로 갔는지 모르는 것도 저는 아주 귀엽고 재미있답니다."

아하! 하고 소리치고 싶을 정도였다. 타마키 씨 말씀이야말로 빛나면서 내 안으로 굴러들어왔다. 내가 여태까지 살아온 방식을 모두 다 긍정하는 것만 같은 기분이 들었다. 이런 말을 해주는 타마키 씨가 자기 스스로를 아무 도움이 안 된다고 생각한다는 사실이 너무 마음 아팠다.

눈물을 꾹 참고 한숨 돌린 뒤 컴퓨터 화면에 나온 홀로스코프를 바라봤다. 별 마크가 빼꼼히 모습을 드러내 움직이는 것처럼 보였다. 별의 배치를 나 나름대로 해석한 결과를 타마키 씨에게 전했다.

"타마키 씨, 열쇠는 아마 아주 가까운 곳에 있는 것 같아요."

"가까이에요?"

"네. 그리고 아주 오래전부터 알고 지낸 동료나 친구…… 라는 게 드러났습니다. 항상 옆에 두는…… 그런 존재와 함께 있는 느낌이 듭니다."

타마키 씨가 신기한 눈으로 천장을 올려다봤다.

"그런 존재가 누구려나. 제게 그런 존재가 있을 리가……."

"……사람이 아니어도 괜찮습니다."

내가 어물어물 이야기하자 타마키 씨가 마치 꽃이 활짝 핀 것처럼 밝은 표정이 되었다.

"친구……! 아하, 여기예요."

타마키 씨가 침대 옆 테이블의 작은 서랍을 열었다. 안경이나 A6 사이즈의 문고판 책 같은 잡동사니가 들어 있었다. 그곳에서 오르골 상자를 꺼낸 타마키 씨는 거침없이 뚜껑을 열었다.

〈엘리제를 위하여〉가 흘러나왔다. 오르골 안에 금속 액세서리가 많이 들어 있는 게 보였다.

브로치, 반지, 스카프 클립.

그 안에 가문의 문장 같은 것이 새겨진 그 그림 속 열쇠가 있었다.

"맞아요! 여기에 넣어뒀었지!"

타마키 씨가 열쇠를 꼭 쥐고 나를 와락 껴안을 기세로 기뻐했다. 그리고 더 못 기다리겠다는 듯 나무 상자로 손을 뻗었다.

그 순간 내가 여기 있어도 될까, 하고 망설였다. 상자 안을 내가 보면 안 되는 게 아닐까? 고개를 돌리려고 하는데 호기심이 슬쩍 솟아올랐다. 일종의 '아라타마'가 날뛰는 것일지도 모른다고 마음속으로 생각하면서 타마키 씨의 손에서 눈을 뗄 수 없었다.

타마키 씨가 열쇠를 열쇠구멍에 넣고 휙 돌리더니…… 열쇠로 잠갔다.

"아유, 다행이다. 뚜껑이 열려 안에 든 게 넘치지 않을까 걱정했는데 이제 안심이에요."

……뭐가 어떻게 된 거지?

뚜껑은 원래 열려 있던 것이다. 타마키 씨는 잠그고 싶었던 것이다.

나는 찬물 세례를 받은 것처럼 멍하게 서 있었다.

"생각났어요. 건강검진 받고 와서 열어놓았는데 갑자기 나카가와 씨가 들어와서요. 그래서 서둘러 뚜껑을 닫기만 하고 잠그지를 않았지 뭐예요? 그때 나카가와 씨에게 '타마키 씨가 주문하신 연마포 도착하는 데 10일 정도 걸린대요'라는 말을 들었어요. 연마포가 뭐냐 하면 제가 처녀 때부터 진주 액세서리 광택 내려고 쓰는 건데, 오랜 단골 전문점에서 주문한답니다. 새것으로 바꿀 생각으로 나카가와 씨에게 주문을 부탁했었지요. 그래서 열쇠를 잠그지 않았다는 사실이 머리에서 사라져버렸지 뭐예요? 나중에 도착한 연마포로 손질할 때 한꺼번에 작업할 수 있게 진주 보관하는 데에 친구처럼 잘 지내라고 넣어두었답니다."

열지 못해서 곤란한 게 아니었구나. 열려 있으면 안에 든 물건을 다른 데다가 옮기면 될 것을. "신령님의 도움이라도 받지 않는 한 상자 안의 내용물을 꺼내는 일은 불가능할 테니까요" 같은 말은 왜 한 거지?

타마키 씨가 고개를 깊이 숙여 인사했다.

"감사합니다. 선생님은 정말 뛰어난 점술가세요."

"아닙니다. 일주일 전에 주문한 연마포가 10일 후에 도착한다면 어찌 되었든 3일 뒤에는 타마키 씨는 열쇠를 발견하셨을 것입니다."

타마키 씨는 내가 무슨 말을 하는지 이해가 잘 안 가는 듯 눈을 동그랗게 뜨고 나를 쳐다봤지만, 바로 푸근하게 웃었다. 그 표정에서 따스함이 배어 나왔다.

"그건 그렇고 누군가와 이야기를 나누며 이렇게 즐거운 기분을 느낀 것은 참으로 오랜만이었어요. 정말 너무 즐거웠습니다. 뭐랄까, 마음이 깨끗해졌어요."

타마키 씨는 악수를 청하려고 내게 손을 내밀었다.

"저도 그렇습니다. 타마키 씨."

나는 그 손을 두 손으로 잡았다. 타마키 씨에게 상자 안에 무엇이 들어 있는지 묻고 싶은 충동을 꾹 참아가면서.

돌아가는 길에 접수처에 들러 인사를 하자 나카가와 씨가 달려나왔다.

"벌써 가시게요? 타마키 씨, 대단하네요. 정말로 줄리아 선생님이랑 아는 사이일 줄이야."

"아, 네. 하지만 몇 가지 수수께끼가 여전히 남아 있네요. 또 놀러 와야 하나……."

내가 혼자만의 생각을 섞어 중얼거리자 나카가와 씨가 아무렇지 않게 대꾸했다.

"아, 혹시 나무 보석상자? 그거 안에 비어 있어요."

"네?"

"본인은 아무도 모른다고 생각하지만, 가끔씩 보게 돼요. 문을 반쯤 열어놓은 걸 까먹고 상자 뚜껑을 열고 그 안에 이런저런 말을 걸고 있더라고요. 무슨 말을 하는지까지는 들리지 않았지만 웃고 화내고 하면서 대화를 하더라고요. 유서 깊은 좋은 집안 아가씨로 자랐다는데, 어릴 때부터 남에게 말 못 할 사정이나 속내가 있는 거 아닐까요?"

나카가와 씨는 눈가에 힘이 풀린 듯 웃는 모습이 되었다.

"타마키 씨는 말이에요, 절대로 다른 사람 욕을 하거나 불평을 말하는 법이 없어요. 혼자서 상자에 대고 다 푸는 모습을 봤을 때 뭐랄까 정말 귀엽더라고요. 괜찮다면 저라도 말을 들어주고 싶은데, 그건 타마키 씨가 결정하는 거고요."

그렇구나, 그 안에는.

그 안에는 타마키 씨가 누구에게도 들키고 싶지 않은 마음의 소리가 들어 있는 건가? 타마키 씨는 그 상자 속에 솔직한 감정을 토해놓고는 열쇠로 잠가 가둬놓고 있는 거야. 정말이네, 신령님의 도움이라도 받지 않는 한 상자 안의 내용물을 꺼내는 일은 불가능하네.

"맞다, 여기 사인해주실 수 있나요?"

나카가와 씨가 빙긋 웃으며 종이와 사인펜을 내밀었다.

관람객으로 가득 찬 밤, 진구 구장에서 나는 도모양과 나란히 앉았다.

주니치 드래곤즈의 파란 수건을 목에 건 도모양은 이동 맥주 판매 담당에게 두 잔을 받아 하나를 내게 건넸다.

"나 있지, 다시 개인 리딩 시작해볼까 생각 중이야."

내가 맥주를 마시면서 말했다. 하야마에서 있었던 일을 도모양에게는 아직 이야기하지 않았다. 비밀 유지 의무가 있으니까. 그런데도 도모양은 전혀 놀라는 일 없이 "그래?" 하고 말했다. 내가 말을 이었다.

"스이세이 줄리아로서가 아니라 이름이랑 모습 바꾸고. 어떻게 할지는 앞으로 생각해봐야겠지만. 왜냐하면 그게 점성술이 아닐 수도 있거든."

"응. 괜찮을 것 같아. 실은 니코 네가 하고 싶었던 건 그런 거잖아."

나는 고개를 끄덕였다.

아무에게도 말하지 않은 일을 몰래 말할 수 있는 장소. 나는 누군가에게 타마키 씨의 상자 같은 존재가 되고 싶었다. 내게는 도모양이 그런 존재일까 생각해봤지만 조금 달랐다. 왜냐하면 도모양 때문에 고민하는 문제는 도모양에게 말 못 하니까.

일상생활에서 조금 떨어진 곳에 필요할 때 뚜껑을 열고 안에다 털어버리고, 기분이 개운해지면 열쇠로 잠그고 되돌아갈 수 있는. 사람이라면 누구나 그런 장소가 필요한 게 아닌가 생각했다. 그 사람이 천상의 목소리를 듣고 싶어 한다면 별이 이끄는 힘을 도구 삼아 천상의 목소리를 전달하는 데 어떤 형태로든 도움이 되는 힌트를 주는 사람이 되고 싶었다. 그 정도면 충분하다.

홀로스코프를 읽게 되었을 때 토킹바 구석에서 손님 한 명한 명과 마주 앉았을 때처럼.

내게는 미래 예언보다, 행운의 아이템보다, 훨씬 더 전하고 싶은 게 있었다.

당신은 이렇게나 훌륭하다는 것을. 오직 그것만을.

게임이 시작됐다.

2회에 들어갔을 때 도모양이 목에 걸었던 수건을 살짝 내 어깨에 걸쳐주었다.

"추우면서 아닌 척하지 마."

"들켰네."

점심나절에 더워서 방심했다. 긴 팔 티셔츠 한 겹으로 막기

에는 가을 밤바람이 생각보다 차가웠다. 숄처럼 큰 사이즈의
수건은 따뜻해서 기분이 좋았다.

"뭐든 다 들키네, 도모양한테는."

"그야, 사랑이지."

가슴이 두근거렸다. 하지만 진심으로 받아들여서는 안 돼.
나는 일부러 장난스럽게 도모양의 팔짱을 꼈다.

"사랑이라니. 아이고, 감사하네."

도모양은 야구장 쪽을 바라본 채 말했다.

"야, 니코. 이제 그냥 나한테 솔직해지지."

"뭐가?"

"겸사겸사(타마타마) 다시 만나기도 했고."

도모양 얼굴이 도깨비처럼 새빨갰다. 맥주 탓이다. 그럼. 맥
주 탓이고말고. 알코올이 문제라니까.

하지만 기뻤다. 파도처럼 기쁜 감정이 몰려들었다. 하지만 너
무 부끄러워서 괜히 퉁명스럽게 받아쳤다.

"뭐야 그게, 그때 마침(타마타마) 만난 게 내가 아니어도 상관
없다는 말이야?"

"겸사겸사 그때 마침(타마타마) 만난 게 니코 너였으니까 그
런 거거든? 때마침(타마타마)보다 믿음 가는 게 또 어디 있냐?"

카아~앙, 하고 경쾌한 소리가 울렸다. 홈런이었다. 와아아
아아, 하고 관객 모두가 벌떡 일어섰다. 그 틈을 타서 도모양이

나를 꼭 껴안았다. 그리우면서도 새로운 체온. 달콤하면서도 씁쓸한 포마드 냄새. 나도 팔을 뻗어 꼭 안았다. '겸사겸사' '때마침' '우연히' '어쩌다'. 나도 한번 그냥 그렇게 해볼까?

선수도 관객도 모두가 뜨거운 가슴으로 하얀 공의 행방을 지켜봤다.

던진다, 받는다.

때린다, 날린다.

밤하늘을 올려다보니, 아, 거기에는.

새하얗게 갈고 닦은 빛의 구슬.

동그랗고 은은한, 달님 얼굴.

우리만의 비밀 이야기

4월도 막바지에 접어든 이 계절, 올해도 다라수꽃이 피었습니다. 아아, 얼마나 귀엽단 말인가? 잎겨드랑이 여기저기에서 작은 노란색 꽃이 공 모양으로 모여 동그란 불빛이 켜진 것처럼 보입니다. 꽃말은 '전하다'. 딱 맞는 옷을 입은 것처럼 잘 어울립니다.

　벚꽃은 져버렸습니다만, 제게는 이 다라수꽃이 계절이 변하는 시기를 알려주는 꽃입니다. 무슨 일이든 막 시작했을 때보다 조금 궤도에 올라탔을 때가 괴로우면서도 즐거운 법. 참배자가 확 늘어나는 때도 실은 이 시기입니다.

　벚꽃이 사람들의 새로 시작하는 생활을 축복한다면 다라수

꽃은 분명 응원을 보내는 것이겠지요. 한번 봐주세요, 마치 치어리더가 손에 드는 폼폼같이 생기지 않았나요?

다라수가 있는 신사에는 미쿠지가 나온다.

우리 신직 사이에서는 예부터 전해져 내려오는 유명한 이야기입니다.

성별도 연령도 없이 다라수 잎을 사용해 참배객에게 말씀을 계시하는 고양이, 미쿠지. 하지만 그 존재에 대해서는 항간의 소문으로 퍼진 적이 없습니다.

아마도 미쿠지가 무언가 조치를 취하는 것이겠지요. 이유는 알 수 없으나, 말씀을 받은 이는 소문낼 생각이 자연스레 사라지거나 이야기를 하려고 해도 상대방에게 일이 생겨서 못 듣게 되고 맙니다. 아무래도 말씀을 받을 인연이 없는 사람에게는 절대로 이야기가 전해지지 않는 모양입니다. 참 신기하지요?

작년 여름 막바지, 미쿠지와 만난 행운의 참배객 일곱 명은 그 뒤로도 때때로 이 신사를 찾아왔습니다.

미하루 씨는 얼마 전 근무하는 미용실 전단지를 가지고 와서 "저, 이번 달부터 커트를 맡게 되었어요!" 하고 기뻐하셨습니다. 예전부터 샴푸를 담당하는 미하루 씨 손길에 마음이 담겨 있어서 받기 편하다고 고객 사이에서 평판이 좋아서 이미 미하루 씨를 전담으로 지정한 단골손님이 몇 명이나 생길 정도입니다. 평소 저는 자주 다니는 이발소가 있기 때문에 미용실에는 잘 가지 않지만 전단지를 가지고 오면 반값으로 해준다고 하니 저도 미하루 씨에게 머리를 잘라달라고 부탁해봐야겠습니다.

고스케 씨 따님은 이번 연도에 고등학교 입시 준비를 시작해서 아내분과 세 분이 오셔서 학업 성취를 비는 부적을 사가지고 가셨습니다.

들자 하니 따님인 사쓰키 양은 고스케 씨보다 한참 전에 이곳에 오신 적이 있는 모양입니다. 초등학교 때 현장학습으로 신사 근처에 있는·유리 공장에 왔다가 끝나고 집으로 돌아가는 길에 친구들과 화장실 때문에 들렀다고 하네요. 그런 일이 있었던가? 친구분을 기다리는 동안 다라수에 이름을 적어버려서 죄송합니다, 하고 사과하시더군요. 그러고 보니 정말 있네요, "사쓰키♡ 다쓰히코♡". 가지고 가시겠냐고 여쭈니 혹시 폐가 안 된다면 이 자리에 그냥 두고 싶다고 하시더군요. 우리 모두 두 분의 사랑이 이루어지기를 기원하지요. 저도 같이 기원하겠습니다. 그러고 보니 다쓰히코 군이라는 분은 학교 동급생이려나요?

신 군은 마지막으로 도전한 악기점에 취직이 결정된 신출내기 신입사원입니다. 악기를 사려고 오는 손님과의 소통능력은 CD 가게에서 아르바이트한 경험이 도움이 되었다고 합니다.

기타 실력도 꽤 향상되었다고 말씀하셨으니, 다음에 꼭 들려달라고 해야겠어요. 맞다, 맞아. 형님 되는 분이 소속된 밴드가 마침내 메이저 데뷔를 해서 신 군이 축하하는 마음을 담아 싱글 CD를 잔뜩 사서 주변에 뿌리고 다니고 있습니다. 저도 한 장 받았습니다만 멜로디에서 어딘가 모르게 그리움이 느껴져서 좋더군요. 꼭 히트 칠 겁니다.

그러고 보니 깜짝 놀란 건 기노시타 아저씨였어요.

신사에서 큰길로 나가면 길가에 있는, 예전에 기노시타 아저씨가 프라모델 가게를 경영했던 다용도 건물에서, 무려 올봄에 가게를 신규 오픈했지 뭐예요? 프라모델과 돌하우스 모형 전문점인데 며느리인 기미에 씨와 둘이서 운영하고 있습니다. 때때로 두 분이서 같이 신사를 찾아오기도 합니다만 오실 때마다 만담처럼 보기 흐뭇한 말싸움이 오고 가느라 바빠요. 행복해 보입니다. 뵤도인 봉황당 옆에 이번에는 뭘 놓아달라고 부탁하면 좋을까요?

가즈야 군은 그 뒤로 가끔씩 친구를 데리고 옵니다. '이끼 박사님'이라는 별명으로 불리더군요. 그 가운데 여학생은, 엔도 양이라는 분이었던가?

때때로 다라수 잎을 한 장 달라고 합니다. 가능한 한 커다란 것으로 골라서 들고 가지요. 그걸로 야마가타에 편지를 보낸다고 하니 참으로 운치 있는 펜팔이 아닐 수 없습니다.

하지만 가즈야 군은 꽤 오랫동안 제가 여기 청소하는 아저씨라고 생각했던 모양입니다. 뭐, 딱히 틀린 말은 아니지요.

지사키 씨는 만화가를 목표로 분투하는 중인데 가끔씩 집에서 컴퓨터를 써서 어시스턴트 일도 하신다고 합니다. 쓰유부키 히카루 선생님이셨던가? 유명한 작품을 많이 그리신 만화가분에게 어드바이스를 받으면서 투고 작품을 열심히 그리는 중이라 하시네요.

"신사 이야기를 그리고 싶으니 취재하게 해주세요"라고 메모장을 들고 자주 찾아오십니다. 그 만화, 어쩌면 저도 등장할지 모르겠네요. 부끄럽습니다. 아, 맞다. 그리고 유 군 시치고산 때 모습도 참 귀여웠답니다.

그리고 마지막으로 한 명, 니코 씨.

신기한 분이더군요, 저는 니코 씨가 무슨 일을 하시는지 아직도 모릅니다. 그저 참배하러 오셨을 때 니코 씨와 말을 나누었을 때 이유는 몰라도 마음이 참 가벼워졌답니다.

기미에 씨 말로는 다용도 빌딩에 입주한 세무사 사무실에 있는 숨겨진 방에 복면으로 정체를 감춘 테라피스트가 있다고 하는데 어쩌면 그 정체가 니코 씨가 아닐까, 하고 생각하고 있습니다. 진짜 그런지는 모릅니다만. 텔레비전이나 잡지에는 절대 등정하지 않고 입소문만으로만 조금씩 인기가 퍼져나가는 모양입니다. 여하튼 남의 말을 참 잘 들어주시는데 때로는 점성술로 별의 배치를 읽어서 어드바이스도 해주신다는 말을 듣고, 복면 테라피스트가 니코 씨라고 바로 알아차렸습니다. 니코 씨는 다라수 잎이 점술에 사용되었다는 이야기에 흥미를 보이며 더 캐물으셨고, 복면도 얼굴의 위쪽 반만 가리는 가면무도회에서나 볼 법한 검은 마스크라고 하니 약간 미쿠지가 떠오르기도 하네요.

점술 하니까 생각이 나는데, 예전에 텔레비전에 자주 나오던 스이세이 줄리아라는 사람은 요새 텔레비전에서 잘 안 보이더군요. 도대체 무슨 일이 있었던 것일까요?

네? 저는 결국 미쿠지와 만났냐고요?

아, 그렇네요. 왜인지 제 이야기를 할 마음이 없어졌었네요.

그럼 특별히 여기서만 우리끼리 비밀 이야기를 하기로 할까요? 아마 당신도 도중에 일이 생겨서 다 못 듣게 되실지도 모르겠습니다만.

텔레비전에서 야쿠르트 대 주니치 야간 시합을 다 보았을 때 일이었습니다. 저는 아무 생각 없이…… 그렇습니다, 정말 아무 생각도 없이 바람 쐴 생각을 했습니다. 이 "아무 생각도 없이"나 "나도 모르게" 같은 감각에는 무언가가 깃들어 있는 것인지도 모릅니다.

사무실을 나와 하늘을 올려다보니, 보름달이 떠 있었습니다.

예쁘구나, 하고 생각하면서 다라수까지 걸어갔는데 쏴악, 하고 바람이 불면서 잎이 한꺼번에 흔들리기 시작했습니다. 마치 방울이 울리듯.

아하, 오늘 밤은…….

저는 바로 알아차렸습니다. 미쿠지가 돌아온 것입니다.

제가 다라수 앞에 멍하니 서 있었는데 벤치 뒤에서 스르륵 고양이가 나타나 앞발을 착 모으고 앉았습니다. 등이 까맣고 배와 발이 하얀 하치와레 고양이. 엉덩이에는 하얀 별 모양. 틀림없는 미쿠지였습니다.

"처음 뵙겠습니다."

떨리는 긴장감과 솟구치는 고양감을 안고 말을 걸어보니 미쿠지는 지긋이 저를 바라봤습니다. 어둠 속에서 미쿠지의 투명한 눈동자가 일등성처럼 밝게 빛났습니다.

그리고 아주 살짝 고개를 갸웃거리더니 오른발을 통, 하고 벤치 위에 얹었습니다. 앉아라, 라고 권하는 것 같아서 저는 미쿠지 옆자리에 앉았습니다.

"저는 궁사 역할을 잘하고 있나요?"

미쿠지는 고개를 끄덕인 뒤 눈을 가늘게 뜨고 웃었습니다. 아무래도 칭찬받은 모양입니다. 바라는 바가 이루어져 만족한 기분에 젖어 있는데 미쿠지가 스윽 앞발 하나를 올렸습니다. 왜 그러지? 하고 저도 아무 생각 없이 한 손을 들어 올리자, 미쿠지가 가볍게 점프해 손바닥에 앞발을 팡, 하고 쳐주는 게 아니겠습니까? 아하! 하이파이브로구나! 서로의 뜻을 이해하는, 친애를 담은 인사. 이 얼마나 큰 영광입니까?

미쿠지는 입술 끝을 올려 씨익 웃더니, 다라수 앞으로 가서 하늘을 나는 양 나무줄기를 빙글빙글 돌기 시작했습니다. 저는 벤치에서 벌떡 일어나 이발소 회전 간판처럼 조금씩 나무 위로 올라가며 끝없이 도는 미쿠지를 그저 바라보기만 했습니다.

미쿠지의 움직임에 맞춰 다라수 줄기와 가지가 기분 좋게 휘청휘청 휘었습니다. 마치 춤이라도 추는 것처럼. 그리고 나무 꼭대기까지 올라가자 미쿠지가 뛰어내리더니 번쩍하고 빛나며 밤하늘로 녹아들어버렸습니다.

가버렸다. 참 덧없는 일이구나.

감사와 적적함을 동시에 느끼면서 하늘을 올려다보는데 팔랑팔랑 잎사귀가 하나 떨어졌습니다.

이런, 세상에나.

잎사귀를 주운 저는 어느새 웃음을 짓고 말았습니다. 미쿠지 엉덩이에 있던 그 별 모양이었습니다.

자, 도대체 이 모양은 무슨 뜻일까요? 스모로 치자면 시로보시(白星)*인가? 아니야, 하지만 나는 시합에서 이긴 게 아니지 않나?

전직 요리사로서는 미슐랭의 별도 떠오르고, 아니면 요즘 식으로 말하자면 '좋아요' 같은 것이려나요? 아니면 아이돌 스타?

아까 그 하이파이브가 "우리는 친구야"라는 의미였다면 제가 미쿠지와 같은 팀이라고 인정받아 팀 로고를 받은 것일지도 모릅니다. 만약 그렇다면 참 기쁠 텐데.

뭐, 조급해할 필요는 전혀 없습니다. 천천히 생각해보지요. 다른 누구도 아니고 바로 제게 내려진 저만의 말씀이니까요. 어디에 도달하게 될지는 저만 알 것입니다.

아이고.

마지막까지 제 이야기를 들어주셨군요? 참으로 신기한 일입니다. 미쿠지와 조만간 만나게 될 인연이 아닌 분이라면 일이 생겨서 떠났어야 하거든요.

그런데 여기 계시다는 말인즉슨, 어쩌면…….

참 운이 좋은 분입니다.

곧 일어날지도 모릅니다. 당신이 미쿠지에게 다라수 잎을 받는 순간이.

말씀을 소중히 간직하시길.

---

* 스모 용어로, 경기 결과를 흰 별(승리)과 검은 별(패배)로 나누어 공표한 데서 유래해 승리를 가리킨다.

옮긴이 손지상

소설가, 만화평론가, 자유기고가, 번역가. 중앙대학교 심리학과 졸업. 옮긴 책으로 『슬픔의 밑바닥에서 고양이가 가르쳐준 소중한 것』 『이별의 순간 개가 전해준 따뜻한 것』 『누구나 결국은 비정규직이 된다』 외 다수가 있다.

고양이 말씀은 나무 아래에서

ⓒ아오야마 미치코, 2020

초판 1쇄 인쇄일 2020년 10월 27일
초판 1쇄 발행일 2020년 11월 16일

지은이 　아오야마 미치코
옮긴이 　손지상
펴낸이 　정은영
편집 　김정은 정사라
마케팅 　이재욱 최금순 오세미 김하은 김경록 천옥현
제작 　홍동근

펴낸곳 　(주)자음과모음
출판등록 　2001년 11월 28일 제2001-000259호
주소 　04047 서울시 마포구 양화로6길 49
전화 　편집부 (02)324-2347, 경영지원부 (02)325-6047
팩스 　편집부 (02)324-2348, 경영지원부 (02)2648-1311
이메일 　munhak@jamobook.com

ISBN 978-89-544-4530-6 (03830)

이 도서의 국립중앙도서관 출판시도서목록(CIP)은 서지정보유통지원시스템 홈페이지(http://seoji.nl.go.kr)와 국가자료공동목록시스템(http://www.nl.go.kr/kolisnet)에서 이용하실 수 있습니다.(CIP제어번호: CIP2020042395)